《国学经典藏书》丛书编委会

顾　问

　　许嘉璐

主　编

　　陈　虎

编委会成员

国学经典藏书

搜 神 记

邵颖涛　卢胜志　郑孝倩　译注

吉林大学出版社

长 春

图书在版编目（CIP）数据

搜神记 / 邵颖涛 , 卢胜志 , 郑孝倩译注 . — 长春：
吉林大学出版社，2021.8
　（国学经典藏书）
　ISBN 978-7-5692-8717-2

Ⅰ.①搜… Ⅱ.①邵… ②卢… ③郑… Ⅲ.①笔记小
说 – 中国 – 东晋时代②《搜神记》– 译文③《搜神记》–
注释 Ⅳ.① I242.1

中国版本图书馆 CIP 数据核字（2021）第 175417 号

国学经典藏书：搜神记
GUOXUE JINGDIAN CANGSHU: SOUSHEN JI

作　　者：邵颖涛　　卢胜志　　郑孝倩 译注
策划编辑：魏丹丹
责任编辑：代景丽
责任校对：田　娜
装帧设计：蒋宏工作室
开　　本：880mm×1230mm　　1/32
字　　数：207 千字
印　　张：10
版　　次：2021 年 8 月第 1 版
印　　次：2023 年 7 月第 2 次印刷

出版发行：吉林大学出版社
地　　址：长春市人民大街 4059 号（130021）
　　　　　0431-89580028/29/21
　　　　　http://www.jlup.com.cn
　　　　　E-mail:jdcbs@jlu.edu.cn
印　　刷：河北松源印刷有限公司

ISBN 978-7-5692-8717-2　　　　　　定价：40.00 元

编者的话

经典是人类知识体系的根基，是人类的精神家园，是我们走向未来的起点。莎士比亚说过："生活里没有书籍，就好像没有阳光；智慧里没有书籍，就好像鸟儿没有翅膀。"21世纪中国国民的阅读生活中最迫切的事情是什么？我们的回答是阅读经典！

中国有数千年一脉相传、光辉灿烂的文化，并长期处于世界文化发展的前列，尤其是在近代以前，曾长期引领亚洲乃至世界文化的发展方向。长期超稳定的社会发展形态和以小农生产为基础的、悠闲的宗法农业社会，塑造了中华民族注重实际、过分地偏重经验、重视历史的文化心理特征。从殷商时代的"古训是式"（《诗经·大雅·烝民》），到孔子的"述而不作，信而好古"（《论语·述而》），可以清楚地看出这种文化心理不断强化的轨迹。于是，历史就被赋予了神圣的光环，它既是人们获得知识的源泉，也是人们价值标准的出处。它不再是僵死的、过去的东西，而是生动活泼、富有生命力，并对现世仍有巨大指导作用的事实。因而就形成了这样一种固定的文化思维方式，也就是"以铜为鉴，可正衣冠；以古为鉴，可知兴替；以人为鉴，可明得失"（《新唐书·魏徵传》）。中国的文化人世代相承，均从历史中寻求真理，寻求"修身、齐家、治国、平天下"的崇高理想模式。

这种对于历史所怀有的深沉强烈的认同感,正是历史典籍赖以发展、繁荣的文化心理基础。历史上最初给历史典籍的研究和整理工作涂上政治、道德和伦理色彩的是春秋时期的孔子。当时的孔子因感"周室微而礼乐废、《诗》《书》缺",于是乃删订了《诗》《书》《礼》《乐》《易》《春秋》等"六经"(见《史记·孔子世家》),寄托了自己在政治上"复礼"和道德上"归仁"的最高理想。孔子以后,历史典籍的编撰无不遵循着这一最高原则。所以《隋书·经籍志》总序中就说:"夫经籍也者,机神之妙旨,圣哲之能事。所以经天地,纬阴阳,正纲纪,弘道德,显仁足以利物,藏用足以独善……其王者之所以树风声,流显号,美教化,移风俗,何莫由乎斯道?……其教有适,其用无穷,实仁义之陶钧,诚道德之橐籥也。……夫仁义礼智,所以治国也;方技数术,所以治身也。诸子为经籍之鼓吹,文章乃政化之黼黻,皆为治国之具也。"(《隋书·经籍志一》)由此可见,历史典籍的编撰整理工作,已不仅仅是文化技术问题,更重要的是它还负有"正纲纪,弘道德"的政治和道德使命。于是,在两千多年的历史发展过程中,先人们为我们留下了汗牛充栋的文化典籍。这些宝贵的精神财富,不仅是我们中华民族的骄傲,也是全人类的骄傲,并已成为世界文化宝藏的重要组成部分。

中国的先哲们一向对古代典籍充满崇敬之情,他们认为,先王之道、历史经验、人伦道德以及治国安邦之术、读书治学之法等等,都蕴藏于典籍之中。文献典籍是先王之道、历史经验、人伦道德等赖以传递后世的重要手段。离开书籍,后人将无法从前朝吸取历史经验,无法传承先王之道。在日新月异的当代,如何对待这份优秀的文化遗产?毛泽东同志早就指出:"中国的长期封建社会中,创造了灿烂的古代文化。清理古代文化的发展过程,剔除其封建性的糟粕,吸取其民主性的精华,是发展民族新文化、提高民族自信心的必要条件。……中国现时的新文化也是从古代的旧文化发展而来,因此,我们必须尊重自己的历史,决不能割断历史。但是,这种尊重是给历史以一定的科学地位,是尊重历史的辩证法的发展,而不是颂古非今。"(毛泽东《新民主主义论》)古代典籍,不仅对中华民族的形成与发展历史地发挥了巨大的凝聚力作用,而且在当今中华民族伟大复兴中,依然会发挥无可替代的重要作用。

在科学技术迅猛发展的当代社会,人们的生活、观念正在发生着巨大而深刻的变革,面对蓬勃发展的现代科技和汹涌而至的各种思潮,人们依然能深切地感受到中国传统文化无所不在的巨大力量。人们渴望了解这种无形的力量源泉,于是绚丽多姿的中华典籍就成了人们首要的选择。它能够使我们在精神上成为坚强、忠诚和有理智的人,成为能够真正爱人类、尊重人类劳动、衷心地欣赏人类的伟大劳动所产生的美好果实的人。所以,在今天,我们要阅读经典;当数字化、网络化带来的"信息爆炸"占领人们的头脑、占用人们的时间时,我们要阅读经典;当中华民族迈向和平崛起和民族复兴的伟大征程时,我们更要阅读经典。因此,读经典,这个我们习以为常的平凡过程,实际上就成了人的心灵和上下古今一切民族的伟大智慧相结合的过程。但由于时代的变迁,这些经典对现代人来说已是谜一样的存在。为继承这份优秀的文化遗产,帮助人们更好地利用这些经典,在全国学术界诸多专家学者的支持下,我们策划了这套"国学经典藏书"丛书。

丛书以弘扬传统、推陈出新、汇聚英华为宗旨,以具有中等以上文化程度的广大读者为对象,从我国古代经、史、子、集四部典籍中精选 50 种,以全注全译或节选的形式结集出版。在书目的选择上,重点选取我国古代哲学、历史、地理、文学、科技、教育、生活等领域历经岁月洗礼、汇聚人类最重要的精神创造和知识积累的不朽之作。既注重选取历史上脍炙人口、深入人心的经典名著,又注重其适应现代社会的人文价值趋向。丛书不仅精校原文,而且从前言、题解,到注释、译文,均在吸收历代学者研究成果的基础上精心编撰。在注重学术性标准的基础上,尽量做到通俗易懂。我们相信,本丛书的出版,对提高人们的古代典籍认知水平,阅读和利用中华传统经典,传播中华优秀文化,提高人们的民族自信心和文化自豪感,进而为中华民族伟大复兴做贡献,均将起到应有的作用。高尔基说:“书籍是人类进步的阶梯。”“要热爱读书,它会使你的生活轻松,它会友爱地帮助你了解纷繁复杂的思想、感情和事件;它会教导你尊重别人和你自己;它以热爱世界、热爱人类的情感,来鼓舞智慧和心灵。”“当书本给我讲到闻所未闻、见所未见的人物、感情、思想和态度时,似乎是每一本书都在我面前打开一扇窗户,并让我看到一个不可思议的新世界。”“每一本书是一级小阶梯,我每爬一级,就……更接近美好生活的观念,更热爱这书”(《高尔基论青年》,中国青年出版社 1956 年版)。流传千年的文化经典,让我们受益匪浅,使我们懂得更多。正如德国著名作家歌德所说:“读一本好书,就是和一位品德高尚的人谈话。”的确,读一本好书,就像是结交了一位良师益友。我们真诚希望,这套经典丛书能够真正进入您的生活,成为人人应读、必读和常读的名著。

陈 虎

庚子岁孟秋

前　言

　　《搜神记》的作者干宝生卒年不详，字令升，东晋汝阴新蔡人，丹阳丞干莹之子。少小勤学，博览群书，喜好阴阳术数，以才气召为著作郎，后因平杜弢有功，封关内侯。他在史学、文学上皆有才名，曾著《晋纪》二十卷，《搜神记》三十卷，另注《周易》《周官》等。

　　《搜神记》被视为我国志怪小说初兴时的典范之作。在该书的创作时期，作者并非有意为小说，而是由于秦汉以来神仙之说盛行，汉末又巫风盛行，再加上干宝特殊的人生经历，才促使了《搜神记》的问世。"文人之作，虽非如释道二家，意在自神其教，然亦非有意为小说，盖当时以为幽明虽殊途，而人神乃皆实有，故其叙述异事，与记载人间常事，自视固无诚妄之别矣。"(鲁迅《中国小说史略》)由此可见，当时人视鬼神灵异是实有之事。故此该书以信实的态度记载古往今来传说之诸仙、医药、巫蛊、占卜、孝行、民间信仰等灵验故事，并不将其所记视为妄事，"今之所集，设有承于前载者，则非余之罪也。若使采访近世之事，苟有虚错，愿与先贤前儒分其讥谤。及其著述，亦足以发明神道之不诬也"(《搜神记序》)。

　　《隋书·经籍志》将《搜神记》列入史部杂传类，《旧唐书·

经籍志》径自袭之。而今人却认其为小说，何也？在此我们有必要梳理一下我国古代正史对《搜神记》的归类情况。

宋人欧阳修等撰写《新唐书》时，始将《搜神记》归入《艺文志》子部小说家类。此后，《搜神记》一直被列于子部小说家类，未曾有所更移。在正统史书中如此，在民间文人的藏书志中亦是如此。在此，略举一例，以示说明。

明人胡应麟在其所撰写的《少室山房笔丛》中，对小说进行了细致的分类，他将小说分为六类，不仅把《搜神记》归入小说类，且首次归入志怪类小说，其分类具体如下：

一曰志怪：《搜神》《述异》《宣室》《酉阳》之类是也；

一曰传奇：《飞燕》《太真》《崔莺》《霍玉》之类是也；

一曰杂录：《世说》《语林》《琐言》《因话》之类是也；

一曰丛谈：《容斋》《梦溪》《东谷》《道山》之类是也；

一曰辨订：《鼠璞》《鸡肋》《资暇》《辨疑》之类是也；

一曰箴规：《家训》《世范》《劝善》《省心》之类是也。

我国古代常以"经、史、子、集"四个类别对书籍进行分类，经部古籍最为殊要，史部次之，子、集继其后。《搜神记》由"史部"落入"子部"，无疑其地位在古籍分类史上有所下降。当然，其变化是有迹可寻。唐宋以降，随着社会的发展，人们的认知观念发生了明显变化。人们对鬼神之事真妄的认知更趋深刻，而对小说创作的划分也渐趋精细，不乏将《搜神记》所载的奇闻异事视作"虚妄"之例。既非实事，当然不应该存于"史部"，其社会地位下降因时代而变化理所当然。

小说者为何？昔者庄周曾云："饰小说以干县令，其于大达亦远矣。"(《庄子·外物》)这是今人所见我国古籍中对于"小说"一词的最早记载。汉代班固也曾言"小说者,街谈巷语之说也"(《汉书·艺文志》)。小说这一类文体,在古人眼中,记载的是人们在日常生活中闲谈的话语。和今人所认识的小说有着显著的区别。

《搜神记》由"史部"改列"子部"的变化,为我国古代志怪小说的存在找到了合理的源头。志怪小说的发展,由《搜神记》《搜神后记》等为代表的小说为开端,中间经过王琰的《冥祥记》、颜之推的《集灵记》等,直到蒲松龄《聊斋志异》的问世才发展到了顶峰,后者无论是从思想上还是从语言上都超越了以往任何一个时代志怪小说的创作。作为志怪小说初兴时期的代表作品,《搜神记》的思想内容和语言都与《聊斋志异》存在较大差距。

《搜神记》叙事粗糙,一般只记故事梗概,甚或粗言略过,尚不完全具备现代意义上小说应有的"六要素"。其语言不注重过分修饰,文风相对平实简略,缺少后世小说细腻华丽的语言风格,仅以记录事件为主。其记事偏重纪实,并不避谈人物所做恶事,故而刘惔称赞干宝为"鬼之董狐",可谓是对该书的高度肯定。

遗憾的是,《搜神记》一书在流传过程中失传了。原有的三十卷本内容仅有部分散佚在各类丛书中,纵使重新搜集也无复全本,且后世辑录的诸种版本时见错讹。明毛晋《津逮秘书》、清张海鹏《学津讨原》仅辑得二十卷,难窥古书之原貌。不得不说,这是我国古代小说史上的一个巨大损失。

这本《搜神记》的注译工作，以汪绍盈先生整理的本子为基础（汪本以《学津讨原》本为底本）摭选部分篇什，同时参校了李剑国先生《新辑搜神记》。本书对于汪先生在校注中提出应当更改的地方予以部分改正，改动部分在注释中不再单独注出；对于汪本明确说明应当删除或分离的篇章及指出疑点的存疑篇章，为保存《学津讨原》本原貌而未予删除、未做更改。在此，谨对两位先生对该书所做的辑校工作表达最诚挚的敬意！

"吾生也有涯，而知也无涯。"注译工作虽为辛苦，删订多次，但在本书完稿之余，难免略有欣喜之意：一为工作终获完成；二为注译过程中个人的学习收获；三为鼓励自我孜孜以求的治学之心。尽管竭尽全力地将书做好，但因能力所限，讹误之处难以避免。恳请方家在阅览之余，予以批评指正。

邵颖涛

2020 年 3 月

目　录

卷 一

神 农

神农以赭鞭鞭百草[①],尽知其平毒寒温之性[②],臭味所主[③]。以播百谷[④],故天下号神农也。

〔注释〕

①神农以赭(zhě)鞭鞭百草：神农氏用红色的鞭子鞭打百草。神农，传说中远古部落首领。相传神农始教民用耒、耜耕种土地；又传说神农尝百草，始有医药,治疗疾病。赵岐《孟子注疏》说："神农,三皇之君,炎帝神农氏。许,姓;行,名也。"赭,红色、赤红色。《广雅·释器》："赭,赤也。"赭鞭,就是红色的鞭子。

②尽知其平毒寒温之性：对于这些药草药性是有毒、无毒,是温性的,还是凉性的都有全面的了解。平毒寒温,中医指药性,即无毒与有毒,寒性或温性。

③臭(xiù)味所主：通过药物气味辨识它们主治的疾病。臭,气味的总称。

④以播百谷：根据生活经验播种各种谷物。播,播种。《说文解字》："播,种也。"

〔译文〕

神农氏用赤色鞭子鞭打各种草类,对于这些草类是否有毒以及它们的寒温特性都了若指掌,通过辨识植物的不同气味以判断它们主治的疾病。根据这些经验去播种不同的谷物,所以老百姓都称他为"神农"。

赤松子

赤松子者[1],神农时雨师也[2]。服水玉散[3],以教神农。能入火不烧。至昆仑山[4],常入西王母石室中[5],随风雨上下。炎帝少女追之[6],亦得仙,俱去。至高辛时[7],复为雨师,游人间。今之雨师本是焉。

〔注释〕

①赤松子:亦称"赤诵子""赤松子舆"。相传为上古时神仙,神农时的雨师。刘向《列仙传·赤松子》:"赤松子者,神农时雨师也,服水玉以教神农,能入火自烧。"

②雨师:古代传说中的司雨之神。

③水玉散:又称水精、水桂、水晶,道家仙药,服之可使人延年益寿。

④昆仑山:原名昆仑丘,又名昆仑虚,是古代传说中的神山,为万山之祖,传说西王母居住于此。

⑤西王母:古代神话中的女仙人。《山海经·西山经》:"西王母,其状如人,豹尾虎齿而善啸。"

⑥炎帝少女:炎帝的小女儿。炎帝,上古时期姜姓部落首领的尊称,号神农氏,又号魁隗氏、连山氏、列山氏,三皇之一。少女,名女娃,即精卫。《山海经·北山经》:"发鸠之山,其上多柘木。有鸟焉,其状如乌,文首、白喙、赤足,名曰精卫,其鸣自詨。是炎帝之少女,名曰女娃。"

⑦高辛:姬姓,名帝喾,传说中远古帝王。传为黄帝曾孙,尧之父,生而神异,自言其名曰夋(俊),代高阳氏为帝,称高辛氏。

　　赤松子是神农氏的司雨之神，常服食水玉散，并且将服食方法教给了神农。他本人也能够入火不死。他还经常去昆仑山，在西王母居住的石屋里，随风雨上天入地。炎帝的小女儿女娃曾追随他学道，也习得仙法，最终和他一起羽化成仙。到高辛帝时，赤松子再次成为司雨之神，漫游人间。如今的雨师们将他奉为祖师爷。

赤将子舆

　　赤将子舆者，黄帝时人也①。不食五谷，而啖百草华。至尧时②，为木工③。能随风雨上下。时于市门中卖缴④，故亦谓之缴父。

〔注释〕

　　①黄帝：古代神话中的五帝之一。姓公孙，生于轩辕之丘，称轩辕氏；建国于有熊，也称有熊氏。为中原各民族的共同祖先。

　　②尧：古代神话中的五帝之一，名放勋，父系氏族社会后期部族首领。初居于陶，后迁居唐，故称陶唐氏，史称唐尧。

　　③木工：官名。殷代天子六工之一，主管竹木器具制造。《礼记·曲礼下》："天子之六工，曰土工，金工，石土，木工，兽工，草工，典制六材。"

　　④缴（zhuó）：生丝线。《说文》："缴，生丝缕也。"

〔译文〕

　　赤将子舆是黄帝时期的人。不吃五谷杂粮，一生以百草之花为食。至尧帝在位时，被封为木工。能够随风雨上天入地，神异无常。他经常在集市中卖生丝线，因此，人们又称他为"缴父"。

宁封子

宁封子，黄帝时人也。世传为黄帝陶正^①。有异人过之，为其掌火，能出入五色烟。久则以教封子，封子积火自烧，而随烟气上下。视其灰烬，犹有其骨。时人共葬之宁北山中^②。故谓之宁封子。

〔注释〕

①陶正：官名。制陶工匠长官。
②宁北山：今云台山，位于今河南修武县北，修武县古称为"宁"，因此得名。

〔译文〕

宁封子，是黄帝时期的人物。世间流传他曾经做过黄帝手下的陶正。有神人曾来帮封子操纵火焰，此神人能在五色轻烟中随意地出入。时间久了，就教会了封子出入五色烟的秘诀，封子积木点火，投身火中，随着五色烟气上下颠簸。火熄灭后，众人检查草木灰中，仍有余骨未烬。当时人们便收拾余骨，葬在了宁北山中。因此，人们常称他为宁封子。

偓佺

偓佺者，槐山采药父也^①。好食松实。形体生毛，长七寸。两目更方^②。能飞行，逐走马。以松子遗尧^③，尧不暇服。松者，简松也。时受服者，皆三百岁。

〔注释〕

①槐山:古山名。《山海经·中山经》:"(朝歌之山)又东五百里曰槐山,谷多金锡。"另据《山东通志》记载,登州府蓬莱西北一百一十里处有山名槐山。

②两目更方:两只眼睛不停地转动。更,改变,改换。

③遗:给予,馈赠。

〔译文〕

偓佺,是槐山上采药的老翁。喜欢吃松子。他的身体上遍生毛发,有七寸长。两只眼睛还滴溜溜地转动不停。能够在天上飞,也可追逐地上奔跑的骏马。他把松子送给尧帝,但尧帝劳碌,没有时间服食。这种松,就是指简松。当时吃过松子的人,都活了三百多岁。

彭 祖

彭祖者,殷时大夫也①。姓钱,名铿。帝颛顼之孙②,陆终氏之中子③。历夏而至商末,号七百岁。常食桂芝。历阳有彭祖仙室④。前世云:祷请风雨,莫不辄应。常有两虎在祠左右。今日祠之讫,地则有两虎迹。

〔注释〕

①殷时大夫:殷商时期的大夫。殷,即殷商,商朝盘庚迁国都于殷(今河南安阳),故称"殷"。大夫,职官名,历代沿用,多系中央要职和顾问。后来成为一般任官职者的称呼。

②颛顼:古代神话中的五帝之一。相传为黄帝之孙,二十岁即帝位。

最初建国于高阳,故号高阳氏,建都于帝丘(今河北省濮阳县),在位七十八年。

③陆终氏:传说中远古时人,颛顼后裔,娶鬼方氏之女,剖腹而产,一产六男,即昆吾(樊)、参胡(惠连)、彭祖(钱铿)、邻人(求言)、曹姓(安)、季连。后分为卫、韩、彭、郑、邾、芈(楚先祖)六氏。

④历阳:今安徽和县古名,因"县南有历水"而得名。据《尚书》《禹贡》《通典》《元和郡县志》《太平寰宇记》等史料记载,历阳周朝属扬州之邑,春秋属吴,吴亡入越,越亡入楚。战国楚东侵至泗上,遂属楚。

〔译文〕

　　彭祖,殷商时期任大夫。姓钱,名铿。是五帝之一颛顼的孙子,陆终氏的中子。他历经了整个夏朝,直至商朝末年,号称自己活了七百岁。彭祖经常吃桂芝来延年益寿。在历阳有彭祖的仙室。前代的人都说:在彭祖仙室中祈请风雨,马上就会应验。在这祠堂的两旁,经常能看到两只老虎。如今,祠堂已经没有了,但地上还能看到老虎的足迹。

师　门

　　师门者,啸父弟子也①。能使火。食桃葩。为孔甲龙师②。孔甲不能修其心意,杀而埋之外野。一旦,风雨迎之,山木皆燔③。孔甲祠而祷之,未还而死。

〔注释〕

　　①啸父:一说为夏代人,或称冀州人,古代传说中的仙人。《列仙传》记载:"啸父者,冀州人也,少在曲周市上(今古城营)补履,数十年,人不知也。"

　　②孔甲龙师:孔甲在位期间的百官师长。孔甲,相传为夏代国君,侍

奉鬼神,淫乱不好德,诸侯多叛,夏后氏至此而衰。龙师,传说伏羲氏时,有龙马衔图之瑞,乃以龙名其百官师长,故曰"龙师"。

③燔(fán):焚烧。

〔译文〕

　　师门是啸父的徒弟。他能像啸父一样使用火。以桃花为食,是孔甲在位期间的百官师长。孔甲厌烦师门教导自己培养心性,遂杀死师门并将其尸首埋到了荒野。一天早晨,突然狂风暴雨大作,山上的草木被雷火击中都燃烧起来。孔甲心里惊恐万分,为师门立庙,并祈祷太平。孔甲祷告完毕,还没有回到住处,就死在了路上。

葛　由

　　葛由,蜀羌人也①。周成王时②,好刻木作羊卖之。一旦,乘木羊入蜀中,蜀中王侯贵人追之,上绥山③。绥山多桃,在峨眉山西南④,高无极也。随之者不复还,皆得仙道。故里谚曰:"得绥山一桃,虽不能仙,亦足以豪。"山下立祠数十处。

〔注释〕

　　①蜀羌人:蜀国羌族人。蜀,蜀国,地域范围主要在今四川地区。羌,羌族。

　　②周成王:生卒年不详,西周国君,姬姓,名诵,年幼即位,亲政后分封诸侯,命周公兴礼乐,立制度;营东都成周,定鼎郏鄏,奠定周朝统治基础,共在位三十七年。

　　③绥山:一名覆蓬山、中峨山,在今四川峨眉山市南。

④峨眉山:又名牙门山、峨眉大山、大峨山。在今四川峨眉山市西南十三里。《太平御览》卷166引《益州记》云:"峨眉山,两山相对,望之如峨眉。"

〔译文〕

葛由,是蜀地羌人。周成王时,他喜欢把木头雕刻成木羊出售。一天,葛由乘坐自己雕刻的木羊前往蜀中,蜀地的王公贵族听说后,都在后面追随他登上了绥山。绥山上有许多桃子,位置在峨眉山的西南方,高入云霄。当时追随葛由上山的人,没有一个下山的,全部飞升仙道。因此,当地有俗谚说:"得到绥山上的一只桃,即使没有飞升成仙,也足以自豪了。"人们在绥山下修建了十多处神祠祭祀他。

冠　先

冠先,宋人也①。钓鱼为业。居睢水旁百余年②。得鱼,或放,或卖,或自食之。常冠带。好种荔,食其葩实焉。宋景公问其道,不告,即杀之。后数十年,踞宋城门上③,鼓琴,数十日乃去。宋人家家奉祠之。

〔注释〕

①宋人:宋国人。宋,周朝分封的诸侯国名,在今河南商丘一带。
②睢水:汴水支流,战国鸿沟(汉代称狼汤渠)支流之一。《汉书·地理志》扶沟县:"涡水首受狼汤渠,东至取虑入淮,过郡三,行千里。"
③踞:蹲,坐。许慎《说文解字》:"踞,蹲也。"

〔译文〕

冠先是宋国人。以钓鱼为生。在睢水旁住了上百年。他每钓到鱼,或放,或卖,或者自己吃掉。他常常戴着帽子束着腰带。冠先喜欢种植荔枝,吃荔枝的花儿以及果实。宋景公向他咨询长生不老的方法,冠先闭口不言,景公一气之下,将其处死。数十年后,有人见冠先坐在宋国的城门楼上鼓琴,十多天才离开。宋国人家家户户立祠供奉他。

琴 高

琴高,赵人也①。能鼓琴。为宋康王舍人②。行涓、彭之术③,浮游冀州④、涿郡间⑤,二百余年。后辞入涿水中,取龙子。与诸弟子期之,曰:"明日皆洁斋⑥,候于水旁,设祠屋。"果乘赤鲤鱼出,来坐祠中。且有万人观之。留一月,乃复入水去。

〔注释〕

①赵人:赵国人。赵国,春秋战国时期诸侯国,战国七雄之一,国君嬴姓赵氏,于公元前 222 年被秦国所灭。

②宋康王舍人:宋康王的舍人。宋康王,亦称宋王偃、宋献王。子姓,戴氏,名偃,战国时期宋国最后一任国君,诸侯皆称"桀宋"。在位四十三年。舍人,战国及汉初王公贵人私门之官,为主人亲近私属。裴骃集解《史记·秦始皇本纪》载"李斯为吕不韦舍人"时,引文颖曰:"主厩内小吏官名。或曰侍从宾客谓之舍人也。"

③涓、彭之术:涓子、彭祖修道的要术。涓、彭,涓子、彭祖的简称,二者为传说中的古代仙人。

④冀州:古九州之一,包括今河北、山西两省,及河南黄河以北、辽宁辽河以西之地。

⑤涿郡:郡名,治所在今河北涿州。

⑥洁斋:净洁身心,诚敬斋戒。

琴高，赵国人。擅长弹琴。是宋康王的家臣。修习上古仙人涓子、彭祖的长生不老之术，在冀州、涿郡之间游历了二百多年。后成仙入水中，取得龙子。他和弟子相约说："明天你们都斋戒、沐浴，在水边等着我，设立神祠祭祀。"第二天，琴高果然乘坐红鲤鱼从水中跃出，坐在了神祠中。慕名而来瞻仰他风采的有上万人。约一个月后，琴高再次入水而去。

陶安公

陶安公者，六安铸冶师也^①。数行火，火一朝散上，紫色冲天。公伏冶下求哀。须臾，朱雀止冶上^②，曰："安公安公，冶与天通。七月七日，迎汝以赤龙。"至时，安公骑之，从东南去。城邑数万人^③，豫祖安送之^④，皆辞诀。

〔注释〕

①六（lù）安铸冶师：六安地区的熔铸金属之人。六安，位于今安徽西部、淠河中游。铸冶师，指熔炼、锻造金属的人。

②朱雀：神话传说中的祥瑞动物。《三辅黄图·未央宫》："苍龙、白虎、朱雀、玄武，天之四灵，以正四方，王者制宫阙殿阁取法焉。"

③城邑：指城市、都邑。许慎《说文解字》："邑，国也。"段玉裁注："《左传》凡称人曰大国，凡自称曰敝邑。古国邑通称。"

④豫祖安送之：在陶安公升天成仙之时，六安百姓已提前祭祀了路神，预先同陶安公钱别。豫，通"预"，预先，事先。祖，古代出行时祭祀路

神称为"祖"。《左传·昭公七年》:"公将往,梦襄公祖。"杜预注:"祖,祭道神。"

〔译文〕

陶安公,是六安的一个铸冶师。他经常用火熔炼金属,有一天,火焰突然散发上去,紫光冲天。见此异状,陶安公吓得趴在地上向上天叩头请罪。过了一会儿,一只朱雀飞来,停在了冶炼炉上,说道:"安公!安公!你的冶炼与天意相通。七月七日,赤龙迎接你上天。"到了这天,安公骑赤龙,朝东南方飞去。六安数万百姓在安公飞升之前,已祭祀了路神,并与他饯行辞别。

焦山老君

有人入焦山七年①,老君与之木钻②,使穿一盘石,石厚五尺。曰:"此石穿,当得道。"积四十年,石穿,遂得神仙丹诀③。

〔注释〕

①焦山:在今湖北石首东。《方舆纪要》卷78石首县"东山"条下:"《志》云,县东六十里有焦山,与东山连麓。其东南即华容县界也。山下有焦山港,通洞庭湖。岸北即调弦口。"

②老君与之木钻:老君把木钻送给他。老君,即指太上老君。道教神话人物,又称太上混元老君。《老子内传》:"太上老君,姓李名耳,字伯阳,一名重耳。生而白首,故号老子。耳有三漏,又号老聃。"钻,穿孔洞的用具。

③丹诀:道家修丹炼气的要诀。

古时候有个人在焦山已经修行了七年,太上老君赐给他一个木钻,让他用此钻穿透一块五尺厚的石头,太上老君对他说:"这块石头钻透之日,就是你得道成仙之时。"这个人花了四十年干这一件事,终于把石头钻透了,于是便得到了修丹炼气的要诀。

鲁少千

鲁少千者,山阳人也[①]。汉文帝尝微服怀金过之[②],欲问其道。少千拄金杖,执象牙扇,出应门[③]。

〔注释〕

①山阳:古县名。西汉置,属河内郡。治所在今河南焦作东十里墙南村北侧。以在太行山之阳得名。

②汉文帝尝微服怀金过之:汉文帝刘恒曾经带着贵重的礼物微服拜访他。汉文帝(前202—前157),名刘恒,西汉皇帝,初封代王,吕后死,大臣诛诸吕,迎立为帝。在位期间,轻徭薄赋,与民休息。景帝因之,史称"文景之治",在位二十三年。微服,为隐藏身份,变更常服,避人耳目。过,拜访。

③应门:天子出入之门称应门。君王是"应天之命"而为人君,因称天子,天子行走之门就是正门,又称应门。

〔译文〕

鲁少千,是山阳人。汉文帝曾经微服私行,带着金钱等贵重的礼物去拜访他,向他学习长生之道。少千听说后,挂着金拐杖,拿着象牙扇,出门迎接文帝。

汉王乔

汉明帝时[①]，尚书郎河东王乔为叶令[②]。乔有神术，每月朔，尝自县诣台[③]。帝怪其来数而不见车骑，密令太史候望之[④]。言其临至时，辄有双凫从东南飞来[⑤]。因伏伺，见凫，举罗张之，但得一双舄[⑥]。使尚方识视[⑦]，四年中所赐尚书官属履也。

〔注释〕

①汉明帝(28—75)：名刘庄，东汉第二位皇帝，光武帝刘秀之子。建武十九年(43)立为皇太子。58 年即位，年号永平。在位十八年，死后谥为明帝，庙号显宗。

②尚书郎河东王乔为叶令：河东郡尚书郎王乔任叶县县令。尚书郎，官名，东汉之制，取孝廉中有才能者入尚书台，在皇帝左右处理政务，初入台称守尚书郎中，满一年称尚书郎，三年称侍郎。河东，山西省境内，黄河以东的地区。秦汉曾于此设河东郡。治所在安邑县(今山西夏县西北十五里禹王城)。叶，即叶县，西汉置，属南阳郡，治所在今河南叶县南二十八里。

③尝自县诣台：经常从地方去中央拜访高官。尝，通"常"。诣，晋谒，造访，古代到朝廷或上级、尊长处去之称。台，古代中央官署名，这里代指高官。

④太史：三代为史官与历官的长官，朝廷大臣。后职位渐低，秦称太史令，汉属太常，掌天文历法。魏晋以后太史仅掌管推算历法。至明清两朝，修史之事由翰林院负责，又称翰林为太史。

⑤凫：俗名野鸭。《广韵》："凫，水鸭也。"

⑥舄(xì)：重木底鞋，多为帝王大臣穿。《广雅》："舄，履也。"

⑦尚方：官署名，秦置，汉承秦制，属少府，掌上等技工制作御用刀剑

诸物和刻玉为器等。此处指尚方令，即掌管制作诸物的官署长官。

〔译文〕

　　汉明帝时，尚书郎河东人王乔被任命为叶县县令。王乔有神仙之术，每个月的初一，都能够从县里到朝廷拜谒长官。明帝对于他多次前来都城却不见他所乘车马感到十分奇怪，于是便派太史暗中监视着王乔的行踪，等着他再次入京。太史回来报告明帝说，每次王乔快到的时候，就有一对野鸭从东南方飞来。于是，明帝派人埋伏起来，见野鸭一到，便张网捕捉，结果却捕得一双鞋。他让尚方令辨识此鞋，认出是永平四年时制作，后赐予尚书官属的鞋子。

蓟子训

　　蓟子训，不知所从来。东汉时①，到洛阳②，见公卿数十处，皆持斗酒片脯候之，曰："远来无所有，示致微意。"坐上数百人，饮啖终日不尽。去后皆见白云起，从旦至暮。时有百岁公说："小儿时，见训卖药会稽市③，颜色如此。"训不乐住洛，遂遁去。正始中④，有人于长安东霸城⑤，见与一老公共摩娑铜人，相谓曰："适见铸此，已近五百岁矣。"见者呼之曰："蓟先生小住。"并行应之。视若迟徐，而走马不及。

〔注释〕

　　①东汉：朝代名，自25年起到220年止，光武帝至献帝建都于洛阳，因洛阳在西汉首都长安的东边，故称为"东汉"。又因建于刘邦所建的西汉之后，并承续其国脉，故也称为"后汉"。

②洛阳:东汉都城。

③会(kuài)稽市:会稽郡的市场。会稽,秦置,今江苏东部及浙江西部,郡治在吴县(今江苏苏州城区),东汉永建四年(129)徙治山阴县(今浙江绍兴城区)。市,市场,做买卖的地方。

④正始:三国魏齐王芳的年号(240—249)。

⑤霸城:《太平寰宇记》卷25:"霸岸,在通化门东三十里,秦襄王葬于其坂,谓之霸上。其城即秦缪公所筑,汉为(霸陵)县。"

〔译文〕

蓟子训,不知道是哪里人。东汉时来到都城洛阳,拜访了几十个大官,每次手里都拿着酒和肉脯等着他们接见,说:"我远道而来没有什么礼物进献,仅以此表达我虔敬的心意。"在座吃饭的有数百人,整天喝酒吃肉没完没了。蓟子训离开后,所有人都能看见白云平地而起,从早到晚都不消散。当时有活了上百岁的老人说:"我小时候,常见蓟子训在会稽市场上卖药,容貌和现在没什么两样。"蓟子训不喜欢在洛阳城中居住,所以离开了。正始年间,有人曾经在长安城东的霸城附近见过他,当时他正和一位老翁一起抚摸铜像,并且感叹道:"当时曾亲眼见铸这尊铜像,一转眼已经近五百年了。"见者向他打招呼说:"蓟先生等等我。"蓟子训边走边应和着。看上去他走得很慢,但实际上连奔跑的骏马都追不上他。

左 慈

左慈字元放,庐江人也①。少有神通,尝在曹公座,公笑顾众宾曰:"今日高会,珍羞略备②。所少者,吴松江鲈鱼为脍③。"放云:"此易得耳。"因求铜盘,贮水,以竹竿饵钓于盘中。须臾，引一鲈鱼出。公大拊掌，会者皆惊。公曰："一鱼不周坐客，得两为佳。"放乃复饵钓之。须臾，引出，皆三尺余，生鲜可爱。公便自前脍之，周赐座席。公曰："今既得鲈，恨无蜀中生姜耳。"放曰："亦可得也。"公恐其近道买，因曰："吾昔使人至蜀买锦，可敕人告吾使，使增市二端④。"人去，须臾还，得生姜。又云："于锦肆下见公使，已敕增市二端。"后经岁余，公使还，果增二端。问之，云："昔某月某日，见人于肆下，以公敕敕之。"

后公出近郊，士人从者百数。放乃赍酒一罂⑤，脯一片，手自倾罂，行酒百官，百官莫不醉饱。公怪，使寻其故。行视沽酒家，昨悉亡其酒脯矣。公怒，阴欲杀放。放在公座，将收之，却入壁中，霍然不见。乃募取之。或见于市，欲捕之，而市人皆放同形，莫知谁是。

后人遇放于阳城山头⑥，因复逐之。遂走入羊群。公知不可得，乃令就羊中告之曰："曹公不复相杀，本试君术耳。今既验，但欲与相见。"忽有一老羝⑦，屈前两膝，人立而言曰："遽如许。"人即云："此羊是。"竞往赴之。而群羊数百，皆变为羝，并屈前膝，人立云："遽如许。"于是遂莫知所取焉。老子曰："吾之所以为大患者，以吾有身也；及吾无身，吾有何患哉！"若老子之俦⑧，可谓能无身矣。岂不远哉也？

〔注释〕

①庐江：楚汉之际分秦九江郡置，辖境相当今安徽长江以南，泾县、宣

州以西和江西信江流域及其以北地区。汉武帝后治舒(今安徽庐江县西南三十里城池乡)。东汉末废。三国时期魏和吴分别设置庐江郡,魏治所在六安县(今安徽六安市北十里城北乡),吴治所在皖县(今潜山县)。西晋时两者合一,移治舒县(今舒城县)。

②珍羞:也作"珍馐",珍奇美味的食物。

③吴松江鲈鱼为脍(kuài):用吴松江的鲈鱼做鱼片。吴松江,古称笠泽,又名松陵江,即今江苏太湖尾闾吴淞江。《后汉书·左慈传》李贤注:"松江今在苏州东南,首受太湖。"脍,细切的肉、鱼。许慎《说文解字》:"脍,细切肉也。"

④端:古代布帛的长度单位。通常一端约等于一匹。

⑤罂:大腹小口的瓦器。许慎《说文解字》:"罂,缶也。"

⑥阳城山:俗名车岭山。在今河南登封东北,为嵩山东支,洧水发源于此。山南麓地势险要,称阳城关(今石羊关),为古战场。据《资治通鉴》记载,东晋元帝建武元年(317),十六国前赵将刘雅生攻赵固于洛阳,赵固落败"奔阳城山"。

⑦羝(dī):公羊。

⑧俦:同类,辈。

[译文]

　　左慈,字元放,安徽庐江人。年少时就会一些小法术,曾经在曹操府上做客,曹操笑着对众位宾客说:"今天高朋满座,山珍海味也准备得相对齐全。只差吴淞江的鲈鱼了。"元放说:"这事容易。"于是他找了一只铜盘,在里面倒上水,把竹竿饵钩放入盘子里。一会儿,就钓出来一条鲈鱼。曹公拍手称赞,在座者都诧异不已。曹操说:"一条鲈鱼不够在座的诸多宾客尝鲜的,如果有两条就好了。"于是元放又去铜盘里钓鱼,顷刻间,又钓出来一条鲈鱼,这两条鲈鱼都有三尺多长,新鲜可爱。曹操见得鲈鱼,便准备亲自下厨烹调,把做好的鱼赐给在座的宾客品尝。曹操说："现在鲈鱼是有了，遗憾的是没有蜀中的生姜做调料。"元放说："这也不难。"曹操担心他在近处市场上购买，便说："我前一段时间派人去蜀中买彩锦，你告诉我的使者，让他多买两匹彩锦回来。"元放离开了一会儿就带着生姜回来了。并且说："我在蜀锦市场见到了您派去买彩锦的人，已告诉他多买两匹。"后来过了约有一年时间，曹公派去四川买彩锦的人返回，果然比原本安排的多买了两匹彩锦。曹操问他们什么情况，购买者说："去年某月某日，曾经在彩锦市场上遇到您派的信使，把您让多买两匹彩锦的命令告诉了我。"

后来曹操出城游玩，有上百人跟随着。元放只拿着一坛酒、一块肉干，亲自给百官斟酒，一百多人都酒醉肉饱。曹操觉得十分奇怪，派人查看原因。当走到一家酒店的时候，得知这家酒店里的酒和肉昨天全都不翼而飞。曹操十分生气，便有了除掉元放之心。后来，在一次宴席上，曹操想要捉拿他，只见元放飞入壁中，瞬间消失了。于是，曹操就派人到处捕捉他。有人见元放在市场上，刚想要擒获他，便见市场上所有的人都和元放长得一模一样，不知道该捉哪个。

后来又有人在阳城山头遇到了元放，于是又去捉拿他。元放便混入了羊群。曹操知道元放不好捉，便让人对着羊群说："曹公不再要杀你了，他原本就是想试试你的法术。如今既已得知你法术高明，只是想和你见一面。"忽然有一只老公羊，蜷曲两条前腿，像人一样站着说："竟然是这样。"有官差立即说："这只羊就是元放。"所有人都纷纷扑向这只羊。然而，这上百只羊瞬间都变成了老公羊，并且全都蜷曲两条前腿，像人一样站着说："竟然是这样。"于是，众人都不知道该去捉哪只羊。老子说过："我最大的忧虑，就是我还有形体；等到我没有形体的时侯，我还有什么可忧虑的！"像老子这一类人，可以说已经能够忘却形体了。难道这样的修为不远在我们之上吗？

于 吉

孙策欲渡江袭许①，与于吉俱行②。时大旱，所在熇厉③。策催诸将士，使速引船。或身自早出督切④，见将吏多在吉许。策因此激怒，言："我为不如吉耶，而先趋附之？"便使收吉。至，呵问之曰："天旱不雨，道路艰涩，不时得过，故自早出。而卿不同忧戚，安坐船中，作鬼物态，败吾部伍。今当相除。"令人缚置地上，暴之，使请雨。若能感天，日中雨者，当原赦；不尔，行诛。俄而云气上蒸，肤寸而合。比至日中，大雨总至，溪涧盈溢。将士喜悦，以为吉必见原，并往庆慰。策遂杀之。将士哀惜，藏其尸。天夜，忽更兴云覆之。明旦往视，不知所在。策既杀吉，每独坐，仿佛见吉在左右。意深恶之，颇有失常。后治疮方差⑤，而引镜自照，见吉在镜中，顾而弗见。如是再三。扑镜大叫，疮皆崩裂，须臾而死。（吉，琅玡人⑥，道士。）

[注释]

①孙策欲渡江袭许：孙策想要发兵渡江，攻打许都。孙策（175—200），东汉末吴郡富春人，字伯符，在江东地区建立孙氏政权，曹操表为讨逆将军，封吴侯，建安五年（200）拟乘官渡之战的时机袭击许都，兵未发，遇刺身亡，孙权称帝，追谥长沙桓王。许，即许都，在今河南许昌东三十六里古城。东汉建安初，曹操迎献帝都此。《后汉书·袁绍传》："曹操奉迎

天子,建宫许都。"

②于吉:一作干吉、干室,三国吴琅邪人,方士。烧香读道书,制符水以治病,信者甚众,孙策以为妖妄,斩之。相传曾得神书于曲阳泉上,衍为《太平青领书》。

③燋(hè)厉:炎热。燋,火势炽盛。厉,严重。

④督切(qiē):督责,督促。

⑤方差(chài):刚刚病愈。方,才,刚刚。差,病愈。后作"瘥"。

⑥琅玡:又作"琅琊"。

〔译文〕

　　东吴孙策想要渡江袭击许昌,和于吉一起出发,正碰上气候大旱,天气炎热。孙策催促众将士快点把船拉过来,渡江进军。他一大早就出门督促军队行动,却发现将官们大多都在于吉身边。孙策怒曰:"我难道比不上于吉吗? 你们却先附随他?"于是便下令把于吉绑了起来。于吉被士兵押到孙策面前,孙策大声呵斥说:"天气干旱无雨,行程艰难,不知道什么时候可以有机会渡江,因此我早起动员大家行动。而你却不和我一起寻找解决办法,竟然安坐船中,在那里装神弄鬼,消磨我军士气,如今我要杀了你。"于是,孙策让人把他绑了,拖到烈日下,让太阳暴晒的同时,命令他求雨。并承诺如果诚心能够感动上天,中午下雨的话,就把他放了;否则性命不保。于吉请雨不久,就见云气蒸腾。等到了中午,大雨滂沱,周围的溪涧河川都满了。官兵们见此情景,都十分高兴,认为于吉肯定会被孙策赦免,一起去慰问、祝贺他。孙策(见众人对于吉如此崇敬,更加生气)把他杀了。众官兵对此都哀婉叹息,便把于吉的尸体藏了起来。这天晚上,忽然风雨大作。第二天早晨,士兵们去看所藏尸体,已不知去向。孙策自从杀了于吉之后,每当一人独坐之时,总感觉于吉就在自己身边徘徊。因此，内心更加痛恨他，几至精神错乱。后来，孙策治疗伤口刚刚恢复，拿镜子自照面容，忽然看到于吉竟在镜子里，四处环顾却看不见他，像这样的情况多次出现。孙策气愤无比，扑过去冲镜子大喊大叫，伤口便又溃裂，不久就死了。（于吉，琅琊人，道士。）

介　琰

　　介琰者，不知何许人也。住建安方山①。从其师白羊公②。杜受玄一无为之道③，能变化隐形。尝往来东海，暂过秣陵④，与吴主相闻。吴主留琰，乃为琰架宫庙。一日之中，数遣人往问起居。琰或为童子，或为老翁；无所食啖，不受饷遗。吴主欲学其术，琰以吴主多内御⑤，积月不教。吴主怒，敕缚琰，著甲士引弩射之。弩发，而绳缚犹存，不知琰之所之。

〔注释〕

　　①住建安方山：住在建安郡的方山上。建安，郡名，三国吴置。治所在今福建建瓯。方山，即今福建闽侯县东南五虎山。《太平寰宇记》卷100福州闽县：方山“在州南七十里，周回一百里，山顶方平，因号方山”。

　　②白羊公：传说中的道教人物，《历世真仙通鉴》称介琰“师白羊公杜必，受玄一之道”。

　　③玄一无为之道：道家法术。玄一，《老子》：“玄之又玄，众妙之门。”无为，即“清净无为”，是道家的修行主张。

　　④秣陵：秦始皇三十七年（前210）改金陵邑置，属会稽郡。治所即今江苏江宁县南五十里秣陵镇。《三国志·吴书·张纮传》裴松之注引《江表传》载，张纮谓孙权曰：“秣陵，楚武王所置，名为金陵。地势冈阜连石

头,访问故老,云昔秦始皇东巡会稽经此县,望气者云,金陵地形有王者都邑之气,故掘断连冈,改名秣陵。"

⑤内御:也称女御,宫中侍女。此指内宠,即宫内嫔妃。

[译文]

　　介琰,不知道是哪里人。住在建安方山上。以白羊公杜必为师。杜必传授他道家玄一无为的道法,可以隐藏自己的身体,变化无端。介琰曾经往来于东海,途中暂时住在秣陵,与吴主孙权有交往。吴主孙权留介琰住下,并为他建造宫庙,让其居住。每天都派人多次慰问介琰的饮食起居之需。在这期间,介琰时而变为童子,时而形似老伯,不吃不喝,也不接受孙权的馈赠之物。孙权想要向他学习道术,介琰因为孙权宫内嫔妃太多,几个月过去了,都不肯教他。孙权很生气,下令绑缚介琰,让士兵用弓弩射杀他。弩箭发出去,绳子还在,介琰却已不知所踪。

吴　猛

　　吴猛,濮阳人①。仕吴,为西安令②。因家分宁③。性至孝。遇至人丁义④,授以神方。又得秘法神符,道术大行⑤。尝见大风,书符掷屋上,有青鸟衔去,风即止。或问其故,曰:"南湖有舟⑥,遇此风,道士求救。"验之果然。西安令干庆,死已三日,猛曰:"数未尽,当诉之于天。"遂卧尸旁。数日,与令俱起。后将弟子回豫章⑦,江水大急,人不得渡。猛乃以手中白羽扇画江水,横流,遂成陆路,徐行而过。过讫,水复。观者骇异。尝守浔阳⑧,参军周家有狂风暴起⑨,猛即书符掷屋上,须臾风静。

〔注释〕

①濮阳：西晋咸宁三年(277)改东郡置濮阳国,属兖州。治所在濮阳县(今河南濮阳县西南)。

②西安令：西安,东汉建安中,孙权分海昏县置,三国吴属豫章郡,治所在今江西武宁县西石渡乡西安村,西晋太康元年(280)改名豫宁县。令,古代官名,一地方的最高行政长官,一般指县令。

③分宁：属洪州,治所在今江西修水县。

④至人丁义：至人,道家指超凡脱俗,达到无我境界的人。丁义,晋豫章高安人,精医道,尝以神方授吴猛。

⑤大行：法术高妙。行,能干、干练,这里指厉害。

⑥南湖：一名南塘,在今江西临川西南。《方舆纪要》卷86抚州府临川县："南塘,在府西南二里。亦曰南湖。延广数百亩。城三面环河,惟西南为山麓,浚湖于此,受东南诸源之水。霖雨不溢,旱嘆可潴。"

⑦将弟子回豫章：带领弟子回豫章。将,带领。豫章,西汉高帝六年(前201)分九江郡置,治所在南昌县(今江西南昌市东)。《水经·赣水注》："应劭汉官仪曰：豫章,樟树生庭中,故以名郡矣。"汉时辖境大致相当今江西省地。

⑧浔阳：寻阳县,在今湖北黄梅县西南。

⑨参军：职官名,东汉置,掌参谋军务,是古代诸王及将帅的幕僚。

〔译文〕

吴猛是河南濮阳人。在东吴做官,任西安县令。于是把家安在了分宁县。吴猛生性十分的孝顺。他曾遇到道法高深的丁义,丁义传授给他一些仙法。后来又获得了道家秘诀神符,使得自己道法十分的深厚。他曾经遇到大风,画符抛掷在屋顶上,只见有青鸟把符叼走,风就停了。有人问他原因,吴猛说："南湖中有条船遇到了大风浪,上面有个道士在向我求救。"众人后来验证此事,果然如他说的那样。西安县令干庆,死了已经三天了,吴猛说:"命数还不应该结束,我要向上天替他申诉。"便躺在了干庆的尸体旁边。几天后,吴猛和县令一起苏醒过来。后来,他带着弟子一起回豫章,江水湍急,众人都没有办法横渡过去。吴猛用手中的白羽扇把江水阻断,使得江水横流,便出现了陆地,众人缓步徐行走了过去。众人走过去之后,江水便和原来一样湍急奔涌。见到此情景的人都感觉十分的诧异。吴猛曾经驻守浔阳,有个周姓的参军家里突然狂风骤起,吴猛立刻在纸上画了一道符,令他抛掷在自家屋顶上,刹那间,风就停了。

园　客

园客者,济阴人也①。貌美。邑人多欲妻之,客终不娶。尝种五色香草,积数十年,服食其实。忽有五色神蛾,止香草之上。客收而荐之以布②,生桑蚕焉。至蚕时,有神女夜至,助客养蚕。亦以香草食蚕,得茧百二十头③,大如瓮④。每一茧,缲六七日乃尽。缲讫,女与客俱仙去,莫知所如。

〔注释〕

①济阴:西汉景帝中元六年(前144)分梁国置济阴国,治所在定陶县(今山东定陶西北四里)。

②荐:铺垫。

③茧:某些昆虫的幼虫在变成蛹之前吐丝做成的壳。

④瓮:陶制盛器,小口大腹。《广雅·释器》:"瓮,瓶也。"

〔译文〕

园客是济阴人。相貌英俊。同乡有很多人家想把女儿嫁给他，但他却一直不娶。园客曾种过一种五色香草，十多年来，一直吃它的果实。忽然有一天，有一只五色神蛾飞来，停在了香草之上。于是园客就把神蛾捉住，把布垫在它的下面，使它产蚕卵。到了春天蚕卵生长的季节，有一位神女突然半夜到来，帮助他养蚕。和园客一样，神女也用香草喂蚕，最后收获一百二十只像瓮那么大的蚕茧。每只茧，需要缫六七天才能把丝缫尽。缫完一百二十只蚕茧，神女与园客一起成仙而去，不知所踪。

董 永

汉董永，千乘人①。少偏孤，与父居。肆力田亩②，鹿车载自随③。父亡，无以葬，乃自卖为奴，以供丧事。主人知其贤，与钱一万，遣之。永行三年丧毕，欲还主人，供其奴职。道逢一妇人曰："愿为子妻。"遂与之俱。主人谓永曰："以钱与君矣。"永曰："蒙君之惠，父丧收藏。永虽小人，必欲服勤致力，以报厚德。"主曰："妇人何能？"永曰："能织。"主曰："必尔者，但令君妇为我织缣百匹④。"于是永妻为主人家织，十日而毕。女出门，谓永曰："我，天之织女也。缘君至孝，天帝令我助君偿债耳。"语毕，凌空而去，不知所在。

〔注释〕

①千乘：古邑名，在今山东高青县东北。因齐景公有马千驷，猎于境

内的青田而得名。秦置千乘县于此。《元和郡县志》卷10："千乘者,以齐景公有马千驷,畋于青丘。今县北有青丘县,因以为名。"

②肆力:使出全部的力量,尽力。

③鹿车载自随:用小车推着父亲,让父亲跟随在自己身边。鹿车,古代一种小车,空间狭小。自随,跟随在自己身边。

④织缣(jiān)百匹:织了上百匹缣。缣,双丝的细绢。匹,量词,用于纺织品。许慎《说文解字》:"匹,四丈也。"

〔译文〕

　　董永是千乘人。小时候就没了母亲,和父亲相依为命。他整天拼命地在田里耕作,每天都用小车推着父亲,让父亲不离自己左右。父亲死后,家里没有钱出殡,于是董永便自卖为有钱人家的仆人,得了钱来操办丧事。主人知道他秉性贤良,就给了他一万文钱,让他回去安葬父亲。董永为父守丧三年期满,想要回主人家里,供主人差遣。在去的路上,遇到一个年轻的女子对他说:"我愿意做你的妻子。"于是两人便同行来到主人家里。主人对董永说:"那钱是送给你的。"董永道:"感念主人的恩情,多亏您施舍钱财,父亲才得以下葬。董永虽然是小老百姓,但也一定会勤勤恳恳地出力,报答您的大恩大德。"主人说:"你妻子能做些什么?"董永说:"会织布。"主人说:"如果你一定要报答我的恩情,就让你的妻子替我织一百匹双丝细绢吧。"于是,董永的妻子便为主人家织双丝细绢,十天就把一百匹织完了。两人出了门,女子对董永说:"我是天上的织女。因为你的孝顺感动了天帝,天帝命我来帮你一起还债。"说完,织女便凌空飞去,不知去了何方。

杜兰香

　　汉时有杜兰香者,自称南康人氏①。以建兴四年春②，数诣张传。传年十七，望见其车在门外，婢通言："阿母所生，遣授配君，可不敬从!"传先改名硕。硕呼女前视，可十六七，说事邈然久远。有婢子二人：大者萱支，小者松支。钿车青牛③，上饮食皆备。作诗曰："阿母处灵岳，时游云霄际。众女侍羽仪，不出墉宫外④。飘轮送我来，岂复耻尘秽。从我与福俱，嫌我与祸会。"至其年八月旦，复来，作诗曰："逍遥云汉间，呼吸发九嶷⑤。流汝不稽路，弱水何不之。"出薯蓣子三枚⑥，大如鸡子，云："食此，令君不畏风波，辟寒温。"硕食二枚，欲留一。不肯，令硕食尽。言："本为君作妻，情无旷远。以年命未合，其小乖。太岁东方卯⑦，当还求君。"兰香降时，硕问："祷祀何如?"香曰："消魔自可愈疾，淫祀无益。"香以药为消魔。

〔注释〕

①南康：郡名。西晋太康三年(282)置，治雩都(今江西于都东北)，东晋移治赣县(今赣州西)。辖今江西南康、赣县、兴国、宁都等市县以南地。

②建兴：晋愍帝司马邺年号(313—317)，共五年。

③钿车：用金玉宝石等装饰华丽的车子。钿，把金属宝石等镶嵌在器物上做装饰。

④墉宫：墉城，传说中西王母居于此。

⑤九嶷：山名。在湖南宁远县南，相传舜帝葬于此。

⑥薯蓣(yù)：山药。

⑦太岁东方卯：木星运行到东方卯这个地方，暗指到了卯岁的时候。太岁，木星的别称。

〔译文〕

汉代有个叫杜兰香的女子,自称是南康人。晋愍帝建兴四年春天,多次拜见张传。张传当时十七岁,他看见自家门外有一辆马车,有婢女下车传话给他说:"我是神母所生,今令我来嫁给您,我不能不听从她的安排。"张传先前已经把名字改成了张硕。张硕便召唤女子走上前来,看上去女孩儿有十六七岁,但是她所说的都是远古的事情。女子有两个婢女,大的叫萱支,小的叫松支。她乘坐的车子装饰华丽,由青牛拉着,上面吃的、喝的东西应有尽有。她作诗曰:"母亲身居神山中,时常遨游九重天。众女侍立擎羽扇,不出墉宫神仙殿。飘飘神车送我至,岂嫌人间污秽沾。与我共处福分多,嫌我祸事聚首近。"到了八月间,一天清晨,女子又来到张传门前,作诗说:"自在遨游天地间,呼吸散发九嶷山。飘忽不定在人间,弱水洗濯欲成仙。"诗毕,拿出来三枚和鸡蛋差不多大小的薯蓣子说:"吃了它,郎君便可以不怕风浪,不畏寒暑。"张硕吃了两枚,想要留一枚,女子不乐意,让张硕把薯蓣子全都吃掉,她说:"我原本是要做你的妻子,感情亲密,不会疏远,只因我现在与年命不相合,会不太顺利。等到太岁星位于东方卯的时候,我再回来和你相会。"兰香降临时,张硕问:"祈祷祭祀的事情怎么样了?"杜兰香回答说:"消魔就可以治愈疾病,过分的祈祷祭祀并没有什么好处。"杜兰香把药物称为"消魔"。

卷　二

樊　英

　　樊英隐于壶山①,尝有暴风从西南起,英谓学者曰:"成都市火甚盛②。"因含水噀之。乃命计其时日。后有从蜀来者云:"是日大火,有云从东起,须臾大雨,火遂灭。"

〔注释〕

　　①壶山:又称太胡山,在今河南泌阳县东北七十里。《后汉书·樊英传》:樊英"隐于壶山之阳"。

　　②成都:蜀郡都城,在今四川成都,与广都、新都号为三都。成都之得名,据《太平御览》卷166引《史记》曰:"周太王逾梁山之岐山,一年成邑,二年成都,故有成都之名。"

〔译文〕

　　樊英隐居在壶山修行的时候,曾经有狂风从西南方刮过来,樊英对跟随他学道的人说:"成都集市大火猛烈。"于是,他嘴里含水向成都方向喷出去。又让人记下当时的日期。后来有个人从蜀地回来说:"当日成都大火的时候,有乌云从东边奔涌而至,不一会儿下了一场大雨,火就熄灭了。"

徐 登

　　闽中有徐登者①，女子化为丈夫。与东阳赵昞②，并善方术。时遭兵乱，相遇于溪，各矜其所能。登先禁溪水为不流，昞次禁杨柳为生稊③。二人相视而笑。登年长，昞师事之。后登身故，昞东入章安④，百姓未知。昞乃升茅屋，据鼎而爨⑤。主人惊怪，昞笑而不应，屋亦不损。

〔注释〕

　　①闽中：旧时为福州府别称。《舆地纪胜》卷128福州《景物上》：闽中，"于闽为土中，所谓闽中也"。

　　②赵昞：东汉东阳人，字公阿。能为禁术，以术疗病，章安令恶其惑众，收杀。

　　③稊(tí)：杨柳新长出的嫩芽。

　　④章安：县名，属会稽郡。故城在今台州临海县南。

　　⑤据鼎而爨(cuàn)：用鼎来烧火做饭。鼎，古代烹煮用的器物，一般是三足两耳。爨，烧火做饭。

〔译文〕

　　闽中有个叫徐登的人，本为女子，却变成了男儿身。他和东阳的赵昞，都擅长道术。当时正值兵荒马乱，二人在溪边相遇，开始各自矜夸自己的法术高超。徐登先施法，让溪水不流动，赵昞接着施法，使枯杨柳发新芽。二人相视大笑。徐登年龄大一些，赵昞便把他当作自己的老师来看待。后来，徐登仙逝，赵昞独自一人东至章安，当地百姓都不了解他。于是赵昞就爬到了草屋顶上,架起大鼎烧火做饭。屋主人对此感到诧异并责怪他,赵昞只是笑而不答,茅屋也没有被烧坏。

赵 昞

赵昞尝临水求渡,船人不许。昞乃张帷盖^①,坐其中,长啸呼风,乱流而济^②。于是百姓敬服,从者如归。章安令恶其惑众,收杀之。民为立祠于永康^③,至今蚊蚋不能入。

〔注释〕

①帷盖:车的帷幕和篷盖。

②济:渡,过河。

③永康:在今浙江中部、婺江上游永康溪流域。三国吴赤乌八年(245)分乌伤县南界上浦置永康县,属会稽郡。相传,孙权之母曾来上浦进香,祈求"永保安康",以此得名。

〔译文〕

赵昞曾经在水边想要乘船过河,撑船的人不同意。赵昞就张起帷盖,坐在上面,并高声呼唤大风,在乱流中就过了河。于是百姓都很敬佩他的道法,追随他的人很多。章安县令认为赵昞是在用妖法蛊惑人心,就将其收监并处死了他。老百姓为他在永康城建祠祭祀,到如今,蚊虫仍不能够飞进庙里。

鞠道龙(附黄公)

鞠道龙善为幻术^①。尝云:"东海人黄公^②,善为幻,制蛇御虎^③。常佩赤金刀。及衰老,饮酒过度。秦末,有白虎见于东海,诏遣黄公以赤刀往厌之④。术既不行,遂为虎所杀。"

〔注释〕

①幻术:眩惑人的法术。

②东海:秦置,治所在郯县(今山东郯城县北门外)。楚、汉之际为郯郡,西汉仍为东海郡。辖境相当今山东费县、临沂和江苏赣榆以南,山东枣庄、江苏邳州以东和江苏宿迁、灌南以北地区。

③制蛇御虎:控制毒蛇,驱使老虎。这里形容黄公的幻术高明。

④厌:通"压"。压制,抑制。

〔译文〕

鞠道龙会迷惑人的法术。他曾经说:"东海郡有个人叫黄公,擅长变法术,能够控制毒蛇,驱使老虎。身上常佩戴着赤金刀。年老以后,常常饮酒过度,无所节制。秦朝末年,有一只白虎出现在东海郡境内,皇帝诏令黄公带着他的赤金刀前往收服它。黄公的法术还没有施行,就被老虎咬死了。"

谢 纠

谢纠尝食客①,以朱书符投井水,有一双鲤鱼跳出。即命作脍②,一坐皆得遍③。

〔注释〕

①食(sì)客:宴请客人。食,又作"饲",拿东西给人吃。

②脍:细切的肉。许慎《说文解字》:"脍,细切肉也。"

③遍:量词,从头到尾经历一次。

〔译文〕

有一次,谢纠请人吃饭,他把用丹砂写的符箓投入井水,就有一对大鲤鱼跳了出来。然后,他命人把鱼切成鱼片,让宴席上的客人都品尝了一遍。

扶南王

扶南王范寻养虎于山①,有犯罪者,投与虎,不噬,乃宥之②。故山名大虫③,亦名大灵。又养鳄鱼十头,若犯罪者,投与鳄鱼,不噬,乃赦之。无罪者皆不噬。故有鳄鱼池。又尝煮水令沸,以金指环投汤中,然后以手探汤④。其直者,手不烂;有罪者,入汤即焦。

〔注释〕

①扶南王范寻养虎于山:扶南王范寻在山上养虎。扶南,柬埔寨古代国家。范寻,范旃(zhān)大将,吴、晋时期扶南将领,后杀扶南王范长自立为王。杜佑《通典》卷188:"大将范寻自立为王为吴、晋时也。"

②宥(yòu):饶恕,赦免。

③大虫:老虎的别称。后文"大灵"也是对老虎的别称。

④汤:热水。《说文解字》:"汤,热水也。"

〔译文〕

扶南王范寻在山上饲养老虎,如果有人犯了罪,他就下令将其投喂老虎,如果老虎不咬此人,范寻就饶恕他。因此,养老虎的这座山就被命名为大虫山,又被称为大灵山。范寻又养了数十头鳄鱼,如果有人犯了罪,他就下令将其拉去喂鳄鱼,鳄鱼不撕咬此人,范寻就赦免他。鳄鱼不会去攻击无罪之人。因此就有了鳄鱼池。他还曾经让属下将水烧开,把自己的金戒指投入水中,然后让人到沸水中去取。那些正直无罪之人,手不会被烫伤;那些有罪之人,手伸进去就会被烫焦。

贾佩兰

戚夫人侍儿贾佩兰①,后出为扶风人段儒妻②。说在宫内时,尝以弦管歌舞相欢娱,竞为妖服③,以趋良时。十月十五日,共入灵女庙④,以豚黍乐神,吹笛击筑⑤,歌《上灵之曲》。既而相与连臂,踏地为节,歌《赤凤皇来》。乃巫俗也。至七月七日,临百子池⑥,作于阗乐⑦。

〔注释〕

①戚夫人:汉高祖的宠姬,生赵王如意。高祖屡欲立为储君,不果。高祖崩,吕后酖赵王,杀戚夫人,去其耳目手足,呼为"人彘"。

②扶风:汉朝称右扶风。西汉太初元年(前104)改主爵都尉置,《汉书·百官表》注:"扶,助也。风,化也。"治所在长安县(今陕西西安西北)。

③妖服:妖冶的服装。

④灵女庙:神女庙。为巫山神女所立之庙。在四川巫山县东巫山飞凤峰麓。晋习凿齿《襄阳耆旧传》:"赤帝女曰瑶姬,未行而卒,葬于巫山之阳,故曰巫山之女。楚怀王游于高唐,梦与神遇,自称是巫山之女。瑁幸之。遂为置观于巫山之南,号为朝云。"一说瑶姬为西王母之女。

⑤吹笛击筑:演奏笛子,击打筑。笛,管乐器名,通常是竹制的,有八孔,横着吹奏。筑,古代弦乐器,形似琴,有十三弦。演奏时,左手按弦的一端,右手执竹尺击弦发音。

⑥百子池:古代宫中池名。《三辅黄图·池沼》:"七月七日(高祖)临

百子池,作于阗乐。"

⑦于阗:又作于寘国,汉西域三十六国之一,属西域都护府,都城在西城(今新疆和田西二十里约特干遗址)。

〔译文〕

戚夫人的婢女叫贾佩兰,后来出宫做了扶风郡一个段姓书生的妻子。贾佩兰说她在宫中的时候,经常用管弦乐器来取乐,大家都争着穿各式漂亮的衣裳来度过美好的时光。十月十五日下元节,姐妹们一起去灵女庙进香,用猪肉、黍米祭享神仙,吹笛击筑,歌唱《上灵之曲》。接着互相挽着手臂,用脚在地上打着节拍,歌唱《赤凤皇来》的曲子。这些都是巫祝遗留下来的习俗。到了每年七月七日乞巧节,大家来到百子池,奏于阗乐曲消遣时光。

乐毕,以五色缕相羁①,谓之"相连绥"②。八月四日,出雕房北户③,竹下围棋。胜者终年有福,负者终年疾病;取丝缕,就北辰星求长命④,乃免。九月,佩茱萸⑤,食蓬饵⑥,饮菊花酒,令人长命。菊花舒时,并采茎叶,杂黍米酿之⑦,至来年九月九日始熟,就饮焉。故谓之菊花酒。正月上辰,出池边盥濯,食蓬饵,以被妖邪⑧。三月上巳,张乐于流水。如此终岁焉。

〔注释〕

①羁:束缚,拘束。
②相连绥:用绳子绑在一起。绥,一种丝质带子,古代常用来拴在印纽上。

③雕房北户:装饰华美的房子的北门。

④北辰星:北极星。

⑤茱萸:为吴茱萸、食茱萸、山茱萸三种植物的通称。旧时风俗于农历九月九日折茱萸插头,可以辟邪。

⑥蓬饵:以蓬蒿制作的饼。

⑦馕(náng):吴方言,馅的意思。

⑧祓(fú):古代用斋戒沐浴等方法除灾求福。许慎《说文解字》:"祓,除恶祭也。"

[译文]

奏乐结束,用五色的丝线相互束发,称之为"相连绶"。每年八月四日,出绣房的北门,在竹子下面玩围棋游戏。赢的人,会得到终年的福气,输的人则会长年生病;输者需要取丝线,向北辰星求长寿才能够免除灾祸。九月的时候,佩戴茱萸,吃蓬蒿饼,饮菊花酒可以延年益寿。等到菊花盛开的时候,把菊花的茎叶一起采摘下来,拌上黍米一起发酵,到来年九月九日才能够酿成熟,这时打开来喝它。因此称它为菊花酒。正月上旬的辰日,出了门到池塘边取水洗涤,吃蓬蒿饼,以此来祓除妖邪。三月上旬的巳日,在流水边奏乐。在皇宫里就是这样年复一年地生活。

李少翁

汉武帝时,幸李夫人①。夫人卒后,帝思念不已。方士齐人李少翁②,言能致其神。乃夜施帷帐,明灯烛,而令帝居他帐,遥望之。见美女居帐中,如李夫人之状,还幄坐而步,又不得就视。帝愈益悲感,为作诗曰:"是耶?非耶?立而望之,偏娜娜何冉冉其来迟③!"令乐府知音家弦歌之^④。

〔注释〕

①李夫人:西汉中山(郡治今河北定县)人。本为乐工,善歌舞。后得武帝宠幸,生昌邑哀王。早死,武帝眷念,使画工绘其像于甘泉宫。武帝死,追谥为孝武皇后。

②李少翁:西汉方士。汉武帝时,李少翁用驴皮做成李夫人像,放在帷幕后面,点上蜡烛,使武帝见到了李夫人像。

③偏:通"翩"。

④乐府:汉武帝置,为掌管音乐的机关,职掌制定乐谱,采集民间诗歌以入乐,并负责训练乐工。

〔译文〕

西汉武帝时期,武帝非常宠幸李夫人。李夫人死后,武帝对她依旧思念不已。当时齐地有个方士叫李少翁,传言他能够招来逝者的魂灵。武帝便命令他招李夫人魂灵以解思念之苦。于是,李少翁便在夜晚准备了帷帐,在帷帐内点上蜡烛,让武帝坐在其他帷帐中,远远地观望。汉武帝看见一个美女坐在帐子里,很像李夫人,但她只能围着帷帐转圈或坐在帷帐外面,不能够走近去看。这使得武帝更加的悲恸伤感,于是便为她写诗:"是她?不是她?站在远处看她翩翩起舞,那窈窕曼妙的身姿,为什么来得这般迟,走得这般慢!"然后命令乐府的善歌者配乐演唱这首曲子,来缅怀李夫人。

营陵道人

汉北海营陵有道人^①,能令人与已死人相见。其同郡人,妇死已数年,闻而往见之,曰:"愿令我一见亡妇,死不恨矣。"道人曰:"卿可往见之。若闻鼓声,即出勿留。"乃语其相见之术。俄而得见之。于是与妇言语,悲喜恩情如生。良久,闻鼓声恨恨[2],不能得住。当出户时,忽掩其衣裾户间,掣绝而去[3]。至后岁余,此人身亡。家葬之,开冢,见妇棺盖下有衣裾。

〔注释〕

①北海:西汉景帝二年(前155)分齐郡置,治所在营陵县,辖境相当今山东潍坊、安丘、昌乐、寿光、昌邑等市县地。

②恨恨(liàng):惆怅,悲伤。

③掣(chè)绝而去:拽断了衣襟然后离开。掣,牵引,拉。

〔译文〕

汉北海营陵县有个道士法术高超,能够使生者和死者见面。同郡中有个人,妻子已死了多年,听说了道人的本领后,便前去拜谒他,说:"希望您能帮我和亡妻见一面,我就是死了也没有什么遗憾了。"道士说:"你可以去见她。但如果听到了敲鼓声,必须马上出来,不能逗留。"于是道士教给他与妻子相见的方法。不多久,该人即与妻子见面了。夫妻二人见面悲喜交加,言谈甚洽,和活着的时候一样恩爱。过了许久,该人听到敲鼓的声音,内心悲痛万分,遗憾自己不能够停留于此。当他出门离开时,不小心把衣襟夹在了门缝里,但也只能扯断衣服怅然离开。一年多以后,该男子也去世了。家人在埋葬他的时候,挖开坟冢,发现他妻子的棺盖下有一块被扯断的衣襟。

白头鹅

吴孙休有疾[1],求觋视者[2],得一人,欲试之。乃杀鹅而埋于苑中③；架小屋，施床几④，以妇人屐履服物著其上。使觋视之，告曰："若能说此冢中鬼妇人形状者，当加厚赏，而即信矣。"竟日无言⑤。帝推问之急，乃曰："实不见有鬼，但见一白头鹅立墓上，所以不即白之⑥，疑是鬼神变化作此相。当候其真形，而定不复移易。不知何故，敢以实上。"

〔注释〕

①孙休（235—264）：字子烈，孙权第六子，初封琅琊王。孙亮被废，权臣孙綝立他为皇帝，改元永安。后与张布等杀綝，委政于旧臣濮阳兴及布，无所建树。好读书，遍览诸子百家。卒后谥景皇帝。

②觋（xí）：男巫师，以装神弄鬼替人祈祷为职业的人。

③苑：古代养禽兽植林木的地方，多指帝王的花园。

④几：古人席地而坐时有靠背的坐具。许慎《说文解字》："几，坐所以凭也。"

⑤竟日：终日，从早到晚。

⑥白：陈述。

〔译文〕

东吴景帝孙休有病，招男巫祛疾，百官千辛万苦找到一个男巫，孙休想要试试他的手段如何。于是便命人杀了一只鹅埋在花园中，在埋鹅的地方搭建了一间小屋，里面摆上床榻和桌子，把妇人的鞋子、衣服等物也放在屋子里。让男巫看这些东西，并告诉他说："如果你能说出来这个坟墓中所葬女子的样貌，就会给你重赏，也会相信你了。"男巫面对这些物品，终日不言。景帝追问得紧迫了，他才说道："我真的没看到有鬼的影子，只看到有一只白头鹅站在坟上，我之所以没有立即说出来，是怀疑这是鬼神变化成了鹅的样子。我正等着它现出原形，但却一直是只鹅，没有变化。我也不知道是什么原因，只能斗胆据实禀告了。"

石子冈

吴孙峻杀朱主①，埋于石子冈②。归命即位③，将欲改葬之。冢墓相亚，不可识别，而宫人颇识主亡时所著衣服。乃使两巫各住一处，以伺其灵，使察战监之④，不得相近。久时，二人俱白："见一女人，年可三十余，上著青锦束头，紫白袷裳⑤，丹绨丝履⑥，从石子冈上。半冈而以手抑膝，长太息，小住须臾，更进一冢上便止，徘徊良久，奄然不见。"二人之言，不谋而合。于是开冢，衣服如之。

〔注释〕

①孙峻（219—256）：字子远，孙坚弟孙静曾孙。孙权后期任侍中。权卒，受遗诏辅政，典掌宿卫禁兵。定计诛杀权臣诸葛恪，任丞相、大将军，督中外诸军事，自专朝政。当政期间，派军伐魏，肆意刑杀，造成社会动荡，后病卒。

②石子冈：又称聚宝山，在今江苏南京南，聚宝门外。《三国志·吴书·诸葛恪传》："建业南有长陵，名曰石子冈，葬者依焉。"

③归命：爵名，即归命侯的简称。西晋置，专授给被征服政权的统治者，灭吴后，封孙皓为归命侯。

④察战：官职名。三国吴设置的负责监视吏民的职官。

⑤袷（qiá）裳：衣服。袷，无领，双层无絮的大衣。裳，古代指遮蔽下

体的衣裙。

⑥丹绨(tí)丝履:红色镶金丝的鞋子。绨,古代一种粗厚光滑的丝织品。许慎《说文解字》:"绨,厚缯也。"

〔译文〕

东吴孙峻杀死了孙权的女儿朱主,埋在了石子冈。归命侯孙皓即位后,想要改葬她。但石子冈里面的坟墓都差不多,不能够辨别哪个埋的是朱主,然而有宫女还记得朱主死时穿的衣服。于是,孙皓便让两个女巫分开居住,等待墓中人显灵,并派察战监视二女巫,不让她们有所接触。过了很久,两个女巫都说:"见到一个女人,年龄有三十多岁,头发用青色的丝巾包裹,穿着紫白色的夹衣和红丝绸鞋子,从石子冈走过。她走到半山腰的时候,用手支撑在膝盖上,长长地叹了一口气,休息了一会儿,然后走到一个坟茔上就停了下来,在那徘徊了许久,突然间就不见了。"这两个女巫形容的女子穿着,和宫女记忆中朱主死时的装扮相似。于是,孙皓便派人打开坟茔,墓主人所穿衣服就是女巫说的那样。

夏侯弘

夏侯弘自云见鬼,与其言语。镇西谢尚所乘马忽死①,忧恼甚至。谢曰:"卿若能令此马生者,卿真为见鬼也。"弘去,良久还,曰:"庙神乐君马,故取之。今当活。"尚对死马坐。须臾,马忽自门外走还,至马尸间便灭,应时能动,起行。谢曰:"我无嗣,是我一身之罚。"弘经时无所告,曰:"顷所见,小鬼耳,必不能辨此源由。"后忽逢一鬼,乘新车,从十许人。著青丝布袍。弘前提牛鼻。车中人谓弘曰："何以见阻？"弘曰："欲有所问。镇西将军谢尚无儿。此君风流令望②，不可使之绝祀③。"车中人动容曰④："君所道，正是仆儿。年少时，与家中婢通，誓约不再婚，而违约。今此婢死，在天诉之。是故无儿。"弘具以告。谢曰："吾少时诚有此事。"弘于江陵⑤，见一大鬼，提矛戟，有随从小鬼数人。弘畏惧，下路避之。大鬼过后，捉得一小鬼，问："此何物？"曰："杀人以此矛戟。若中心腹者，无不辄死。"弘曰："治此病有方否？"鬼曰："以乌鸡薄之，即差⑥。"弘曰："今欲何行？"鬼曰："当至荆、扬二州⑦。"尔时比日行心腹病，无有不死者。弘乃教人杀乌鸡以薄之，十不失八九。今治中恶⑧，辄用乌鸡薄之者，弘之由也。

〔注释〕

①谢尚(308—357)：字仁祖，豫章太守谢鲲子，出为建武将军、江夏相，在郡有政绩。大司马桓温北伐中原，使率众向寿春，进号安西将军。与前秦苻坚将张遇交战，兵败，被降级。累迁尚书仆射、镇西将军，镇寿阳。升平初死，谥简。

②风流令望：在乡里名声很好，才能、政绩都十分突出。风流，形容人风采特异，业绩突出，才华出众。令望，仪容善美，使人景仰，引申指美好的名声。

③绝祀：断绝祭祀。形容人没有后代子孙。

④动容：脸色改变，多指感动之意。

⑤江陵：秦置，为南郡治。治所即今湖北荆州旧江陵县。

⑥薄：通"敷"，涂抹。差(chài)：病愈。

⑦荆、扬二州：荆，即荆州，古"九州"之一。《尔雅·释地》："汉南曰

荆州。"扬,即扬州,古"九州"之一。《周礼·职方》:"东南曰扬州。"

⑧中恶:俗称中邪。由于冒犯不正之气所引起,其症状或为错言妄语,牙紧口噤,或为头旋晕倒,昏迷不醒。

[译文]

夏侯弘自言见过鬼,并和鬼交谈。镇西将军谢尚骑的马突然死了,内心忧愤不已。谢尚对夏侯弘说:"你如果能让我的坐骑起死回生,我就相信你真的见过鬼。"夏侯弘离开好久一段时间,回来说:"庙里的神仙喜欢你的马,所以暂时征用了它。如今它应当活过来了。"谢尚面对死马坐下。顷刻间,一匹马忽然从院门外走进来,走到马尸体旁边的时候就消失了,谢尚的死马动弹了一下,就站了起来。谢尚又说:"我没有孩子,这是上天对我的惩罚。"夏侯弘思索了好一会儿也没有回答什么,只是说:"我刚刚碰到的都是些小鬼,他们都不知道是什么原因。"后来他突然遇到一个鬼,乘坐新车,后面跟着十多个小鬼。穿着青色丝绸袍子。夏侯弘走上前去,捉住了牛鼻绳。车中人对夏侯弘说:"为什么阻挡我的去路?"夏侯弘道:"我有事请教你。镇西将军谢尚没有子嗣。此人风流倜傥,口碑很好,不能使他绝后。"车里的鬼感动地说:"你说的正是我的儿子。他年轻的时候,和家里的婢女私通,并发誓说不再结婚,后来他违约了。如今此婢女已死,去向天帝哭诉。因此吾子无儿。"夏侯弘把话传给了谢尚。谢尚说:"我年轻的时候是有这么回事。"夏侯弘在江陵的时候,见过一个大鬼,手提矛戟,后面还跟着几个小鬼。夏侯弘见此情景惊怖不已,走到路边躲避。大鬼走过去之后,他捉住一个小鬼问道:"这是什么东西?"小鬼说:"这是杀人用的矛戟。如果刺入活人的心中或者腹部,没有一个不死的。"夏侯弘问:"有什么方法可以治这种病吗?"小鬼答道:"把乌鸡研成粉敷在伤口上,就可以立即痊愈。"夏侯弘又问道:"你们现在要到哪里去?"小鬼说:"荆州和扬州。"当时荆、扬二州正连日流行心腹病,凡得此病者,没有一个不死的。夏侯弘便教人杀乌鸡研粉涂抹在疼痛之处,十个病人有八九个都见好。现在民间治疗中邪,还在用乌鸡研粉涂抹的方法,就是由夏侯弘传下来的。

卷 三

钟离意

汉永平中①,会稽钟离意②,字子阿,为鲁相。到官,出私钱万三千文,付户曹孔诉③,修夫子车。身入庙,拭几席剑履。男子张伯,除堂下草,土中得玉璧七枚。伯怀其一,以六枚白意。意令主簿安置几前④。孔子教授堂下床首有悬瓮⑤。意召孔诉,问:"此何瓮也?"对曰:"夫子瓮也。背有丹书,人莫敢发也,"意曰:"夫子,圣人。所以遗瓮,欲以悬示后贤。"因发之,中得素书⑥,文曰:"后世修吾书,董仲舒。护吾车,拭吾履,发吾笥⑦,会稽钟离意。璧有七,张伯藏其一。"意即召问:"璧有七,何藏一耶?"伯叩头出之。

〔注释〕

①永平:汉明帝刘庄的年号,58—75 年。

②钟离意:东汉会稽山阴人,字子阿。少为郡督邮,举孝廉,辟大司徒侯霸府,历瑕丘、堂邑令。明帝时为尚书仆射,后出为封国鲁国国相,卒官。

③户曹:官署名,汉置,汉朝太尉、司徒、司空称三公,三公办公的官署

称府,府中分掌某方面事务的机构称曹,户曹为诸曹之一。户曹掌民户、祠祀、农桑;其长官称掾,副长官称属。郡县也置户曹,其职事略同公府户曹;其长官称掾,副称史。

④主簿:官名,汉朝中央及州郡官府均置,典领文书簿籍,经办事务。

⑤教授堂:讲解传授知识、技能的地方。

⑥素书:古人以白绢做书,故以称书信。

⑦笥(sì):一种盛饭食或衣物的竹器。许慎《说文解字》:"笥,盛食器也。"

〔译文〕

东汉明帝永平年间,会稽郡有个人叫钟离意,字子阿,任鲁国相。到任之后,自己拿出一万三千文钱交给户曹孔诉,用以修理孔子乘过的车。他还亲自到孔庙,擦拭桌椅、座席、刀剑和鞋子。有个男子张伯在堂下除草,从土中拾得七枚玉璧。他自己藏起来一枚,把剩下的六枚交给了钟离意。钟离意让主簿把六枚玉璧放置在桌上。孔子讲学的地方,床头上悬挂着一只瓮。钟离意召见孔诉,问道:"这只瓮是做什么用的?"孔诉答道:"这是孔夫子留下来的瓮。里面有丹书,没有人敢打开它。"钟离意说:"孔夫子,是大圣先贤。他之所以悬瓮于此,肯定是为了警示后辈。"因此,钟离意打开了此瓮,看到里面有一封信,信中写道:"后世整理我经书的人是董仲舒。修我车、擦拭我鞋、开启我书箱的人是会稽郡的钟离意。共有七枚玉璧,张伯藏起来一枚。"离意便召问张伯说:"玉璧一共七枚,为什么藏起来一枚?"张伯怕获罪,叩头交出了所藏玉璧。

段 翳

段翳字元章,广汉新都人也①。习《易经》②,明风角③。有一生来学积年，自谓略究要术，辞归乡里。医为合膏药④，并以简书封于筒中，告生曰："有急，发视之。"生到葭萌⑤，与吏争度。津吏挝破从者头。生开筒得书，言："到葭萌，与吏斗，头破者，以此膏裹之。"生用其言，创者即愈。

〔注释〕

①广汉新都人也：广汉郡新都人。广汉，西汉高帝六年（前201）置，初治乘乡（亦作绳乡，在今四川金堂县东），后徙治梓潼县（今四川梓潼县）。新都，古蜀国开明氏都。在今四川新都西北二十里军屯乡清白江边。东晋常璩《华阳国志·蜀志》："蜀以成都、广都、新都为三都，号名城。"

②《易经》：中国儒家经典之一，分《经》《传》两部分，《经》据传为周文王所作，由卦、爻两种符号重叠演成64卦、384爻，依据卦象推测吉凶。

③风角：古代占卜之法。以五音占四方之风而定吉凶。

④合（ɡě）：旧时量粮食的器具，容量为一合，木或竹制，方形或圆筒形。

⑤葭萌：古邑名。本苴邑，在今四川省广元市西南。《华阳国志·蜀志》："蜀王别封弟葭萌于汉中，号苴侯，命其邑曰葭萌焉。"

〔译文〕

段翳，字元章，是广汉郡新都人。他研习《易经》，擅长根据五音、四方之风占卜吉凶。有一个年轻人跟随他学习了多年《易经》，自认为掌握了占卜术，就辞别段翳，想回自己的家乡去。临走之前，段翳给他一盒膏药，并写了书信封在竹筒中，对他说："如果遇到危急时刻，就拿出来看看。"年轻人返归到葭萌的时候，和官吏争抢渡河。管理渡口的官吏打破了他随从的头。年轻人便打开竹筒拿书信看，上面写着："到了葭萌，会和当地官吏有一些争执,如果头被打破了,用膏药敷伤口。"年轻人遵照段翳的话行事,从者的伤口立即就愈合了。

乔玄(附董彦兴)

太尉乔玄①,字公祖,梁国人也②。初为司徒长史③。五月末,于中门卧,夜半后,见东壁正白,如开门明。呼问左右,左右莫见。因起自往,手扪摸之,壁自如故。还床复见。心大怖恐。其友应劭适往候之④,语次相告。劭曰:"乡人有董彦兴者,即许季山外孙也。其探赜索隐⑤,穷神知化,虽睢孟⑥、京房⑦,无以过也。然天性褊狭⑧,羞于卜筮者。"间来候师王叔茂请往迎之⑨,须臾便与俱来。公祖虚礼盛馔⑩,下席行觞⑪。彦兴自陈:"下土诸生,无他异分,币重言甘,诚有跼蹐⑫。颇能别者,愿得从事⑬。"公祖辞让再三,尔乃听之。曰:"府君当有怪,白光如门明者,然不为害也。六月上旬鸡鸣时,闻南家哭,即吉。到秋节,迁北行郡⑭,以金为名。位至将军三公⑮。"公祖曰:"怪异如此,救族不暇⑯,何能致望于所不图?此相饶耳⑰。"至六月九日未明,太尉杨秉暴薨⑱。七月七日,拜钜鹿太守⑲。钜边有金。后为度辽将军⑳,历登三事㉑。

〔注释〕

①太尉:职官名,掌管军事。秦以太尉为全国最高军事长官,与丞相、御史大夫并称"三公"。汉初沿袭旧制,后改称为"大司马",东汉时,仍称

"太尉"。

②梁国:西汉高帝五年(前202)改砀郡为梁国,都定陶(今山东定陶县西北),文帝时移都睢阳县(今河南商丘南)。

③司徒长史:东汉置,为司徒府属吏之长,秩千石,掌司徒府诸曹事,佐司徒处理四方民事功课、郊祭、丧葬等事。

④应劭:东汉汝南南顿人,字仲远。灵帝时举孝廉,拜泰山太守,镇压黄巾军。后投袁绍,任军谋校尉。卒于邺。

⑤探赜(zé)索隐:求取高深的学问,探索事物的奥秘。探,寻求,探测。赜,幽深玄妙。索,搜求。隐,隐秘。《易·系辞上》:"探赜索隐,钩深致远,以定天下之吉凶。"

⑥眭(suī)孟:眭弘,字孟,西汉鲁国蕃县(今山东滕州)人。学《春秋》,以明经为议郎,任符节令。昭帝时,以妖言惑众罪被杀。

⑦京房:本姓李,字君明,西汉东郡顿丘(今河南清丰西南)人。学《易》于焦延寿,好讲灾异,为西汉今文易学"京氏学"的开创者。

⑧褊(biǎn)狭:气度狭窄。

⑨王叔茂:名畅,山阳高平人,王粲祖父。

⑩虚礼盛馔:热情谦卑地用美食招待对方。虚礼,谦虚而礼遇之,表面应酬的礼节。盛馔,丰盛甘美的酒食。

⑪行觞:行酒,依次敬酒。

⑫跋踏(cùjí):恭敬而不安的样子。

⑬从事:办理事务。这里可引申为效劳之意。

⑭郡:周制,天子地方千里,分为百县,县具有四郡。《春秋传》曰:"上大夫受县,下大夫受郡。"

⑮三公:周朝为最高辅政大臣的合称。一说指太师、太傅、太保。《尚书·周官》:"立太师、太傅、太保。兹惟三公,论道经邦,燮理阴阳,官不必备,惟其人。"一说指司徒、司马、司空。《尚书大传》:"天子三公,一曰司徒公,二曰司马公,三曰司空公,各兼二卿。"

⑯暇:空闲,闲暇。许慎《说文解字》:"暇,闲也。"

⑰相饶:好言宽慰。

⑱杨秉：字叔节，杨震子。汉桓帝刘志延熹八年（165）卒。

⑲拜钜鹿太守：官封巨鹿太守。拜，授予官职，任命。钜鹿，即巨鹿，战国赵邑，故址在今河北平乡县西南平乡镇。

⑳度辽将军：西汉置官，昭帝元凤三年（前78），辽东乌桓起事，以中郎将范明友为此，率骑击之，因须度辽水，故以为官号。

㉑三事：三公。

〔译文〕

太尉乔玄，字公祖，是梁国人。起初担任司徒长史。五月末的一天，他在门的中间睡觉，到了午夜时分，发现东边墙壁上特别白，就像打开一道门那么亮。他大声喊自己的侍从，但他们都说没看见。于是乔玄便起身亲自前去，用手摸墙，墙壁和原来并没有什么两样。他躺回床上，墙壁仍旧光亮如昼。乔玄心中十分害怕。恰逢其好友应劭去拜访他，交谈之中便说出了自己所见的异象。应劭说："我有个同乡叫董彦兴，是许季山的外孙。他学问很好，且对于幽深玄奥之事有所研究，能够通晓事物神秘莫测变化背后的原因，即使是眭孟、京房，也不会比他高明多少。但是他这人天性狭隘，把占卜看作为人所不齿的事。"过了不久，董彦兴的师傅王叔茂来了，乔玄请他去接董彦兴，不一会儿，二人便一起来到了乔玄家里。乔玄大礼接待，并准备了盛宴招待他们，与董彦兴把酒，礼敬有加。董彦兴言道："我只是民间的一介书生，没有其他的本事，受到您如此周到的招待，着实惶恐。如果您有什么吩咐，我乐意为您效劳。"乔玄又客套了好一会儿，才将自己所见异象说给他听。董彦兴说："您府上有怪事发生，晚上见墙上白光如同打开门一样明亮，这不会给您带来什么灾难。六月上旬鸡叫的时候，听到南边人家有哭声，就吉利了。到了秋天，您会改任北行郡的官职，郡城用'金'字命名。

官位将升至将军三公。"乔玄说:"出现如此怪异之事,我连救护家人都来不及,哪里还敢奢望有升官之事?你只是在宽慰我罢了。"到了六月九日这天,天还没亮,太尉杨秉突然死了。七月七日,乔玄官迁钜鹿太守。钜边有"金"字,后来又升任度辽将军,历任三公要职。

管 辂

管辂字公明①,平原人也②。善《易》卜。安平太守东莱王基③,字伯舆,家数有怪,使辂筮之。卦成,辂曰:"君之卦,当有贱妇人,生一男,堕地便走,入灶中死。又床上当有一大蛇衔笔,大小共视,须臾便去。又乌来入室中,与燕共斗,燕死乌去。有此三卦。"基大惊曰:"精义之致,乃至于此。幸为占其吉凶。"辂曰:"非有他祸。直客舍久远,魑魅罔两④,共为怪耳。儿生便走,非能自走,直宋无忌之妖⑤,将其入灶也。大蛇衔笔者,直老书佐耳⑥。乌与燕斗者,直老铃下耳⑦。夫神明之正,非妖能害也。万物之变,非道所止也。久远之浮精,必能之定数也。今卦中见象而不见其凶,故知假托之数,非妖咎之征,自无所忧也。昔高宗之鼎⑧,非雉所雊;太戊之阶⑨,非桑所生。然而野鸟一雏,武丁为高宗;桑谷暂生,太戊以兴。焉知三事不为吉祥?愿府君安身养德,从容光大,勿以神奸,污累天真。"后卒无他。迁安南督军⑩。

后辂乡里乃太原问辂:"君往者为王府君论怪,云:

'老书佐为蛇，老铃下为乌。'此本皆人，何化之微贱乎？为见于爻象，出君意乎？"辂言："苟非性与天道，何由背爻象而任心胸者乎？夫万物之化，无有常形；人之变异，无有定体，或大为小，或小为大，固无优劣。万物之化，一例之道也。是以夏鲧⑪，天子之父；赵王如意⑫，汉高之子。而鲧为黄能，意为苍狗，斯亦至尊之位，而为黔喙之类也⑬。况蛇者协辰巳之位，乌者栖太阳之精，此乃腾黑之明象，白日之流景⑭。如书佐、铃下，各以微躯，化为蛇乌，不亦过乎！"

〔注释〕

①管辂(208—255)：字公明，平原(今属山东)人。历为文学掾、文学从事、治中别驾，正元年间官至少府丞。精通《周易》，善于风角、占、相之道。史称所预言皆应验。

②平原：汉代设置的边郡，在今山东省平原县西南。

③安平太守东莱王基：安平太守王基是东莱人。安平，本纪国鄣邑，春秋时为齐国所并，改名安平。故址在今山东淄博市临淄东十里石槽村。东莱，汉高帝分齐郡置，治所在掖县(今山东莱州市)。辖境相当今山东胶莱河以东、岠嵎山以北和乳山河以东地区。东汉徙治黄县(今山东龙口市东南)。西晋改为东莱国，还治掖县。王基，字伯舆，东莱曲城(今山东招远)人。魏初举孝廉，居官清廉，家无余财，卒后谥景侯。

④魑魅罔两：又作"魑魅魍魉"，传说中山林中的妖怪。后比喻形形色色的坏人。王嘉《拾遗记·前汉上》："余此物名为匕首，其利难俦，水断虬龙，陆斩虎兕，魑魅罔两，莫能逢之。"

⑤宋无忌：又作"宋毋忌"，秦燕人。方士，慕古仙人，依于鬼神之事。又《史记·封禅书》《索引》："《白泽图》云：'火之精曰宋无忌。'盖其人火仙也。"

⑥书佐:主办文书的佐吏。

⑦铃下:指侍卫、门卒或仆役。

⑧高宗:商高宗武丁,子姓,名昭,商王小乙之子,商朝第二十二任君主。相传少时生长于民间,知稼穑之艰难,欲思复兴殷商,未得辅佐,后得傅说,举以为相,国大治。在位五十九年,庙号高宗。

⑨太戊:或作大戊、天戊,商代国君。太庚之子,雍己之弟。时商衰微,太戊任用伊陟、巫咸等人治理国政,商复兴。称中宗,在位七十五年。

⑩安南督军:安南督军御史。安南,西晋太康元年(280)置,属南平郡,治所在今湖南华容县东二里赵家湖侧。督军,指督军御史。东汉光武帝建武初,征讨四方,权置督军御史,战事结束即免官。

⑪夏鲧:传说中远古时人。颛顼之子,禹之父。尧时由四岳举之,奉命治水。以土壤堵塞之法,九年未成,被舜杀于羽山。一说鲧死后化为黄熊。

⑫赵王如意:赵隐王,西汉初沛县(今属江苏)人,刘邦子。高祖九年(前198)立为赵王。高祖刘邦死,吕后召他到长安,用毒酒将其药死。

⑬黔喙:黑嘴。借指牲畜野兽之类。

⑭流景:落日的景色。

[译文]

　　管辂,字公明,平原县人。擅长用《易》占卜。东莱人王基,字伯舆,任安平太守,家中常有怪事发生,于是请管辂占卜吉凶。打卦结束,管辂说:“从卦象上看,有一个卑贱妇人生一子,该子生下来就会走路,掉入灶里死了。在床下又有一条大蛇口衔毛笔,家中所有人都看到了,一会儿就消失了。还有一只乌鸦飞进屋里与燕子打斗,燕子死了,乌鸦也就离开了。就这三种情况。”王基十分诧异地说:“卦准极了,都精微到了此种地步。请你为我占卜卦象的吉凶。”管辂说:“没有别的祸事,只不过因为客舍年代久远,妖魔鬼怪出来作怪罢了。孩子生下来就会走路,并不是自己会走,是火神赵无忌把他引进了灶里。一只大蛇衔笔,只不过是老书佐在作怪。乌、燕打斗,是老铃下在作妖。神明的正气存在于天地间,不是妖物能对人造成伤害的。世间万事万物的变化,也不是道术可以任意改变的。年代久远的妖怪,一定有他存在的缘由。此卦象没有显示凶兆,所以只需知道这是他们显形的依托,并不是灾祸的预兆,您不用多虑。昔日殷高宗武丁祭祀的大鼎,不是野鸡可以随便鸣叫的地方;殷中宗太戊的台阶,不是桑树可以生长的地方。但是,野鸡鸣叫,武丁就成了贤明的高宗;桑谷生长,太戊时期就发展兴盛了。你怎么知道现在家里出现的这三件异事就不是好事呢?愿你能够修身养性,为人从容,做事光明正大,不要让妖魔鬼怪玷污了你纯洁的天性。"后来果然无事,王基迁南安将军。

后来,管辂的同乡乃太原问他说:"你曾经给王基论说鬼怪之事说'老书佐变为蛇,老铃下变为乌鸦'。他们原本都是人,为什么变化的都是如此卑贱的动物呢?这些事情是从爻象中显现出来,你自己认为应该是这样吗?"管辂说:"假如不是人性和天意如此,我怎么会违背爻象随心所欲地说呢?天地间的万事万物,本就没有常形;人的变化,也没有固定的形态,大小随心变化,没有优劣之分。万物的变化,都有它自身的规律存在。因此夏鲧是大禹的父亲,赵王如意是汉高祖的儿子。夏鲧死后变成了黄熊,如意变成了苍狗。他们的身份都尊贵无比,却变成了山上的野兽之类。更何况蛇配于东南方位,乌鸦是太阳中的精灵,这都是腾黑的明显征象,是太阳下山的景象。像书佐、铃下,身份低微,变化成蛇和乌鸦,不也说得通吗?"

淳于智(一)

淳于智字叔平[①]，济北庐人也[②]。性深沉,有思义。少为书生,能《易》筮,善厌胜之术[③]。高平刘柔夜卧[④],鼠啮其左手中指,意甚恶之。以问智,智为筮之,曰:"鼠本欲杀君而不能,当为使其反死。"乃以朱书手腕横文后三寸,为田字,可方一寸二分,使夜露手以卧,有大鼠伏死于前。

〔注释〕

①淳于(?—291):字叔平,济北卢县(今山东济南长清区)人。好读《易》,善占候卜筮之术。武帝太康末,为司马督,得宠于杨骏。惠帝初,与杨骏同被贾后所杀。

②庐:古县名。亦作卢,秦置,治所在今山东长清西南五十里。

③厌胜:古代一种巫术,谓能以符咒制胜,压服人或物。

④高平:原名向,战国改名高平。在今河南济源西南。《史记·正义》引《括地志》:"高平故城在怀州河阳县西四十里。"

〔译文〕

淳于智,字叔平,济北郡卢县人。他性格深沉,做人讲义气。年轻的时候是个读书人,擅用《周易》占卜吉凶,用符咒制服精怪。高平人刘柔半夜躺在床上,有老鼠咬他的左手中指,他内心对此事十分厌恶。刘柔就此事去找淳于智占卜,淳于智给他打卦,说:"老鼠本来是想咬死你的,但没有做到,我给你想个办法,让老鼠先死。"于是他便用朱砂在刘柔手腕横纹后面三寸的地方写了个田字,有一寸二分大小,并嘱咐刘柔晚上睡觉的时候把手露在外面,于是就有一只大老鼠死在了他的手前。

淳于智(二)

上党鲍瑗①,家多丧病,贫苦。淳于智卜之,曰:"君居宅不利,故令君困尔。君舍东北有大桑树。君径至市,入门数十步,当有一人卖新鞭者,便就买还,以悬此树。三年,当暴得财。"瑗承言诣市②,果得马鞭。悬之三年,浚井③,得钱数十万,铜铁器复二万余。于是业用既展④,病者亦无恙。

[注释]

①上党:山西东南部郡名,秦、汉治所在长子县(今山西长子县西南)。
②承言:听从某人的话。
③浚(jùn)井:挖井。浚,疏通,挖深。
④业用既展:家里财富足够支撑日用了。业用,家产和费用。展,张开,舒张开,这里引申为足够。

[译文]

上党人鲍瑗家里人或死或病,生活穷苦。淳于智替他占卜,说:"你住的宅院不好,所以生活穷困。在你家宅院的东北方向有一棵大桑树。你到集市上,走进去几十步,有一个卖鞭子的人,你把鞭子买回来,挂在大桑树下。鲍瑗按照淳于智的吩咐来到市场上,果然买到了马鞭。回家后,他就把马鞭挂在了桑树下。过了三年,他疏通家里的水井,得到几十万钱币,各种铜铁器具也有两万多件。至此,家里财富就足够支撑日常开支了,生病的家人也逐渐好了起来。

郭璞(一)

郭璞字景纯^①。行至庐江,劝太守胡孟康急回南渡。康不从。璞将促装去之。爱其婢,无由得,乃取小豆三斗,绕主人宅散之。主人晨起,见赤衣人数千围其家,就视则灭,甚恶之。请璞为卦。璞曰:"君家不宜畜此婢^②,可于东南二十里卖之,慎勿争价,则此妖可除也。"璞阴令人贱买此婢。复为投符于井中,数千赤衣人一一自投于井。主人大悦。璞携婢去。后数旬而庐江陷^③。

〔注释〕

①郭璞(276—324):字景纯,河东闻喜人。东晋文学家与思想家。博学高才,好古文诗赋,富文采。又精通阴阳历算五行卜筮之术,后因卦筮违逆王敦,被杀。曾为《尔雅》《山海经》《方言》《楚辞》等书作注。

②畜(xù):收容。

③陷:攻破,占领。

〔译文〕

郭璞,字景纯。他来到庐江郡,劝庐江太守胡孟康赶快渡江到南方去。胡孟康不听从他的劝告。郭璞便收拾行装,准备自己离开。他喜欢胡孟康家的一个婢女,但没有办法得到,便买了三斗红小豆,绕着胡家宅院撒了一圈。主人早晨起来,见数千名穿红衣服的士兵围着自己家,走近了却看不到人,心里十分不舒服,便请郭璞占卜。郭璞说:"你家不应该收养这个婢女,可以往东南方向驱马二十里,在那里卖了她,千万别讨价还价,如此做的话,这些妖异现象就会消失。"郭璞暗地里派人低价买了此婢女。又将一道符扔到主人家井里,那数千名红衣人依次跳入井中。宅主人见此十分的高兴。郭璞便带着这个婢女离开了庐江。数十天后,庐江就陷落了。

郭璞(二)

赵固所乘马忽死,甚悲惜之。以问郭璞。璞曰:"可遣数十人持竹竿,东行三十里,有山林陵树,便搅打之,当有一物出,急宜持归。"于是如言,果得一物,似猿。持归,入门见死马,跳梁走往死马头①,嘘吸其鼻。顷之,马即能起,奋迅嘶鸣②,饮食如常,亦不复见向物③。固奇之,厚加资给。

〔注释〕

①跳梁:同"跳踉",形容乱蹦乱跳的样子。
②奋迅嘶鸣:马迅速站起来蹦跳着嘶叫。奋迅,指精神振奋,行动迅速。嘶鸣,形容马放声嘶叫。
③向物:先前之物,原物。

〔译文〕

赵固平日乘坐的马突然死了,他非常悲痛惋惜。于是便去求教郭璞让马起死回生的办法。郭璞说:"你让十几个人拿着长竹竿去向东三十里的陵墓山林里,搅打树木,会看到有异物从山林中奔出,捉住它并迅速带回来。"赵固听从郭璞的安排,果然捉得一只长得像猿猴的异物。带回家后,此物进门见到死马,便乱蹦乱跳地奔向死马头部，对着它呼气、吸气。不一会儿，死马就站了起来，活蹦乱跳地嘶叫着，像往常一样吃食了，而怪物却不知到哪里去了。赵固感到不可思议，重金酬谢了郭璞。

隗 炤

隗炤，汝阴鸿寿亭民也①，善《易》。临终书板②，授其妻曰："吾亡后，当大荒。虽尔，而慎莫卖宅也。到后五年春，当有诏使来顿此亭③，姓龚。此人负吾金，即以此板往责之④，勿负言也。"亡后，果大困，欲卖宅者数矣，忆夫言，辄止。至期，有龚使者果止亭中。妻遂赍板责之⑤。使者执板，不知所言，曰："我平生不负钱，此何缘尔邪？"妻曰："夫临亡，手书板，见命如此，不敢妄也。"使者沉吟，良久而悟。乃命取蓍筮之⑥。卦成，抵掌叹曰："妙哉隗生！含明隐迹而莫之闻，可谓镜穷达而洞吉凶者也⑦。"于是告其妻曰："吾不负金。贤夫自有金，乃知亡后当暂穷，故藏金以待太平。所以不告儿妇者，恐金尽而困无已也。知吾善《易》，故书板以寄意耳。金五百斤，盛以青罂，覆以铜盘，埋在堂屋东头，去壁一丈，入地九尺。"妻还掘之，果得金，皆如所卜。

〔注释〕

①汝阴鸿寿亭：汝阴郡的鸿寿亭。汝阴，即汝阴郡，治所在汝阴县(今安徽阜阳)，西晋辖境相当今安徽颍河流域以西、淮河以北和河南新蔡、淮滨等县地。亭，秦汉时的地方治安机构，十亭为一乡。

②板：同"版"，片状的木头。《玉篇》："板，木片也。"

③诏使:皇帝派出的特使。

④责:索取(财物)。许慎《说文解字》:"责,求也。"

⑤赍(jī):把东西送给人。

⑥蓍(shī):蓍草。古代常以其茎用作占卜。

⑦可谓镜穷达而洞吉凶者也:可以说是对于人生的富贵吉凶了解得十分透彻。镜,明察。洞,通晓,知悉。

[译文]

　　隗炤是汝阴郡鸿寿亭的老百姓,擅长推演《周易》。他在临死之前写了一块木板,并告诉他的妻子说:"等我死后,会遇上饥荒之年。即使这样,也不能卖了咱家的房子。五年后的春天,会有皇上派遣的官差在咱们鸿寿亭逗留,姓龚。此人欠我钱,你就拿着这块板去向他要钱,一定不要违背我说的话呀。"隗炤死后,果然家里贫困不堪,妻子多次想要典卖了宅子,但只要一想到丈夫的临终遗言,就放弃了。到了五年后的春天,果然有个姓龚的使者在鸿寿亭停留。隗炤妻便拿着木板去向他讨债。龚使拿着木板,不知道此由何来,说:"我这辈子都没有欠过别人钱,这是怎么回事?"隗炤妻说:"丈夫临终之前,亲手写下这块板,他告诉我这样做的,小人不敢信口开河。"龚使思量了许久,才明白是怎么回事。他让隗炤的妻子找来蓍草占卜。占卜结束后,龚使拍掌叹息道:"好个隗生!自己心地通达却不让他人知道是怎么回事,真可以说是明察穷困显达、通晓人生福祸的智者呀!"于是,龚使告诉隗炤妻说:"我不欠他钱。尊夫生前本来就有钱,他生前知道自己死后家里会暂时穷困,所以把钱藏了起来,等着天下太平了再让你知道。他之所以生前没有直接把这件事告诉你,是担心你提前把钱花光了,穷起来就没有尽头了。他知道我会推演《周易》,所以写信来暗示我他的本意。尊夫共有金五百斤,放在一个大青坛子里,用铜盘覆盖在上面,埋在你家堂屋的东边,离墙一丈远的地方,深埋九尺。"隗炤妻回家后就开始寻找挖掘,果然挖到了金子,和龚使占卜的结果一模一样。

韩 友

韩友字景先,庐江舒人也①。善占卜,亦行京房厌胜之术。刘世则女病魅积年②,巫为攻祷③,伐空冢故城间,得狸鼍数十④,病犹不差。友筮之,命作布囊,俟女发时,张囊著窗牖间。友闭户作气,若有所驱。须臾间,见囊大胀,如吹,因决败之⑤。女仍大发。友乃更作皮囊二枚,沓张之⑥,施张如前,囊复胀满。因急缚囊口,悬著树,二十许日,渐消。开视,有二斤狐毛。女病遂差。

〔注释〕

①舒:舒县(今舒城县)。

②病魅:迷信谓因鬼魅作祟而呈现病态。

③攻祷:祷祝之一种。举行某种祷祝仪式以驱邪除怪。

④狸鼍(tuó):狸和扬子鳄。狸,哺乳动物,形状与猫相似,毛皮可制衣物。亦称"狸子""狸猫""山猫""豹猫"。鼍,爬行动物,吻短,体长二米多,背部、尾部均有鳞甲。穴居江河岸边,皮可以蒙鼓,亦称"扬子鳄""鼍龙""猪婆龙"。

⑤决败:碎裂,毁坏。

⑥沓张:叠起来的纸张或薄的东西。

〔译文〕

韩友,字景先,庐江舒县人。他擅长占卜,同时也修行京房用符咒镇压怪物的法术。刘世则有个女儿,已经被鬼魅纠缠致病多年,有巫医也曾经给她求祷,又到旧城荒冢中去讨伐,捕获狸、鼍数十只,病仍旧没有康复。韩友占卜后,命人缝制大布袋,等到刘世则女儿发病的时候,就打开布袋口朝着窗口。韩友关门运气,就像在驱赶什么东西。不一会儿,只见布袋鼓了起来,仿佛被气吹起来一般,最后胀破了。刘世则女儿旧病大发。韩友又做了两只皮口袋,将两个皮口袋重叠着张口朝着窗子,和上次一样,皮口袋又胀满了。他趁机赶忙拴住皮袋口,将皮口袋悬挂在树上,差不多过了有二十天,皮袋渐渐瘪了下去。众人打开皮袋来看,里面装着约两斤狐狸的皮毛。刘世则女儿的病自此再也没有复发过。

严 卿

会稽严卿,善卜筮。乡人魏序欲东行,荒年多抄盗①,令卿筮之。卿曰:"君慎不可东行,必遭暴害,而非劫也。"序不信。卿曰:"既必不停,宜有以禳之②。可索西郭外独母家白雄狗,系著船前。"求索止得驳狗,无白者。卿曰:"驳者亦足。然犹恨其色不纯,当余小毒③,止及六畜辈耳④。无所复忧。"序行半路,狗忽然作声甚急,有如人打之者。比视已死,吐黑血斗余。其夕,序墅上白鹅数头,无故自死。序家无恙。

〔注释〕

①抄盗:劫掠财物的盗贼。

②禳(ráng):祭名,祈祷消除灾殃、去邪除恶之祭。

③毒:害,伤害。

④六畜：又名"六牲""六扰"，指牛、马、羊、鸡、狗、猪六种家畜。亦泛指家畜。

〔译文〕

会稽郡有个人叫严卿，擅长占卜。同乡魏序想要出远门东行，此时正值饥荒之年，沿途强盗比较多，他便去找严卿占卜出行利弊。严卿说："你千万别往东走，如果不听劝告，一定会丧命，绝非破财这么简单。"魏序不信。严卿接着说："你如果一定要去，也有祛灾的办法。你去城西外的一个孤老太婆家找一条纯白色的公狗，拴在你们船的前头。"魏序去西城外只找到一条杂色狗，孤老太婆家没有白狗。严卿说："杂色狗也可以。但仍遗憾其颜色不纯，还会遭遇一些小麻烦，伤及家畜，不用太过担心了。"魏序出行走到半路上，花狗突然狂吠不止，仿佛有人在鞭打它。没一会儿，花狗就死了，临死前吐黑血有一斗多。当天晚上，魏序家养的白鹅无故死了好几只。但他的家人都平安无事。

卷 四

风伯雨师

风伯^①、雨师^②，星也。风伯者，箕星也^③；雨师者，毕星也^④。郑玄谓司中、司命^⑤，文星第五、第四星也^⑥。雨师一曰屏翳^⑦，一曰屏号^⑧，一曰玄冥^⑨。

〔注释〕

①风伯：名飞廉，传说中远古黄帝时人，能兴疾风。

②雨师：又称"青龙爷"，民间信仰的司雨之神。《周礼》："以槱燎祀雨师。"雨师者，毕星也。诗云："月离于毕，俾滂沱矣。"

③箕星：又名簸箕星、扫帚星。俗传扫帚星出现是不祥的预兆。

④毕星：毕宿，二十八宿之一。古人以为主兵、主雨，故亦借指雨师。

⑤郑玄谓司中、司命：郑玄说的司中、司命两个官职。郑玄（127—200），字康成，北海高密（今属山东）人。曾入太学受业今文《易》和公羊学，并从马融学古文经。是当时著名经学大家。司中，为司中大夫的省称，西汉末年王莽置，掌谏，即负责提意见。《汉书·王莽传》："又置司恭、司徒、司明、司聪、司中大夫及诵诗工、彻膳宰，以司过。"司命，官名，为五威司命的省称。掌察举上公以下非法者。

⑥文星：文昌星，又名文曲星。相传文曲星主文才，后亦指有文才的人。

⑦屏翳：指雨师。《山海经·海外东经》："雨师妾在其北。"晋郭璞注：

"雨师,谓屏翳也。"

⑧屏号:神话中雨师之别称。

⑨玄冥:神名,水神。《左传·昭公十八年》:"禳火于玄冥、回禄。"杜预注:"玄冥,水神。"

〔译文〕

风伯、雨师都是星宿。风伯,就是箕宿;雨师,就是毕宿。郑玄说:司中、司命之职,分别对应文星第五颗、第四颗星。雨师,或称屏翳,或称屏号,或称玄冥。

灌坛令

文王以太公望为灌坛令①。期年,风不鸣条②。文王梦一妇人,甚丽,当道而哭。问其故,曰:"吾泰山之女,嫁为东海妇。欲归,今为灌坛令当道有德,废我行。我行必有大风疾雨。大风疾雨,是毁其德也。"文王觉,召太公问之。是日果有疾雨暴风,从太公邑外而过。文王乃拜太公为大司马③。

〔注释〕

①文王以太公望为灌坛令:周文王让姜太公任灌坛令。文王,即周文王,周族领袖,姬姓,名昌,建立西周政权,在位五十年。太公望,即吕尚,或作姜尚,东海人,姜姓,吕氏,名尚,字子牙,佐文王、武王为计灭商,有大功。灌坛,地名,周国小邑。

②鸣条:因风吹而发声的枝条。这里形容太公望对地方治理得好,风调雨顺。

③大司马:官名,西周天子执政三官之一。《礼记·王制》:"百官各以

其成，质以三官。大司徒、大司马、大司空以百官之成质于天子。"一般指掌管军政的高级官员。

〔译文〕

周文王让姜太公吕望担任灌坛令。一年以来，风调雨顺，社会安定。一天晚上，文王梦到一个女人，长得很漂亮，坐在大路上哭泣。文王问她原因，女子回答说："我是泰山神的女儿，嫁给东海龙王做妻子。想要回家探望父母，可现在被灌坛令挡住了去路，他素有德行，但妨碍了我走路。我如果强行走过，一定会有狂风暴雨随行，狂风暴雨会毁坏他的德行呀。"文王睡醒后，召见太公望询问此事。这一天果然有狂风暴雨，从太公望的采邑外经过。于是，文王就任命太公望为大司马。

胡母班

胡母班字季友，泰山人也。曾至泰山之侧，忽于树间逢一绛衣驺[1]，呼班云："泰山府君召。"班惊愕，逡巡未答。复有一驺出，呼之。遂随行数十步，驺请班暂瞑。少顷，便见宫室，威仪甚严。班乃入阁拜谒。主为设食，语班曰："欲见君，无他，欲附书与女婿耳。"班问："女郎何在？"曰："女为河伯妇。"班曰："辄当奉书，不知缘何得达？"答曰："今适河中流，便扣舟呼青衣，当自有取书者。"班乃辞出。昔驺复令闭目，有顷，忽如故道。遂西行，如神言而呼青衣。须臾，果有一女仆出，取书而没。少顷复出，云："河伯欲暂见君。"婢亦请瞑目。遂拜谒河伯。河伯乃大设酒食，词旨殷勤。临去，谓班曰："感君远为致书，无物相奉。"于是命左右："取吾青丝履来！"以贻班。班出，瞑然，忽得还舟。

遂于长安经年而还。至泰山侧，不敢潜过，遂扣树，自称姓名："从长安还，欲启消息。"须臾，昔驺出，引班如向法而进。因致书焉。府君请曰："当别再报。"班语讫，如厕。忽见其父著械徒作，此辈数百人。班进拜流涕，问："大人何因及此？"父云："吾死不幸，见谴三年，今已二年矣，困苦不可处。知汝今为明府所识，可为吾陈之，乞免此役，便欲得社公耳②。"班乃依教，叩头陈乞。府君曰："生死异路，不可相近，身无所惜。"班苦请，方许之。于是辞出，还家。

岁余，儿子死亡略尽。班惶惧，复诣泰山，扣树求见。昔驺遂迎之而见。班乃自说："昔辞旷拙③，及还家，儿死亡至尽，今恐祸故未已，辄来启白，幸蒙哀救。"府君拊掌大笑曰："昔语君'死生异路，不可相近'故也。"即敕外召班父。须臾，至庭中，问之："昔求还里社，当为门户作福，而孙息死亡至尽，何也？"答云："久别乡里，自欣得还，又遇酒食充足，实念诸孙，召之。"于是代之。父涕泣而出。班遂还。后有儿皆无恙。

〔注释〕

①驺(zōu)：主驾车马的小吏。这里引申为侍从。

②社公：土地神。

③旷拙：粗疏失当。

〔译文〕

胡母班字季友，是泰山人。他曾经到过泰山旁边，在树林里遇到一个穿着红色衣服的小吏，对他说："泰山府君要见你。"胡母班十分惊讶，在那儿徘徊了好久都没有说话。过了一会儿，又有一个小吏出来招呼他。胡母班无可奈何，就跟小吏走了几十步，然后小吏让他闭上眼睛。不一会儿，就看到眼前宫室俨然，两旁官员排列整齐，庄严肃穆。胡母班便入府拜谒府君。府主人给他准备了食物，说："我请你来，没有别的请求，只是想让你带封书信给我的女婿。"母班问："令爱住在哪里？"答曰："我的女儿现在是河伯的妻子。"母班道："我乐意替您送信，不知道怎么才能够送过去？"府君道："你把船划到河中间，叩着船舷呼喊青衣，就会有人来取书了。"胡母班便告辞离开。刚才带他来的小吏让他再闭上眼睛，不一会儿，就来到了大树旁。胡母班按照泰山府君的指示，乘船西行，到了河中间呼喊青衣。刹那间，果有一青衣女仆从水里出来，拿了信件后，突然消失不见了踪影。过了一会儿，女仆又浮出水面说："河伯想要见你。"她也让胡母班闭上眼睛。因此，母班得以拜谒河伯。河伯大摆筵席，对他礼敬有加。母班临走的时候，河伯对他说："感谢您专程为我送信，也没有什么珍贵的礼物酬谢您。"河伯于是命令侍从说："把我的青丝靴拿来。"然后送给了母班。胡母班从府里出来，转眼间就到了船上。

胡母班又在长安待了一年才回家。当他走到泰山旁的时候，不敢偷偷地过去，便叩树，先报上自己名字，后道："小人从长安回来，向府君复命。"不一会儿，曾经带他的小吏出来接他，和原来一样把他带到了泰山府君面前。把河伯的回信拿了出来。泰山府君说："十分感谢您，有什么需要，定当效力。"胡母班说完后，来到了厕所小解。他忽然看到自己的父亲戴着枷锁在那儿干活，像这样干活的有数百人。胡母班向前，跪下来哭道："父亲怎么生活如此艰辛？"母班父说："我死了之后，被派到这里来干三年活，如今已经两年了，在这里实在困苦，度日如年呀。我知道你现在和府君认识，你替我求求情吧，免除我的劳役，我只想回去做个土地神。"胡母班便听从父亲的话，向泰山府君叩头陈情。泰山府君说："生死异途，不可太过亲近，对于我而言，倒没有什么可吝惜的。"胡母班苦苦哀求，泰山府君才答应他。于是，他告辞出来，回了家。

　　胡母班回家之后，不到一年的时间，儿子们都陆续夭折。他十分惊慌害怕，再次来到泰山，叩树求见府君。原来的小吏再次带他前往泰山君府。胡母班见府君后说道："我上次辞去的时候，有些忽略大意，等我回到家之后，儿子都快死光了，我现在担心灾祸会降临到自己身上，所以来这里，祈求您救救我。"泰山府君拍手大笑道："我曾经劝你说'生死异途，不可太过亲近'，就是这个原因。"就派人去召唤胡母班的父亲。不一会儿，胡母班的父亲来到泰山君府，泰山府君问道："你曾经求我把你放回乡里，你本应该替老百姓、替家人做好事，但你的孙子们都快死光了，这是怎么回事？"胡母班的父亲答道："好久没回乡里，府君派我回去，我实在是太高兴了，再加上衣食无忧，实在是太想念孙子们，就把他们都招来，和我见个面。"于是，府君便找人替代了他的职位。胡母班的父亲痛哭流涕地离开了。胡母班这才回到乡里。从此之后，他生的孩子都平安无事。

冯 夷

宋时，弘农冯夷[①]，华阴潼乡堤首人也[②]。以八月上庚日渡河，溺死。天帝署为河伯。又《五行书》曰："河伯以庚辰日死。不可治船远行[③]，溺没不返。"

〔注释〕

①弘农冯夷：弘农人冯夷。弘农，即弘农郡，西汉元鼎四年（前113）置，治所在弘农县（今河南灵宝北故函谷关城）。冯夷，水神，又作冰夷、无夷、冯脩、冯修、冯迟，河伯等，司马彪注引《清泠传》云："冯夷，华阴（陕西华阴）潼乡堤首人也。服八石，得水仙，是为河伯。"

②华阴：古邑名，又作阴晋，在今陕西华阴东南，后入秦改为宁秦，西汉置为华阴县。

③治船：收拾，打扫船只，准备出行。治，整理，整治。

〔译文〕

宋时，弘农人冯夷，是华阴潼乡堤首的老百姓。在八月上庚日渡河的时候，掉河里淹死了。天帝安排他当了河伯。《五行书》也记载说："河伯在庚辰日死亡，这一天不适宜开船远行，容易溺水而死，不能返航。"

华山使

秦始皇三十六年[①]，使者郑容从关东来[②]，将入函关[③]。西至华阴，望见素车白马，从华山上下。疑其非人，道住，止而待之。遂至，问郑容曰："安之?"答曰："之咸阳[④]。"车上人曰："吾华山使也。愿托一牍书，致镐池君所⑤。子之咸阳,道过镐池,见一大梓,下有文石,取款梓⑥,当有应者,即以书与之。"容如其言,以石款梓树,果有人来取书。明年,祖龙死。

〔注释〕

　①秦始皇(前259—前210):名嬴政,公元前247年即位,年十三岁,委国事于相国吕不韦。公元前238年亲政,镇压嫪毐叛乱,黜免吕不韦,重用李斯等人,并灭韩、赵、魏、燕、楚、齐六国,公元前221年统一全国,建立秦朝,称始皇帝。

　②关东:秦、汉、唐等定都今陕西的王朝,称函谷关或潼关以东地区为关东。

　③函关:函谷关,战国秦置,在今河南灵宝东北三十里。《元和郡县志》卷7引《西征记》:"函谷关城,路在谷中,深险如函,故以为名。其中劣通,东西十五里,绝崖壁立,崖上柏林荫谷中,殆不见日。关去长安四百里。……东自崤山,西至潼津,通名函名,号曰天险。"

　④咸阳:在今陕西咸阳东北二十里窑店镇一带。秦孝公十二年(前350)筑城,并将国都自栎阳迁此,因置咸阳县。据《三秦记》:"在九嵏山南、渭水北,山水俱阳。故名。"

　⑤镐池:《太平寰宇记》卷25引《庙记》:"长安城西有镐池,在昆明池北,周匝二十二里,溉地二十三顷。"

　⑥款:敲打,叩。

〔译文〕

　秦始皇在位的第三十六年,有使者郑容从函谷关东边而来,进入函谷关。他向西行途经华阴,望见前面有一乘白车白马,从华山上下来。他怀疑此非人类,便停在路边等候,想让马车先过去。车走到了他跟前,车上人问他说:"你要去哪里?"郑容答道:"咸阳。"车上人说:"我是华山使君。想要托你带一封信送到镐池君的住所。你去咸阳,途经镐池,在镐池旁边有一棵梓树,树下有带花纹的石头,你拿起石头,叩击梓树,会有人出来见你,你把信给他就好。"郑容依照他的吩咐,用石头叩击梓树,果真有人来取信。到了第二年,秦始皇就死了。

张 璞

张璞字公直,不知何许人也。为吴郡太守①。征还,道由庐山②。子女观于祠室,婢使指像人以戏曰:"以此配汝。"其夜,璞妻梦庐君致聘曰:"鄙男不肖,感垂采择,用致微意。"妻觉,怪之。婢言其情,于是妻惧,催璞速发。中流,舟不为行。阖船震恐。乃皆投物于水,船犹不行。或曰:"投女则船为进。"皆曰:"神意已可知也,以一女而灭一门,奈何?"璞曰:"吾不忍见之。"乃上飞庐卧③,使妻沉女于水。妻因以璞亡兄孤女代之。置席水中,女坐其上,船乃得去。璞见女之在也,怒曰:"吾何面目于当世也!"乃复投己女。及得渡,遥见二女在下。有吏立于岸侧,曰:"吾庐君主簿也。庐君谢君。知鬼神非匹,又敬君之义,故悉还二女。"后问女,言:"但见好屋、吏卒,不觉在水中也。"

〔注释〕

①吴郡:东汉永建四年(129)分原会稽郡的浙江(钱塘江)以西部分设,治所在吴县(今苏州姑苏区)。辖境相当今江苏、上海长江以南,大茅山以东,浙江长兴、湖州、天目山以东,与建德以下的钱塘江两岸。

②庐山：古称南障山，又名匡山、匡庐。即今江西九江南庐山。
③飞庐：船上的小楼。

〔译文〕

　　张璞字公直，不知道是哪里人。任吴郡太守。皇上征召他回京，途径庐山。他的女儿在庐山神祠中游览，婢女指着塑像开玩笑说："把你许配给他。"当天晚上，张璞的妻子梦到庐山君下聘礼说："小儿不肖，感谢你们选择他做女婿，这是我的微薄心意。"璞妻醒来，觉得此梦甚怪。找来婢女问明情况后，她惊怖不已，催促丈夫赶快赶路。当船走到河中间的时候，停止不动了。全家人都恐惧万分。于是把船上载的所有行李都扔进了水里，船仍旧不动。有人说："把女儿扔水里船就可以行进了。"同船的人都说："庐山君的意思再明显不过，因为一个女儿，全家陪葬，值吗？"张璞说："我实在不忍心见自己的女儿溺死。"就爬到船上的小楼躺下，让妻子处理这件事。璞妻随即便使张璞死去兄长的女儿代替自己的女儿。她将一张席子放到水面上，让侄女坐在上面，船立马可以向前行进。张璞见船行驶，自己的女儿还在船上，生气道："我还有什么脸面活在这个世界上！"于是，又把自己的女儿扔进了水里。等到船靠岸，张璞看见自家的两个女孩都站在岸上。有小吏站在她们旁边，说："我是庐山君的主簿。庐山君让我代他向您致谢。他知道鬼神是不能够和人做夫妻的，又敬慕您的大义，所以派我把两个女孩都送回来还给您。"后来张璞问女儿所见，回答说："我只看见有大房子，还有很多官吏兵卒，感觉不到自己在水中。"

建康小吏

　　建康小吏曹著①，为庐山使所迎，配以女婉。著形意不安,屡屡求请退。婉潸然垂涕,赋诗序别。并赠织成裈衫②。

〔注释〕

①建康:西晋建兴元年(313)因避愍帝司马邺讳,改建邺为建康,为丹阳郡治。治所在今江苏南京。

②裈(kūn)衫:裤褂,这里代指衣服。裈,古代称裤子。衫,上衣,单褂。

〔译文〕

建康城有个小官吏叫曹著,被庐山使君接到山上,要把名叫婉的女儿嫁给他。曹著内心惶恐,坐立不安,他多次请求退婚,并请求让自己回家。婉听说后,泣涕涟涟,赋诗与他相别,并送给他一身手织的裈衫。

驴 鼠

郭璞过江,宣城太守殷祐引为参军。时有一物,大如水牛,灰色,卑脚,脚类象,胸前尾上皆白,大力而迟钝,来到城下。众咸怪焉。祐使人伏而取之。令璞作卦,遇“遁”之“蛊”①,名曰“驴鼠”。卜适了,伏者以戟刺,深尺余。郡纲纪上祠请杀之。巫云:“庙神不悦。此是邾亭庐山君使②。至荆山③,暂来过我,不须触之。”遂去,不复见。

〔注释〕

①遇“遁(dùn)”之“蛊”:遁,《易经》卦名。六十四卦之一,艮(☶)下

乾(☰)上，表隐退之象。蛊，《易经》卦名："元亨。利涉大川，先甲三日，后甲三日。"巽(☴)下艮(☶)上，是开始衰败的景象。

②郏亭：即宫亭湖。《水经注》："庐山有神庙，号曰宫亭庙。故彭湖亦有宫亭称焉。"

③荆山：在阳羡县，后改名君山。今为江苏宜兴市西南二十里铜官山。《太平寰宇记》卷92记常州宜兴县："君山，在县南二十里，旧名荆南山，在荆溪之南。"

〔译文〕

　　郭璞过江以后，宣城太守殷祐引荐他做了参军。当时有一个怪物，体形有水牛那么大，灰皮，矮脚，脚与大象的差不多，胸前、尾巴都呈白色，力大而行动迟缓，来到宣城下。见者都感觉诧异不已。殷祐派人埋伏起来，要捉它，并让郭璞卜卦。郭璞卜到"遁"之"蛊"卦，说这怪兽名叫"驴鼠"。卦刚卜完，埋伏的人就用戟刺中了那怪兽，刺进去一尺多深。宣城郡的主簿要求按照郡里的政策祭祀时杀了怪物。巫师说："庙神不高兴了。说这是宫亭湖庐山君的使者。来到荆山，临时来访问我，你们不要侵犯它。"那怪物就被放走了。自此，再也没有出现过。

黄石公祠

　　益州之西①，云南之东②，有神祠。剞山石为室，下有神奉祠之。目称黄石公③。因言此神，张良所受黄石公之灵也④。清净不宰杀。诸祈祷者，持一百钱，一双笔，一丸墨，置石室中。前请乞。先闻石室中有声，须臾，问来人何欲。既言，便具语吉凶，不见其形。至今如此。

①益州:西汉元封五年(前106)置,为十三州刺史部之一。东汉刘熙《释名》卷2:"益,阨也,所在之地险阨也。"东汉应劭《地理风俗记》:"疆壤益广,故名益州。"辖境相当今四川折多山、云南怒山、哀牢山以东,甘肃武都、两当,陕西秦岭以南,湖北郧阳、保康西北,贵州除东边以外地区。

②云南:三国蜀建兴三年(225)析永昌、益州、越巂三郡地置,治所在弄栋县(今云南姚安县西北十七里旧城)。

③黄石公:秦末隐士,失其姓名。传张良刺秦始皇失败后,游下邳,遇老父于圯上,遗以《太公兵法》,谓"十三年孺子见我济北,穀城山下黄石即我矣"。

④张良(?—前189):西汉沛郡城父人,字子房。助刘邦取得天下,建立汉朝。高帝六年,封留侯。晚好黄老,学辟谷之术,卒谥文成。

〔译文〕

在益州之西,云南之东,有一座神庙。神庙是在山里凿出的石室,当地百姓奉祀不断。庙神自称黄石公。因此,当地民间传言,此神灵就是曾经教授张良仙法的黄石公。这个神喜好清净不杀生。百姓向他祈祷,只需拿着一百钱、一双笔、一块墨,放在石室中即可。祷告者向前下拜。先听到石室中有声音,不一会儿,会有人询问有何请求。祈请者说完之后,就会有声音解释所祷告事情的吉凶,但却看不到人。到现在人们到这个地方来祷告,依旧如此。

戴文谋

沛国戴文谋,隐居阳城山中。曾于客堂食际,忽闻有神呼曰:"我天帝使者。欲下凭君①,可乎?"文闻甚惊。又曰:"君疑我也?"文乃跪曰:"居贫,恐不足降下耳。"既而洒扫设位,朝夕进食甚谨。后于室内窃言之。妇曰:"此恐是妖魅凭依耳^②。"文曰:"我亦疑之。"及祠飨之时,神乃言曰:"吾相从,方欲相利。不意有疑心异议。"文辞谢之际,忽堂上如数十人呼声。出视之,见一大鸟五色,白鸠数十随之,东北入云而去。遂不见。

〔注释〕

①凭:依靠,依附。
②妖魅:指妖魔鬼怪之类。

〔译文〕

沛国人戴文谋,在阳城山中隐居。有一次正在客厅吃饭,忽然听到有神仙喊他说:"我是天帝的神使。想要下凡来依附于你,可以吗?"文谋听后十分惊恐。神使又说:"你怀疑我的身份吗?"文谋便跪下说:"鄙人家境贫寒,恐怕不足以供养你。"接着便洒扫庭院,准备设位迎接,早晚供奉香火勤恳谨慎,不敢有丝毫疏忽。后来他的妻子在内室偷偷地对他说:"这恐怕是鬼魅妖邪来依附于咱们。"文谋说:"我也有这种疑虑。"等到了再次祭祀的时候,神使对他说:"我下凡来到这里,是想给你家带来好处。谁料你们竟对我心存疑虑。"文谋赶忙向神使谢罪,突然厅堂上响起数十人的呼喊声。出门一看,见一只五色大鸟,后面跟随着数十只白鸠,向东北方向入云而去,消失不见了。

糜 竺

糜竺字子仲,东海朐人也^①。祖世货殖^②,家赀巨万③。常从洛归，未至家数十里，见路次有一好新妇，从竺求寄载。行可二十余里，新妇谢去，谓竺曰："我天使也。当往烧东海麋竺家。感君见载，故以相语。"竺因私请之。妇曰："不可得不烧。如此，君可快去，我当缓行，日中必火发。"竺乃急行归，达家，便移出财物。日中而火大发。

〔注释〕

①麋竺(？—约220)：字子仲，东海胸(今江苏连云港)人。初为徐州刺史陶谦别驾从事。谦卒，迎刘备主政。入蜀后官至安汉将军，赏赐常优于诸将。后弟麋芳叛投孙权，他惭恨发病卒。胸(qú)：县名。

②货殖：经商。聚积财物，使生殖蕃息以图利。

③家赀："家资"，家中资产。

〔译文〕

麋竺字子仲，东海郡胸县人。家人世代经商，产业殷实，资产数以万计。他经常往返于洛阳做生意，一次，他从洛阳返回，走到离家几十里远的地方，在路边遇到一个年轻女子，请他载一程。二人同行大约二十里地，年轻女子与他辞别，离开时说："我是天帝的使者。现在去东海烧麋竺的居所。感念你的恩情，所以把这个秘密告诉你。"麋竺听后，私下里向她求情。妇人说："不烧是不可能的。既然你向我求情，那么你赶快回去，我走慢点，但到中午一定得烧起来。"于是，麋竺疾行回家，到家后，将财物从室内移出，中午的时候，家中房屋果然着火了。

阴子方

汉宣帝时①，南阳阴子方者②，性至孝，积恩好施，喜祀灶③。腊日晨炊,而灶神形见④。子方再拜受庆⑤。家有黄羊⑥,因以祀之。自是已后,暴至巨富。田七百余顷,舆马仆隶,比于邦君。子方尝言:"我子孙必将强大。"至识三世,而遂繁昌。家凡四侯⑦,牧守数十⑧。故后子孙尝以腊日祀灶,而荐黄羊焉⑨。

〔注释〕

①汉宣帝(前91—前49):名刘询,又名病已,字次卿。少年时曾生活于民间。公元前74年,昭帝死,无子,被迎立为帝。即位后,强调实行"霸道"(法治)、"王道"(礼治)杂治政策,重视吏治,平理刑狱,减轻徭役租税,使社会矛盾相对缓和,在位二十五年。

②南阳阴子方:南阳人阴子方。南阳,战国秦昭王三十五年(前272)置南阳郡,治宛县(今河南南阳)。隋初废。阴子方,西汉人,性至孝,宣帝时官至执金吾。

③祀灶:祭祀灶神。祀,祭祀。灶,灶神。

④灶神:又称灶君、灶王爷、老灶爷。《五经异义》引《古周礼》:"颛顼有子为祝融,祀以为灶神。"其后灶神逐渐人格化,并且由人来充任灶神。《庄子·达生》说"灶有髻"。司马彪本说"髻,灶神"。汉以后充任灶神的有张隗或张禅。《后汉书·阴识传》引《杂五行书》:"灶神名禅,字子郭,衣黄衣。"

⑤庆:赏赐。

⑥黄羊:黄毛狗,亦泛指狗。《荆楚岁时记》:"以黄犬祭之,谓之黄羊。"《古今注》:"狗一名黄羊。"

⑦侯:周朝五等爵之一。一说为五等爵第二等。《礼记·王制》:"王者之制禄爵,公、侯、伯、子、男,凡五等。"一说为五等爵第三等。《孟子·万章上》:"天子一位,公一位,侯一位,伯一位,子、男同一位,凡五等。"

⑧牧守:州郡长官的泛称。

⑨荐:祭献。

汉宣帝时期,南阳地区有个人叫阴子方,他孝顺父母,对人乐善好施,经常祭祀灶神。腊月的一天早晨,他正在做饭,灶神显形。阴子方跪拜接受赏赐。家里有黄狗,他便把黄狗拿来祀享神人。从此之后,家里开始暴富。田宅累至七百余顷,车马仆从,甚至比得上当地长官。阴子方曾经说:"我的子孙后代肯定会有所成就。"三代后,传到阴识,家里便开始昌盛起来。一家人有四人封侯,官至太守的有几十人。因此,后世子孙常在腊月祭祀灶神,并进献黄羊。

蚕 神

吴县张成①,夜起,忽见一妇人立于宅南角。举手招成曰:"此是君家之蚕室,我即此地之神。明年正月十五,宜作白粥,泛膏于上②。祭我也,必将令君蚕桑百倍。"言绝失之。以后年年大得蚕。今之作膏糜像此③。

〔注释〕

①吴县:春秋时吴国都城。秦置县,为会稽郡治,治所今江苏苏州。东汉为吴郡治。
②泛膏:泛着油脂。泛,漂浮。膏,动物脂油。
③膏糜(mí):亦称"膏粥",上浮油脂的白粥,古人于农历正月十五日用以祭祀蚕神。

〔译文〕

吴县有个人叫张成,他半夜起床,忽然看见一个女人站在自家宅院的东南角。女人对张成招手说:"这是你家的养蚕室,我就是本地的蚕神。明年正月十五,你要做一碗白粥,上面泛着油脂,来祭祀我。如此,可令你家蚕桑比现在多上百倍。"女子说完就不见了。自此以后,张成家年年可以收获大量蚕茧。现在做油脂粥的习俗就始于此时。

戴侯祠

豫章有戴氏女,久病不差。见一小石,形像偶人。女谓曰:"尔有人形,岂神?能差我宿疾者①,吾将重汝。"其夜,梦有人告之:"吾将祐汝。"自后疾渐差。遂为立祠山下。戴氏为巫,故名戴侯祠。

〔注释〕

①宿疾:原有的疾病。

〔译文〕

豫章郡戴家有个女儿,久病不愈。一天,她看到一块小石头,形似偶人。女子对石偶人说:"你看上去有人的形状,难道是神灵吗?如果你能治好我多年的疾病,我一定重重地答谢你。"当天晚上,她梦见有人说:"我会保佑你的。"从此之后,疾病渐愈。于是,戴家便在山下立神祠供奉石人。戴家人做巫师,因此此祠被人称为"戴侯祠"。

卷　五

山　徙

夏桀之时①,厉山亡②。秦始皇之时,三山亡③。周显王三十二年④,宋大丘社亡⑤。汉昭帝之末,陈留昌邑社亡⑥。京房《易传》曰:"山默然自移,天下兵乱,社稷亡也⑦。"故会稽、山阴、琅邪中有怪山⑧,世传本琅邪东武海中山也⑨,时天夜,风雨晦冥,旦而见武山在焉。百姓怪之,因名曰怪山。时东武县山,亦一夕自亡去。识其形者,乃知其移来。今怪山下见有东武里,盖记山所自来,以为名也。又交州山移至青州朐县⑩。凡山徙,皆不极之异也。此二事,未详其世。《尚书·金縢》曰:"山徙者,人君不用道士,士贤者不兴。或禄去公室,赏罚不由君,私门成群,不救,当为易世变号。"说曰:"善言天者,必质于人⑪;善言人者,必本于天⑫。"故天有四时,日月相推,寒暑迭代。其转运也,和而为雨,怒而为风,散而为露,乱而为雾,凝而为霜雪,张而为虹霓⑬,此天之常数也。人有四肢五脏,一觉一寐,呼吸吐纳,精气往来;流而为荣卫⑭,彰而为气色,发而为声音。此亦人之常数也。若四时失运,寒暑乖违,则五纬盈缩⑮,星辰错行,日月薄蚀,彗孛流飞⑯,此天地之危诊也⑰;寒暑不时,此天地之蒸否也⑱;石立土踊⑲,此天地之瘤赘也⑳;山崩地陷,此天地之痈疽也㉑;冲风暴雨,此天地之奔气也;雨泽不降,川渎涸竭,此天地之焦枯也。

〔注释〕

①夏桀:夏末代君主,名履癸,为政残暴,荒淫无度。会诸侯于有仍,攻灭有缗氏,诸侯咸叛。商汤乃伐桀,战于鸣条,桀败,死于鸣条。一说,桀奔南巢而死,夏代亡。

②厉山:一名烈山,又名重山、丽山,在今湖北随州北。《史记·五帝本纪》正义引《括地志》云:"厉山在随州随县北百里。山东有石穴,曰神农生于厉乡,所谓列山氏。"

③三山:一作参山,在今山东莱州北五十里之三山岛。《史记·封禅书》载:古帝王所祀八神,"四曰阴主,祠三山"。《索隐》:"《地理志》:东莱曲成有参山,即此三山。"

④周显王(?—前321):战国时周国君,姬姓,名扁。王五年,秦与晋战,胜,以黼黻贺秦献公,献公乃称伯;后秦孝公会诸侯于周,次年孝公称伯。三十五年,王又致胙于秦惠公,惠公乃称王,后诸侯皆称王。在位四十八年。

⑤宋:西周封国,子姓,始封之君为商纣王之庶兄微子启,都商丘(今河南商丘南)。

⑥陈留昌邑社亡:陈留郡昌邑祭祀土地神的庙宇不见了。陈留,治所在今河南开封县东南二十六里陈留镇。《汉书·地理志》注引臣瓒曰:"宋亦有留,彭城留是也。留属陈,故称陈留也。"西汉为陈留郡治。昌邑,秦置昌邑县,属砀郡。治所在今山东巨野县南六十里昌邑乡。

⑦社稷:土神和谷神,古时君主都祭祀社稷,后来就用社稷代表国家。

⑧山阴:治所即今浙江绍兴。以在会稽山之北而得名。琅邪:又称琅琊。

⑨东武:西汉置,为琅邪郡治,治所即今山东诸城。

⑩又交州山移至青州朐县：又有交州的山转移到了青州朐县境内。交州，东汉建安八年(203)改交州刺史部置，治所在广信县(今广西梧州)。青州，西汉武帝置，辖境相当于今山东德州、齐河县以东、马颊河以南，济南、临朐、安丘、高密、莱阳、栖霞、乳山等市县以北、以东和河北吴桥县地。东汉治所在临菑县(今山东淄博临淄区北)。朐县，秦置，属东海郡。治所在今江苏连云港市海州镇西南锦屏山侧。

⑪质：本体，本性，根本。

⑫本：事物的根源，与"末"相对。

⑬虹霓：又称彩虹。是雨后或日出没之际，天空所现的彩色弧。

⑭荣卫：荣指血的循环，卫指气的周流。荣气行于脉中，属阴，卫气行于脉外，属阳。荣卫二气散布全身，内外相贯，运行不已，对人体起着滋养和保卫作用。泛指气血、身体。

⑮五纬：金、木、水、火、土五星。

⑯彗孛：彗星和孛星。孛，古人指光芒四射的一种彗星。旧谓彗孛出现是灾祸或战争的预兆。

⑰危诊：不祥的征兆。

⑱蒸否(pǐ)：形容天地气候运行不畅。蒸，热气上升。否，不好，坏，恶。

⑲土踊：泥土堆积。踊，往上跳，这里引申为堆积。

⑳瘤赘：体表或筋骨间增生的肉疙瘩。比喻多余无用的事物。

㉑痈疽：毒疮。

〔译文〕

夏桀在位之时，厉山消失了。秦始皇在位之时，三山消失了。周显王三十二年，宋大丘土地庙消失了。汉昭帝统治末年，陈留昌邑土地庙也消失不见了。京房《易传》中说："山悄悄地自行移动，是天下将有战争兴起的征兆，国家将要灭亡。"本来会稽、山阴、琅琊这些地方有怪山，世间传言这本来是琅琊郡东武县海中的山。当时天黑，风雨交加，电闪雷鸣，天亮的时候，武山就已经移动到这个地方了。老百姓对此事感觉无法理解，因此将它命名为怪山。当时东武县的山也是在那天晚上突然不见了。经熟悉这座山形状的人辨识，才知道它移到山阴来了。如今，在怪山下有个地名叫东武里，就是为了纪念山的由来，才以此命名的。又有交州地界的山移动到青州朐县境内。凡是山自行移动，都是极不正常的怪异现象。这两件事，不知道具体发生在什么时候。《尚书·金滕》中说："山自行移动，是统治者不重用人才，贤人得不到举荐的征兆。或者也可以说是权力不由帝王掌握，赏罚之事君王也做不了主，权贵之家成群，如果不改变这种情况，就会演变成改朝换代之事。"有人议论说："善于讲天道的，必须以人事为根本；善于讲人事的，必须以天道为依据。"因此，天有春、夏、秋、冬四季的更替，如月缺月圆，轮转不息，寒暑更迭。天道的循环运行，温和的时候化为雨，激烈的时候变为风，分散开来就是露水，混乱了秩序就会产生雾，凝冻变为霜雪，舒张就变成了虹霓，这是天地运行的常理。人有四肢五脏，一醒一睡，呼吸吐纳，精气循环；流动就是血气，显现出来就是气色，发散出来就是声音。这也是人体运行的一般规律。如果天地四时运行混乱，寒暑不能正常交替，那么就会导致金、木、水、火、土五星运行混乱，日食、月食频繁出现，彗星到处乱飞，这对于天体运行来说是不祥之兆；如果寒暑不能按时间更替，天地气候就会运行不畅；石头竖立，泥土堆积，这是天地长出的瘤赘；山崩地陷，这是天地长出了痈疽；狂风暴雨，这是天地精气奔腾；雨露不降，河川枯竭，这是天地焦枯的征兆。

黑白乌斗

景帝三年十一月，有白颈乌与黑乌，群斗楚国吕县①。白颈不胜，堕泗水中②，死者数千。刘向以为近白黑祥也。时楚王戊暴逆无道③,刑辱申公④,与吴谋反。乌群斗者,师战之象也。白颈者小,明小者败也。堕于水者,将死水地。王戊不悟,遂举兵应吴,与汉大战,兵败而走,至于丹徒⑤,为越人所斩。堕泗水之效也。京房《易传》曰:"逆亲亲,厥妖白黑乌斗于国中。"

燕王旦之谋反也⑥,又有一乌一鹊,斗于燕宫中池上,乌堕池死。《五行志》以为楚、燕皆骨肉藩臣⑦,骄恣而谋不义,俱有乌鹊斗死之祥。行同而占合,此天人之明表也。燕阴谋未发,独王自杀于宫,故一乌而水色者死。楚炕阳举兵⑧,军师大败于野,故乌众而金色者死。天道精微之效也。京房《易传》曰:"颛征劫杀⑨,厥妖乌鹊斗。"

[注释]

①吕县:西汉置,治今江苏铜山县东南、废黄河北岸吕梁,属楚国。

②泗水:河川名。源出山东泗水县陪尾山,分四源流因而得名。

③楚王戊(?—前154):西汉人,楚夷王刘郢子,文帝六年嗣王。景帝三年春,与吴王刘濞合谋反,杀其相张尚、太傅赵夷吾,起兵攻梁,与周亚夫战。兵败自杀。

④申公:西汉鲁人,名培,亦称申培公。少与楚元王刘交俱事齐人浮丘伯受《诗》。所传之《诗》为《鲁诗》。文帝时为博士。武帝初征为太中大夫,时年八十余。后病免归。

⑤丹徒:秦置,属会稽郡。治所在今江苏丹徒东南十八里丹徒镇。《元和郡县志》卷25润州丹徒县:"初,秦以其地有王气,始皇遣赭衣徒三千人凿破长陇,故名丹徒。"

⑥燕王旦(?—前80):武帝子。元狩六年(前117)立为燕王。为人辩略,博学经书杂说,好星历数术倡优射猎,招致游士。武帝死,昭帝即

位,他与宗室刘长、刘泽及大臣上官桀、桑弘羊等谋夺取帝位,失败,自杀。

⑦藩臣:指拥有封地或封国的亲王或郡王,这些都是拱卫王室之臣。

⑧炕阳:干涸;枯涸。指阳气极盛。比喻统治者残暴专横。

⑨颛征劫杀:专擅征战杀戮。

〔译文〕

汉景帝三年十一月,楚国吕县有白颈乌鸦和黑颈乌鸦在打斗。白颈乌鸦战败,有上千只坠落泗水中死了,刘向认为这事近于白黑之兆。当时楚王刘戊残暴不仁,对申公施刑侮辱,和吴国一起谋反。乌鸦打群架,是国家有战争发生的征兆。白颈乌鸦个头小,这是在象征权势小的一方将失败。坠水中死,是在说明会死在有水的地方。楚王刘戊不能够看透这一点,便兴兵响应吴国的反叛,和中央王朝作战,后兵败逃走,在丹徒这个地方,被越国百姓杀害。这是白颈乌鸦落水死的应验。京房《易传》说:"背叛自己的亲族,就会有黑颈乌鸦和白颈乌鸦在国中打斗。"

燕王刘旦谋反的时候,有一只乌鸦和一只喜鹊,在燕王宫殿的池塘中打斗,乌鸦落池塘中死了。《五行志》认为,楚国和燕国都是汉朝对骨肉同胞分封的藩国,却因骄恣而起兵作乱,所以就有乌鹊斗死的征兆。情况相同,占卜推断也符合现实情况,这是天人相应的明确表现。燕王刘旦阴谋作乱,还没有行动,就在王宫中自杀了,所以只有一只水色的乌鸦死去。楚国骄纵无肆,举兵造反,致使军队被打败,所以很多金色的乌鸦死去。天道就是如此的精微,就是如此的灵验。京房《易传》中说:"专擅征战杀戮,所以有乌鸦和喜鹊打斗的现象存在。"

泰山石立

昭帝元凤三年正月,泰山芜莱山南,汹汹有数千人声。民往视之,有大石自立。高丈五尺,大四十八围①,入地深八尺,三石为足。石立后,有白乌数千集其旁。宣帝中兴之瑞也②。

〔注释〕

①围:量词,两臂合拢的长度。
②宣帝中兴之瑞也:这是汉宣帝统治中兴的征兆。宣帝,汉宣帝。中兴,指国家由衰退而复兴。瑞,征兆,好预兆。

〔译文〕

汉昭帝元凤三年正月,泰山、芜莱山的南边,人头涌动,有数千人在大声喧哗。当地百姓去观看,见有一块石头竖立在那里。此石周长四十八围,入地八尺深,大石头底下有三块小石头像脚一样垫着。自从石头竖立之后,就有数千只白乌鸦在石头周围聚集。这是宣帝中兴的征兆。

虫叶成文

昭帝时,上林苑中大柳树断①,仆地。一朝起立,生枝叶。有虫食其叶,成文字,曰:"公孙病已立②。"

〔注释〕

①上林苑:秦时旧苑。汉初荒废,后武帝收为宫苑,扩建修筑,苑内放养禽兽,供皇帝射猎并建离宫、观、馆等数十处。故址位今陕西西安长安区西及周至、鄠邑区界。
②公孙病已:汉宣帝刘询,原名刘病已,汉武帝曾孙,戾太子刘据之孙。公孙,宗室侯王之孙。汉昭帝无嗣驾崩,大将军霍光等迎立昌邑王刘贺为帝,二十多天后又废除刘贺,改立宗室子刘病已为帝。

汉昭帝在位期间,上林苑中的大柳树折断倒地,有一天突然立了起来,并且长出了枝叶。有虫子吃上面的树叶,出现了文字,说:"王孙病已当继承皇位。"

王母传书

哀帝建平四年夏,京师郡国民,聚会里巷阡陌①,设张博具歌舞,祠西王母。又传书曰:"母告百姓,佩此书者不死。不信我言,视门枢下②,当有白发。"至秋乃止。

〔注释〕

①里巷阡陌:大街小巷各个地方。
②门枢:门扇的转轴,借指门户。

〔译文〕

汉哀帝建平四年(前3)的夏天,京师和郡国的国民,都聚集在街田巷陌,摆上博戏器具,载歌载舞地祭祀西王母。有书信传来说:"西王母通知老百姓,佩带这封书信的人不死。如果你们不相信我说的话,回家可看看自家的门口,会有白头发出现。"祭祀活动直到秋天才停止。

赤厄三七

汉灵帝数游戏于西园中①,令后宫采女为客舍主人②,身为估服③,行至舍间,采女下酒食,因共饮食,以为戏乐。是天子将欲失位,降在皂隶之谣也④。其后天下大乱。古志有曰："赤厄三七⑤。"三七者，经二百一十载，当有外戚之篡⑥，丹眉之妖⑦。篡盗短祚⑧，极于三六，当有飞龙之秀⑨，兴复祖宗。又历三七，当复有黄首之妖⑩，天下大乱矣。自高祖建业⑪，至于平帝之末，二百一十年，而王莽篡。盖因母后之亲。十八年而山东贼樊子都等起⑫，实丹其眉，故天下号曰"赤眉"。于是光武以兴祚，其名曰秀。至于灵帝中平元年而张角起⑬，置三十六方，徒众数十万，皆是黄巾，故天下号曰"黄巾贼"。至今道服由此而兴。初起于邺⑭，会于真定⑮，诳惑百姓曰："苍天已死，黄天立。岁名甲子年，天下大吉。"起于邺者，天下始业也，会于真定也。小民相向跪拜趋信，荆扬尤甚。乃弃财产，流沉道路，死者无数。角等初以二月起兵，其冬十二月悉破。自光武中兴，至黄巾之起，未盈二百一十年，而天下大乱，汉祚废绝，方应三七之运。

〔注释〕

①汉灵帝数游戏于西园中：汉灵帝多次在西园中游乐玩耍。汉灵帝（156—189），名刘宏。永康元年（167）桓帝死后，被窦太后和窦武迎立为帝。即位后大兴土木，政治黑暗，中平元年（184）爆发了黄巾起义。死后谥灵帝，在位二十二年。西园，汉上林苑的别名。

②采女：原为汉代六宫的一种称号，因其选自民家，故曰"采女"。后用作宫女的通称。

③估服：商贩的衣服。

④皂隶：旧时衙门里的差役，身份低微。此指沦为下贱之人。

⑤赤厄三七：二百一十年后，将有厄运发生。赤厄，汉朝的厄运，汉朝

统治者认为自己的政权属火德,故用赤。三七,即后文所指的二百一十年。

⑥外戚:指帝王的母亲和后妃的亲族。

⑦丹眉之妖:有红色眉毛的人作乱。他们是西汉末年的流贼,以琅琊樊崇为首。为与王莽的军队区别,将眉涂成红色。丹眉,亦作"赤眉",即将眉毛涂成红色。

⑧篡盗短祚:指王莽篡夺盗窃帝位,存在的时间极短。

⑨飞龙之秀:这里指光武帝刘秀。

⑩黄首之妖:下文所指以张角为首的农民起义军。

⑪高祖:汉高祖刘邦,西汉王朝的建立者。

⑫樊子都:樊崇、刁子都,西汉末人,赤眉农民起义军领袖。

⑬至于灵帝中平元年而张角起:到了汉灵帝刘宏中平元年(184),张角发动农民起义。张角(?—184),东汉末钜鹿人。奉事黄老,创太平道,自称"大贤良师"。灵帝时,借治病传教,徒众达数十万人,灵帝中平元年起义,称天公将军,以头缠黄巾为标志,称"黄巾军",后病死。

⑭邺:古地名,在今河北临漳县西。

⑮真定:古县名。西汉高祖十一年(前196)改东垣县置,治今河北石家庄东。

〔译文〕

汉灵帝在位期间多次到西园中游戏,命令后宫采女做旅店的主人,自己身穿行商之人穿的衣服,走到旅店,让采女准备酒菜,然后一起吃喝,以为戏乐。这是天子将要失位,降身为奴隶的征兆。随后不久,即天下大乱。古书上记载说:"赤厄三七。"所谓三七,是说经过二百一十年之后,会有外戚篡权乱政,赤眉为害天下。篡位建立的政权,三六就结束了。到那个时候,会有名为秀的真龙天子降临,兴复祖业。再经过三七,会有黄巾起义,扰乱天道,到时候天下就大乱。从汉高祖刘邦建国开始,到汉平帝刘衎末年,有二百一十年,发生了王莽篡权乱政的事件,这是凭借与太后的亲属关系得逞的。十八年后，山东反贼樊子都等起义反汉，把眉毛涂成红色，天下百姓都称他们为"赤眉军"。接着光武帝复兴汉室，他的名字就叫刘秀。到了汉灵帝中平元年，张角开始发动农民起义，把天下百姓分为三十六"方"，率有数十万徒众，都头戴黄巾，所以天下百姓都称呼他们为"黄巾贼"。如今的道袍就是从此兴起的。黄巾初起时在邺城，在真定会合，欺骗百姓说："苍天已死，黄天当立。岁名甲子，天下大吉。"在邺城初起，象征天下始业也；会于真定，象征天下真正安定。民间老百姓对面跪拜，争相信奉，荆州和扬州地区信奉的民众最多。甚至于抛弃财产，流转在道路上，死者不计其数。张角等在二月起兵造反，当年冬天十二月就被打败了。从光武中兴开始算起，到黄巾起义结束，还不满二百一十年，到了天下大乱，汉献帝被废，才真正应了三七的运数。

寺壁黄人

灵帝熹平二年六月，洛阳民讹言：虎贲寺东壁中有黄人①，形容须眉良是。观者数万，省内悉出，道路断绝。到中平元年二月，张角兄弟起兵冀州②，自号"黄天"。三十六方，四面出和。将帅星布，吏士外属。因其疲偻③，牵而胜之。

〔注释〕

①虎贲寺：洛阳古寺名。

②冀州：汉武帝所置十三刺史部之一。辖境相当今河北中南部、山东西端及河南北端。东汉治高邑县（今河北柏乡县北），桓、灵间移治邺县（今河北临漳县西南），三国魏移治信都县（今河北冀州），晋移治房子县

(今河北高邑县西南),辖境渐小。北魏复治信都县。

③疲馁:疲惫和饥饿。馁,同"馁",这里引申为"饥饿"。

〔译文〕

汉灵帝熹平二年六月,洛阳百姓间传言:虎贲寺东墙上面有黄人,脸上的头发、眉毛全都清晰可见。慕名前来观看的有上万人。整个地方的人都在往虎贲寺赶,道路拥堵。到了中平元年二月,张角兄弟在冀州起兵,自称"黄天"。设三十六"方"士众,四面八方的人纷纷响应。黄巾军的将帅很多,朝廷的许多官员都给他们做起了内应。后来军士是趁他们疲倦、饥饿的时候,才牵制并战胜他们。

木不曲直

灵帝熹平三年,右校别作中①,有两樗树,皆高四尺许。其一株宿昔暴长,长一丈余,粗大一围,作胡人状②,头目鬓须发俱具。其五年十月壬午,正殿侧有槐树,皆六七围,自拔倒竖,根上枝下。又中平中,长安城西北六七里,空树中,有人面,生鬓。其于《洪范》皆为木不曲直。

〔注释〕

①右校别作:右校的附属作坊。右校,官署名,掌工徒。别作,附属作坊。

②胡人:古代对北方边地及西域各民族的称呼。

〔译文〕

汉灵帝熹平三年(174),右校的附属作坊上,长着两棵臭椿树，都有四尺多高。其中有一棵一夜之间就突然长高了一丈多，也变粗近一围，变得仿佛一个胡人，头、眼睛、头发、胡子等全都清晰可见。熹平五年(176)十月壬午日，大厅正殿旁边的槐树，有六七围这么粗，突然间自己倒地，树根朝上，树枝着地。到了中平年间，距离长安城西北六七里的地方，有一棵空树上长有人脸，上面人的头发、鬓角都可以辨认。这在《洪范》一书中，都是树木失去其本性而为灾害的征兆。

嘉会挽歌

汉时，京师宾婚嘉会①，皆作"魁櫑"②。酒酣之后，续以挽歌③。魁櫑，丧家之乐；挽歌，执绋相偶和之者④。天戒若曰："国家当急殄悴⑤，诸贵乐皆死亡也。"自灵帝崩后，京师坏灭，户有兼尸虫而相食者。魁櫑、挽歌，斯之效乎？

〔注释〕

①京师宾婚嘉会：京城中有人款待宾客、举办结婚的聚会。京师，即京城，帝王宫廷所在地。宾婚，招待宾客与举行婚礼。嘉会，盛大的宴集，欢乐的聚会。

②魁櫑："傀儡"，木偶戏中受人在幕后操纵的木偶。

③挽歌：哀悼死者的歌。

④执绋(fú)：送葬时帮助牵引灵车，后来泛指送葬。绋，古代出殡时拉棺材用的大绳。

⑤殄悴：亦作"殄瘁"，贫病、困穷。

〔译文〕

汉代时期，京城有宴请友朋、婚配嫁娶的聚会时，都演出傀偶戏。人们尽兴喝酒后，开始唱挽歌。傀儡，是丧家的哀乐；挽歌，是亡者下葬时所唱的哀歌。上天这样告诫说："国家将要陷入困境，那些时兴的欢快乐曲就要消亡了。"自从汉灵帝去世后，京城开始破败不堪，每户人家都聚集了大量尸虫且相互咬食。傀儡、挽歌，这是它们发挥效应了吗？

京师谣言

灵帝之末，京师谣言曰："侯非侯，王非王，千乘万骑上北邙①。"到中平六年，史侯登踏至尊②，献帝未有爵号③，为中常侍段珪等所执④，公卿百僚，皆随其后，到河上⑤，乃得还。

〔注释〕

①北邙：邙山，因在洛阳之北，故名。东汉、魏、晋的王侯公卿多葬于此。借指墓地或坟墓。

②史侯：汉少帝刘辩。因初养于道人史予助家，故称史侯。汉灵帝死，即位为帝，后被董卓废，迎立刘协为帝。

③献帝（181—234）：汉献帝，刘协，历封渤海、陈留王。汉灵帝中平六年（189），灵帝去世，汉少帝刘辩登基，内宫宦官和朝中重臣展开了争权夺利的斗争，宦官段珪等劫持少帝刘辩和刘协逃出宫外。后来，董卓废少帝，改立刘协为皇帝。建安元年（196）被曹操迎于许都。后曹丕代汉称帝，被废为山阳公。死后谥献帝。

④中常侍：职官名。秦置，为皇帝侍从，出入宫廷，以宦者或士人为之。东汉时，则专用宦官，以传达诏令和掌理文书。

⑤河上：指黄河边。

〔译文〕

东汉灵帝末年，京师洛阳有童谣说："侯非侯，王非王，千乘万骑上北邙。"到了中平六年(189)，史侯刘辩登上了天子之位。当时汉献帝还未有爵号，他们被中常侍段珪等人劫持，朝廷的公卿百官，都哭着追寻皇上，一直追到黄河边上，二君才被救回。

荆州童谣

建安初，荆州童谣曰[①]："八九年间始欲衰，至十三年无孑遗[②]。"言自中兴以来[③]，荆州独全，及刘表为牧[④]，民又丰乐，至建安九年当始衰。始衰者，谓刘表妻死，诸将并零落也。十三年无孑遗者，表当又死，因以丧败也。是时华容有女子[⑤]，忽啼呼曰："将有大丧。"言语过差，县以为妖言，系狱。月余，忽于狱中哭曰："刘荆州今日死。"华容去州数百里，即遣马吏验视，而刘表果死。县乃出之。续又歌吟曰："不意李立为贵人。"后无几，曹公平荆州，以涿郡李立字建贤为荆州刺史。

〔注释〕

①荆州：西汉元封五年(前106)置，为"十三刺史部"之一。辖境约当于今湖北、湖南二省及河南、贵州、广西、广东等省区部分地。东汉治所在汉寿县(今湖南常德东北)。

②孑(jié)遗：遗留，残存，残存者。

③中兴：史称"光武中兴"，是指光武帝刘秀建立东汉政权，结束了西汉政治衰败的现状，迁都洛阳。

④及刘表为牧：等到刘表做了荆州牧的时候。刘表(？—208)，字景升，山阳高平(今山东邹县)人，初以大将军掾为北军中侯，董卓之乱后任荆州牧。牧，官名，汉武帝时分全国为十三州部，各置刺史监察诸郡，成帝绥和元年(前8)更名州牧，位次九卿。

⑤华容:西汉置华容县,属南郡。治所在今湖北监利县北周家咀关西三里。

〔译文〕

建安初年,荆州地区有童谣唱道:"建安八九年的时候,荆州开始衰落,到十三年的时候,稳固的统治就会荡然无存。"话说从光武中兴以来,荆州是唯一没有遭受战乱之苦的州郡,到刘表做州牧之后,百姓生活和美,丰衣足食,建安九年(204),荆州就会开始衰败。其衰败的原因,就是刘表的夫人去世,各部参将开始人心涣散。建安十三年(208),稳固的统治不复存在,说的是刘表去世,这是荆州衰败的原因。当时南郡华容县有个女子,突然哭泣着呼喊道:"荆州将有大的不幸发生。"由于言语过分,不合时宜,县尉以为她是在妖言惑众,就把她捉进了监狱。一个多月后,女子突然在监狱中大声哭喊:"刘表今天就要死了。"华容县距离荆州有百里之遥,县尉便派出骑兵去荆州验证真伪,传回来的消息是刘表已死。于是县尉便释放了女子。女子出狱后接着唱道:"令人意料不到的是,李立会占据高位。"过了没多久,曹操收复了荆州,任命涿郡人李立,字建贤者,做荆州刺史。

燕巢生鹰

魏黄初元年,未央宫中,有鹰生燕巢中,口爪俱赤。至青龙中①,明帝为凌霄阁②,始构,有鹊巢其上。帝以问高堂隆③,对曰:"《诗》云:'惟鹊有巢,惟鸠居之。④'今兴起宫室,而鹊来巢,此宫室未成,身不得居之象也。"

①青龙:魏明帝曹叡的年号(233—237)。

②明帝为凌霄阁:魏明帝下令营建凌霄阁。明帝(204—239),即魏明帝曹叡,字元仲,历封武德侯、齐公、平原王。好兴土木,妨害农业生产。卒后谥明帝,庙号烈祖。凌霄阁,也称凌云阁、凌烟阁,封建王朝为表彰功臣而建筑的高阁,绘有功臣图像。

③高堂隆:字升平,泰山平阳(今山东新泰)人。曹操时为丞相军议掾。魏明帝时历官给事中、侍中、光禄勋等。精通经学,明帝曾下诏派人从其受业,传其所学。

④惟鹊有巢,惟鸠居之:喜鹊搭建好了居所,却被斑鸠据为己有。出自《诗经·召南·鹊巢》。

〔译文〕

魏文帝黄初元年(220),在未央宫殿内,有一只小鹰出生在燕巢里,嘴和脚都是红色。到了魏明帝青龙年间,魏明帝要营建凌霄阁,刚开始动工,就有喜鹊在上面做巢。明帝询问高堂隆吉凶,高堂隆回答说:"《诗经》有言:'喜鹊搭建好了居所,却被斑鸠据为己有。'如今皇上下令营建宫室,有喜鹊来这里搭窝,这是宫殿还没有营建好,自身不得居住的象征。"

谯周书柱

蜀景耀五年①,宫中大树无故自折。谯周深忧之②,无所与言,乃书柱曰:"众而大,期之会③;具而授,若何复。"言曹者,众也;魏者,大也。众而大,天下其当会也。具而授,如何复有立者乎? 蜀既亡,咸以周言为验。

〔注释〕

①景耀:蜀后主刘禅年号(258—263)。

②谯周(201—270):字允南,三国蜀巴西西充国(今四川阆中)人。蜀后主时历任中散大夫、光禄大夫等职。入晋,拜骑都尉、散骑常侍。精通经学,兼晓天文。著《法训》《五经论》《古史考》等百余篇。

③期之会:一年之后会合,指曹魏兼并统一蜀国。

〔译文〕

蜀后主刘禅景耀五年(262),宫中大树无缘无故地折断了。谯周十分忧虑,不知道如何向刘禅解释,便把自己的想法写在了柱子上:"人口众多,势力庞大,一年之内就会被统一;把蜀国政权交给曹魏集团,咱们就不用想着恢复往日辉煌了。"这里是说曹魏政权的势力庞大,人口众多。既有权力,又有士兵,天下到了应该统一的时候了。把蜀国政权交给曹魏集团,怎么可能还会被封为国君呢?蜀国不久就败亡,全都应了谯周的预言。

卷 六

开石文字

初，汉元、成之世①，先识之士有言曰："魏年有和②，当有开石于西三千余里，系五马，文曰：'大讨曹。'"及魏之初兴也，张掖之柳谷有开石焉③。始见于建安，形成于黄初，文备于太和。周围七寻，中高一仞。苍质素章，龙马、麟鹿、凤皇、仙人之象，粲然咸著④。此一事者，魏、晋代兴之符也。至晋泰始三年，张掖太守焦胜上言："以留郡本国图校今石文，文字多少不同。谨具图上。"案其文有五马象：其一有人平上帻⑤，执戟而乘之；其一有若马形而不成。其字有"金"，有"中"，有"大司马"，有"王"，有"大吉"，有"正"，有"开寿"；其一成行，曰"金当取之"。

〔注释〕

①汉元、成之世：元，指汉元帝刘奭；成，指汉成帝刘骜。元、成之世，是西汉王朝由盛转衰的时期。

②魏年有和：指曹魏太和年间，此时，魏明帝曹叡执政，年号太和（227—232），共六年。

③张掖：西汉元鼎六年（前111）分武威郡置张掖郡，治今甘肃永昌县以西、高台县以东地区。《汉书·地理志》注："应劭曰，'张国臂掖，故曰张掖'。"

④粲然：形容鲜明、清楚。

⑤平上帻（zé）：亦称"平巾帻"。魏晋以来武官所戴的一种平顶头巾。

[译文]

当初，在汉元帝、汉成帝时代，有先见之明的人这么说："曹魏年号有'和'字的帝王统治时期，在西边三千多里的地方会出现剖开的石头，石头上刻着五匹马，上面写着：'大讨曹'。"到三国曹魏初兴时期，张掖郡的柳谷出现了预言中剖开的石头。此石头初见于建安时期，在黄初年间形状完善，到了太和年间已出现了较为完备的文字。此石周长五六十尺，中间高七尺，底色是青黑色的，图案是白色的，龙马、麒麟、凤凰、仙人这些东西，在石头上全都清晰可见。这一情况的出现，是魏、晋易代的显著标志。到了晋武帝泰始三年（267），张掖太守焦胜进言道："用留在郡守衙门的图案来比较石头上面的文字，文字多少有些不同。谨把图呈上。"考察开石上面有五匹马：其中的一匹马上坐着一个戴平头巾的男子，手里拿着戟；其中有一个图案像马但还没有成形。上面有"金"字，有"中"字，有"大司马"，有"王"，有"大吉"，有"正"，有"开寿"；其中有字可以连成一行，是"金当取之"。

西晋服妖

晋武帝泰始初，衣服上俭下丰①，著衣者皆厌腰②。此君衰弱、臣放纵之象也。至元康末③，妇人出两裆④，加乎交领之上⑤，此内出外也。为车乘者，苟贵轻细，又数变易其形，皆以白篾为纯⑥，盖古丧车之遗象。晋之祸征也。

〔注释〕

①上俭下丰：上面衣服单薄，下面衣服厚实。俭，贫乏。丰，犹形容多。

②厌腰：束腰，为使腰部细瘦而束紧腰部。

③元康：晋惠帝司马衷的年号（291—299）。

④裆：坎肩儿，背心。

⑤交领：古代交叠于胸前的衣领。

⑥皆以白篾为纯（zhǔn）：都用白色的竹片装饰车子边缘。白篾，白色的薄竹片。纯，缘也，即边缘。

〔译文〕

晋武帝司马炎泰始初年，人们的穿衣风格是上面单薄，下面厚实。这是君主衰弱、臣子放纵的象征。到了晋惠帝元康末年，妇女都穿两个坎肩，领子相互叠压在一起，内领外翻，这是内出于外的象征。当时人们乘坐的马车，都很随意地使用轻便的小车，又多次更改车的形状，并且用白色的竹片装饰车子边缘，很像以往的丧车。这是晋王朝有灾祸的征兆。

翟器翟食

胡床①、貊槃②，翟之器也③；羌煮④、貊炙⑤，翟之食也。自泰始以来，中国尚之。贵人富室，必畜其器，吉享嘉宾，皆以为先。戎、翟侵中国之前兆也⑥。

〔注释〕

①胡床:一种可以折叠的轻便绳椅,椅脚交叉即能折叠,背后设有靠背。

②貊槃(mòpán):亦作"貊盘",古代貊族装食物的盛器。

③翟(dí):古同"狄",称中国北方的民族。

④羌煮:古代西北少数民族的一种食品,后传入内地。

⑤貊炙:烤猪。

⑥戎:中国古代称西部民族。

〔译文〕

　胡床、貊槃是北翟人使用的生活器具;羌煮、貊炙,是北翟人的食物。自从晋武帝泰始年间以来,中原地区人家也在流行这些东西。富贵人家,肯定会储藏这些生活器具;招待宾客或是结婚宴会,都会把翟方的食物放在前面。这是以戎、翟为代表的少数民族侵犯中国的征兆。

太康二龙

　太康五年正月,二龙见武库井中①。武库者,帝王威御之器所宝藏也。屋宇邃密②,非龙所处。是后七年,藩王相害③。二十八年,果有二胡僭窃神器,勒、虎二逆④,皆字曰"龙"。

〔注释〕

①武库:军械库,储存武器和军事装备的地方。

②邃密:深邃。

③藩王：又称"蕃王"，即藩国之王，由皇帝封赏所建小国的统治者。

④勒、虎二逆：石勒、石虎两个反叛者。石勒(274—333)，字世龙，上党武乡(今山西榆社北)羯人。后反晋，于晋元帝大兴二年(319)，称赵王，都襄国，史称后赵。咸和五年(330)称帝，咸和八年(333)死，谥明皇帝，庙号高祖。石虎(295—349)，字季龙，上党武乡(今山西榆社北)羯人，后赵第三位皇帝，赵明帝石勒之侄。

〔译文〕

晋武帝太康五年(284)正月，有两条龙出现在武库的井中。所谓武库，是指帝王储藏威慑、抵御他人武器的地方。防卫森严，房屋深邃，并不是龙应该待的地方。七年后，分封的藩王开始相互攻伐。又过了二十八年，果然有两个胡人僭越本位，窃取帝位，他们的字中都有"龙"字。

晋世宁舞

太康中，天下为《晋世宁》之舞。其舞，抑手以接杯盘而反覆之。歌曰："晋世宁，舞杯盘。"反覆，至危也。杯盘，酒器也。而名曰"晋世宁"者，言时人苟且饮食之间①，而其智不可及远，如器在手也。

〔注释〕

①苟且：只顾眼前，得过且过。

〔译文〕

晋武帝太康年间，天下流行跳《晋世宁》舞。这种舞，需要谨慎地承转杯盘。有歌谣说："晋世宁，舞杯盘。"杯盘在手中反来覆去,是十分危险的。杯盘,是盛酒的器具。把它命名为"晋世宁",是说当时的人苟且偷安,只是为了吃喝存活,他们的智识未能虑及远事,就好比只想着手里的酒器一样。

折杨柳歌

太康末,京洛为《折杨柳》之歌①,其曲始有兵革苦辛之辞,终以擒获斩截之事。自后杨骏被诛,太后幽死②,杨柳之应也。

〔注释〕

①京洛:"京城"。本指洛阳,因东周、东汉曾在这里建都,故称"京洛"。

②太后:晋武帝皇后,杨骏女,后被贾南风所废,死于冷宫。

〔译文〕

晋武帝太康末年,京城洛阳地区流行唱《折杨柳》歌,这首歌开头的部分有描写战争以及老百姓生活艰苦的语言,最后以擒获、斩杀敌人作为全歌的结尾。自从这首歌流行以来,杨骏被诛杀,杨太后也被囚禁致死,这是《折杨柳》歌在现实中应验的象征。

妇人兵饰

晋惠帝元康中,妇人之饰有五佩兵①。又以金、银、象角、玳瑁之属,为斧、钺、戈、戟而载之,以当笄②。男女之别,国之大节,故服食异等。今妇人而以兵器为饰,盖妖之甚者也。于是遂有贾后之事。

①五佩兵:用五种兵器作配饰。

②笄(jī):古代的一种簪子,用来插住绾起的头发,或插住帽子。

〔译文〕

　　晋惠帝元康年间,妇人以五种兵器作为配饰物。又用金、银、象、角、玳瑁之类,制成斧、钺、戈、戟等饰品样式把它们当作笄戴在头上。男人和女人的区别,是国家的重大礼节,因此在吃食、穿着上面都有区别。当下,女人把兵器当作自己的配饰戴在头上,实在是做得太过分了。于是后来有了贾后乱政专权、淫乱后宫等事发生。

乌杖柱掖

　　元康中,天下始相效为乌杖①,以柱掖②。其后稍施其镦③,住则植之④。及怀、愍之世,王室多故,而中都丧败⑤。元帝以藩臣⑥,树德东方,维持天下,柱掖之应也。

〔注释〕

　　①天下始相效为乌杖:天下老百姓开始效仿使用乌杖。效,效仿。乌杖,上作乌头形,下有平底金属套的扶杖。

　　②柱掖:“掖”,通“腋”。“柱掖”即用拐杖支撑在胳肢窝,以支撑身体。

　　③镦:原指矛戟柄末的平底金属套,现指在拐杖底部加的平底金属套。

　　④植:戳住,竖起。

　　⑤中都:指西晋都城洛阳。

⑥元帝(276—322):司马睿,字景文,庙号中宗。建兴五年(317),即晋王位,改元建武,史称东晋。建武二年(318),即帝位,改元大兴,都建邺,改建邺为建康。永昌元年(322),荆州刺史王敦发动叛乱,忧忿而死。

[译文]

晋惠帝元康年间,天下开始流行使用乌杖,用它支撑身体。后来,又在乌杖下加了个平底金属套,不用的时候,就把它竖在那里。到了晋怀帝、晋愍帝在位期间,王室多灾多难,中都洛阳也陷落了。晋元帝司马睿以藩王身份在东部地区拥有了很高的声望,治理天下,这是他支撑天下的应兆啊。

败屫聚道

元康、太安之间,江淮之域①,有败屫自聚于道②,多者至四五十量。人或散去之,投林草中。明日视之,悉复如故。或云:"见狸衔而聚之。"世之所说:"屫者,人之贱服,而当劳辱,下民之象也。败者,疲弊之象也③。道者,地理,四方所以交通,王命所由往来也。今败屫聚于道者,象下民疲病,将相聚为乱,绝四方而壅王命也④。"

[注释]

①江淮之域:长江和淮河流域。

②屫(juē):草鞋。

③疲弊:亦作"疲敝",人力、物力受到消耗而困乏不足,这里指衰败。

④壅:阻塞;阻挡。《广雅》:"壅,障也。"

晋惠帝元康、太安年间,长江、淮河流域,有破烂的草鞋堆积在路上,有时候多达四五十双。人们有时候把它们分开,扔进树林或草丛中。到了第二天走到路上,草鞋仍旧堆积如故。有人说:"看见是野猫把它们衔出来,堆积在路边的。"世间流传说:"草鞋,是身份低贱的人穿的鞋子,它们整天辛苦劳作,遭受侮辱,是底层人民的象征。破的草鞋,是底层人民生活艰辛的象征。道路,是大地的纹理,四面八方可以通过它相互联系,皇帝诏命也通过它来传递。如今破烂的草鞋堆积在路上,是底层人民生活艰苦,将要聚首作乱阻塞四方,隔绝王命的征兆。"

戟锋火

晋惠帝永兴元年,成都王之攻长沙也①,反军于邺②,内外陈兵。是夜,戟锋皆有火光③,遥望如悬烛,就视则亡焉。其后终以败亡。

〔注释〕

①成都王(279—306):名司马颖,字章度,太康末,封成都王,加散骑常侍、车骑将军。后造反,失败,被废归藩。永兴三年(306),东海王越起兵迎惠帝。颖从洛阳出逃关中,途中被刘弘俘获,至邺被杀。

②邺:建邺,西晋太康三年(282)分秣陵县淮水(今秦淮河)以北地置,即今江苏南京。建兴元年(313)避愍帝司马邺名讳,改名建康。

③戟:古代一种合戈、矛为一体的长柄兵器,既能直刺,又能横击。

〔译文〕

晋惠帝永兴元年(304),成都王司马颖攻打长沙,返回到邺城,在城内城外都驻扎了士兵。这天晚上,士兵所拿戟锋上全都闪动着亮光,从远处看,就像点燃的蜡烛,走近了看却没了亮光。到最后,司马颖的军队被打败了。

徐馥作乱

永嘉六年正月,无锡县欸有四枝茱萸树[1],相樛而生[2],状若连理[3]。先是,郭璞筮延陵螺鼠[4],遇"临"之"益",曰:"后当复有妖树生,若瑞而非,辛螫之木也[5]。傥有此,东西数百里,必有作逆者。"及此生木。其后吴兴徐馥作乱[6],杀太守袁琇。

〔注释〕

①无锡县:古旧县名。西汉置,治今江苏无锡。属会稽郡,三国吴废。西晋太康元年(280)复置,属毗陵郡。欸(xū):忽然。

②相樛(jiū):相互缠结;纠缠在一起。亦作"相摎"或"相缪"。

③连理:不同根的草木、枝干连生在一起。

④延陵:古邑名,又作延州,春秋吴邑,即今江苏常州武进区南淹城遗址。

⑤辛螫(shì):毒虫刺螫人。引申为荼毒,虐害。

⑥其后吴兴徐馥作乱:后来吴兴郡的徐馥开始叛乱。吴兴,郡名。三国吴宝鼎元年(266)置。治所在乌程县(今浙江吴兴县南)。徐馥,据《晋书·周玘传》记载,徐馥任吴兴郡功曹,杀吴兴太守袁琇,聚众作乱,后被

其部下所杀。

〔译文〕

晋怀帝永嘉六年(312)正月,无锡县突然出现了四棵相互缠绕的茱萸树,看上去好像连理枝。在这之前,郭璞占卜延陵出现的蝘鼠,遇"临"之"益"卦,说:"以后会有妖树长出,好像是祥瑞,但实际上并不是,而是长蜇人的毒虫的树。如果真的长出这种树,在树的东西几百里之内,肯定会有造反的人出现。"这四棵茱萸树长出后不久,吴兴徐馥开始叛乱,杀死了太守袁琇。

无颜帢

昔魏武军中,无故作白帢①。此缟素凶丧之征也②。初,横缝其前以别后,名之曰"颜帢",俗传行之。至永嘉之间,稍去其缝,名"无颜帢"。而妇人束发,其缓弥甚③,紒之坚不能自立④,发被于额,目出而已。无颜者,愧之言也。覆额者,惭之貌也。其缓弥甚者,言天下亡礼与义,放纵情性,及其终极,至于大耻也。其后二年,永嘉之乱,四海分崩,下人悲难,无颜以生焉。

〔注释〕

①白帢(qià):古代未仕者戴的白帽。
②缟素:白色的丧服。
③其缓弥甚:形容女子束发非常的松。
④紒(jì):发结。

〔译文〕

从前,在曹操的军队里,无缘无故地流行起了戴白色帽子。

戴白帽子是悼念死人的象征,不吉利。一开始的时候,前面横着缝一块布,与后面相区别,命名为"颜恰",这种帽子出现之后,很快就流行起来。到了晋怀帝永嘉年间,把帽子前面的横布去掉了,命名为"无颜恰"。当时女人扎的头发也十分的蓬松,发结都不能够自己立起来,头发盖住了额头,只是把眼睛露出来罢了。无颜,可以解释为惭愧。头发覆盖额头,也是感到惭愧时表现出来的样子。扎头发蓬松,是天下丧失礼与义的象征。开始的时候人们放纵性情,到最后,所作所为真是为人所不齿。又过了两年,发生了永嘉之乱,四海之内,分崩离析,生活在底层的老百姓过着凄惨悲凉、食不果腹的日子,都没有什么颜面再活下去了。

绛囊缚纷

太兴中,兵士以绛囊缚纷①。识者曰:"纷在首为乾②,君道也。囊者为坤③,臣道也。今以朱囊缚纷,臣道侵君之象也。"为衣者,上带短,才至于掖;著帽者,又以带缚项:下逼上,上无地也。为袴者,直幅为口,无杀④,下大之象也。寻而王敦谋逆,再攻京师。

〔注释〕

①太兴中,兵士以绛囊缚纷(jì):晋元帝太兴年间士兵用红色布袋绑住发髻。绛囊,红色口袋。纷,束发为髻。

②乾(qián):八卦之一,代表天。《易·说卦》:"乾,天也。"

③坤:八卦之一,象征地。《易·说卦》:"坤也者,地也。"

④无杀:没有收束。杀,收束。

晋元帝太兴年间,士兵用红色布袋绑住发髻。有识之士说:"发髻在头上,八卦中代表天,是君道。布袋在八卦中代表坤,是臣道。如今士兵用红色的布袋绑住发髻,是臣子扰乱君道的象征。"当时人们穿的衣服,上边的带子短,才刚到腋窝;当时人们戴的帽子,又用带子系在脖子上:这是臣下进逼天子,天子没有地位的象征。当时人们穿的裤子,裤口是直筒的,不加收束,这是臣子权力过大的象征。不久,王敦犯上谋反,再次攻打京城。

仪仗生花

太兴四年,王敦在武昌,铃下仪仗生花,如莲花,五六日而萎落。说曰:"《易》说:'枯杨生花,何可久也?'今狂花生枯木,又在铃阁之间①,言威仪之富,荣华之盛,皆如狂花之发,不可久也。"其后王敦终以逆命,加戮其尸。

〔注释〕

①铃阁:指翰林院以及将帅或州郡长官办事的地方。

〔译文〕

晋元帝太兴四年(321),王敦镇守武昌,侍卫所持仪仗上开出了花,仿佛莲花,五六天后枯萎、凋落了。有人解释道:"《易经》上说:'干枯的杨树上开花,怎么能够长久呢?'如今有花在枯木上绽放,还是在帅府之中,是在暗示富丽堂皇的仪仗、威仪,令人如痴如醉的富贵荣华,都像这开放的花儿一样,不可能长久存在。"此后不久,王敦因为犯上作乱,被处死,并遭受戮尸之辱。

长柄羽扇

旧为羽扇柄者①,刻木象其骨形,列羽用十,取全数也。初,王敦南征,始改为长柄,下出可捉,而减其羽,用八。识者尤之曰②:"夫羽扇,翼之名也。创为长柄,将执其柄,以制其羽翼也;改十为八,将未备夺已备也。此殆敦之擅权,以制朝廷之柄,又将以无德之材,欲窃非据也③。"

〔注释〕

①柄:器物上的把儿。

②尤:怨恨,归咎。

③非据:非分占据的职位。这里指帝位。

〔译文〕

原来的羽扇柄,是用木头把它雕刻成骨头的形状,在上面排列上十只羽毛,这是取用"十"这个象征完美的数字。当初,王敦南征,把羽扇柄改长了,下面出来一截,可以用手拿着,减去了两只羽毛,只用八根。有远见卓识的人说:"羽扇,是用羽毛制成、命名的扇子。开始使用长柄,是为了握住扇柄,来控制附着在上面的羽毛;把十根羽毛改成八根羽毛,是用不完备的数字代替象征完美的数字。这是王敦擅权,想要自己控制国家的权力,又想用他自己那点缺乏才能的德行,来赢得民心的想法。但仅凭这些是不能够实现自己欲望的。"

卷 七

舜手握褒

虞舜耕于历山①,得玉历于河际之岩②。舜知天命在己③,体道不倦。舜龙颜大口,手握褒。宋均注曰④:"握褒,手中有'褒'字,喻从劳苦,受褒饬,致大祚也。"

〔注释〕

①虞舜耕于历山:虞舜在历山耕作。虞舜,传说中远古帝王,姚姓,一作妫姓,号有虞氏,名重华。历山,即今山西永济蒲州镇南雷首山。《水经·河水注》:河东"郡南有历山,谓之历观,舜所耕处也。有舜井,妫、汭二水出焉"。

②玉历:原指历数、国运。此处可能指预示天命历数的玉石。

③天命:古以君权为神授,统治者自称受命于天,谓之天命。

④宋均(?—76):字叔庠,南阳安众(今河南邓州)人。曾为伏波将军马援监军,讨伐武陵蛮。明帝时官至尚书令,议政多合帝意。生性宽和,不喜文法,主张选吏以弘厚为准。

〔译文〕

虞舜在历山耕作的时候,在黄河边的岩石上得到了一只玉历。虞舜明白上天在自己身上赋予了重大责任,所以每天辛勤劳作,向百姓传授生活经验一点也不觉得厌倦。舜的眉骨突出,嘴巴宽大,手里握着个"褒"字。宋均注解说:"握褒,是手掌上有'褒'字,象征自己出身劳苦,一生中经历坎坷,会受到嘉奖,最后成为帝王。"

汤祷雨

汤既克夏①,大旱七年。洛川竭②。汤乃以身祷于桑林,剪其爪发,自以为牺牲③,祈福于上帝。于是大雨即至,洽于四海④。

〔注释〕

①汤既克夏:商汤攻克夏朝都城之后。汤,亦作天乙、大乙、成汤,名履,建都于亳,灭夏,建立商朝,在位三十年。夏,中国历史上的第一个王朝,由传说中禹的儿子启所建立,奴隶制国家,建都安邑(今山西夏县北)。

②洛川:洛水,今河南境内的洛河。

③牺牲:供祭祀用的纯色全体牲畜,这里指祭品。

④洽:沾湿,浸润。

〔译文〕

商汤打败夏朝之后,连续大旱了七年。洛水都干涸了。于是商汤就亲自去桑林中向上天祷告,并剪下来自己的指甲和头发,把自己当作祭品,向上天祈请降雨。不久,大雨就降临了人间,滋润四方大地。

吕 望

吕望钓于渭阳①,文王出游猎②。占曰:"今日猎得一兽,非龙非螭③,非熊非罴④。合得帝王师。"果得太公于渭之阳。与语,大悦,同车载而还。

〔注释〕

①吕望钓于渭阳:吕望在渭河北岸钓鱼。吕望,即吕尚,尚年老,隐于渔钓,文王出猎,遇于渭滨,与语大悦,曰:"吾太公望子久矣。"故号之曰太公望。渭阳,地名,位于渭水之北。

②文王:周文王,周族领袖,姬姓,名昌,商纣时为西伯。他招贤纳士,至者有东海吕尚,楚人鬻熊,孤竹国人伯夷、叔齐,殷臣辛甲等。

③螭(chī):古代传说中一种没有角的龙。

④罴(pí):熊的一种,即棕熊,又叫马熊,毛棕褐色,能爬树,会游泳。

〔译文〕

吕望在渭水北岸钓鱼,周文王外出游玩打猎。他外出打猎前占卜说:"今天外出会捕获一只野兽,不是龙也不是螭,不是熊也不是罴。肯定会得到一位可做帝王师的人才。"周文王果然在渭水北岸遇到了吕尚。二人交谈之后,文王十分高兴,便邀请他和自己一起坐车回宫。

武 王

武王伐纣①,至河上。雨甚,疾雷,晦冥②,扬波于河③。众甚惧。武王曰:"余在,天下谁敢干余者④!"风波立济⑤。

〔注释〕

①武王伐纣:周武王起兵讨伐商纣王。武王,即周武王,姓姬名发,因商纣暴虐无道,乃率领诸侯伐商,大战于牧野,打败商纣而统一天下,都镐

京。在位十九年崩,谥曰武。

②晦冥:昏暗,阴沉。

③扬波:掀起波浪。

④干:触犯,冒犯,冲犯。

⑤济:停,止。

〔译文〕

周武王起兵讨伐商纣王,来到黄河边上。大雨倾盆,迅雷疾鸣,河水波涛汹涌。士兵们见此情形,都感到害怕。周武王大声说:"有我在,天下有谁敢冒犯我!"风波立即就平息下来了。

孔子梦

鲁哀公十四年①,孔子夜梦三槐之间②,丰、沛之邦③,有赤氛气起,乃呼颜回、子夏同往观之④。驱车到楚西北范氏街,见刍儿打麟⑤,伤其左前足,束薪而覆之。孔子曰:"儿来!汝姓为谁?"儿曰:"吾姓为赤松,名时乔,字受纪。"孔子曰:"汝岂有所见乎?"儿曰:"吾所见一禽,如麕⑥,羊头,头上有角,其末有肉。方以是西走。"孔子曰:"天下已有主也。为赤刘⑦。陈、项为辅⑧。五星入井,从岁星⑨。"儿发薪下麟,示孔子。孔子趋而往。麟向孔子,蒙其耳,吐三卷图,广三寸,长八寸,每卷二十四字。其言:"赤刘当起曰:'周亡。赤气起,火耀兴,玄丘制命,帝卯金。'"

〔注释〕

①鲁哀公(?—前468):名将,一作蒋,定公子,公元前495年即位。

公元前468年,谋借诸侯力除三桓,三桓反攻,被迫奔卫,入邹,后至越。国人怜之后迎回鲁,死于有山氏家中。

②三槐之间:指外朝。相传周代宫廷外种有三棵槐树,三公朝天子时,面向三槐而立,后用三槐喻三公。

③丰、沛之邦:丰县和沛县之间。丰,地名,今江苏丰县。沛,地名,今江苏沛县。

④乃呼颜回、子夏同往观之:于是喊着颜回、子夏一起去察看是怎么回事。颜回(前521—前490),字子渊,或称颜渊,春秋末鲁国人。家贫,居陋巷,一箪食,一瓢饮,不改其乐。被后世尊为"复圣"。子夏(前507—?),名卜商。春秋末卫国人,一说晋国温人,字子夏。孔子弟子,以文学见称。为鲁国莒父宰。孔子死后,讲学于西河,相传作《诗序》。

⑤见刍儿打麟:看到一个割草的小孩儿在鞭打麒麟。刍儿,割草的小孩儿。麟,即麒麟。形状像鹿,头上有角,全身有麟甲,尾像牛尾。古人以为仁兽、瑞兽,拿它象征祥瑞。

⑥麕(jūn):同"麇",獐子。

⑦赤刘:指刘邦,传说刘邦是赤帝子。

⑧陈、项为辅:陈胜、项羽协同他兴兵天下。陈,指陈胜,秦末农民起义军的领袖。项,指项羽,秦朝下相(今江苏宿迁)人,是秦末推翻秦朝暴政的主要军事力量的领导人物,后被刘邦所败,在乌江自刎而死。

⑨岁星:木星。

[译文]

鲁哀公十四年(前418),孔子晚上睡觉梦到在丰县、沛县的三棵大槐树之间,有红色的云气升起。于是便喊着颜回、子夏一起去察看是怎么回事。他们驾车走到楚国西北方向的范氏街,遇到一个割草的小孩在追打麒麟,伤了它的左前腿,并用柴草盖住了它。孔子招呼那个小孩说:"孩子,过来!你姓什么呀?"小孩回答道:"我姓赤松,名时乔,字受纪。"孔子说:"你刚才见到过什么东西吗?"小孩答道:"我刚才遇到了一只野兽,长得像獐子,是羊头,头上有角,角的末端有肉。刚刚向西跑去。"孔子说:"天下已有主人,是赤刘的了。有陈姓,项姓人帮他共谋天下。金木水火土五颗行星进入了井宿,跟随着木星运动。"小孩掀开柴草,露出麒麟,让孔子看。孔子小步快走过去。只见麒麟面向孔子,蒙住耳朵,向他吐出来三卷图文,三寸宽,八寸长,每卷上面有二十四个字。上面写:"赤汉刘氏要兴起说:'周朝要灭亡。红色之气上升,火德兴盛。孔子拟订天命,皇帝就是刘(劉)姓。'"

赤虹化玉

　　孔子修《春秋》①,制《孝经》②,既成,斋戒,向北辰而拜③,告备于天。天乃洪郁起白雾④,摩地⑤,赤虹自上而下⑥,化为黄玉,长三尺,上有刻文。孔子跪受而读之,曰:"宝文出,刘季握⑦。卯金刀,在轸北⑧。字禾子,天下服。"

〔**注释**〕

　　①《春秋》:编年体史书名。儒家经典之一,相传孔子根据鲁国的编年史修订而成。

　　②《孝经》:中国古代儒家的伦理著作,儒家十三经之一。传说是孔子作。

　　③北辰:北极星。

　　④洪郁:云气大量郁积。

　　⑤摩地:笼罩大地。摩,擦,蹭,接触。

　　⑥虹:雨后天空出现的弧形彩晕,主虹称虹,副虹称霓。许慎《说文解

字》：“虹，螮蝀也，状似虫。”

⑦刘季握：刘季掌握天下大权。刘季，即刘邦，字季，西汉开国君主。握，攥在手里，执持，这里引申为掌握天下。

⑧轸北：轸星之北。轸，指轸星，二十八星宿之一。

〔译文〕

　　孔子修订《春秋》，编订《孝经》，完成之后，斋戒沐浴，向着北极星跪拜，向上天汇报自己的成果。只见天地间突然大雾涌起，一直弥漫到地面，红色的虹霓自上而下，变成了黄色的玉石，长三尺，上面刻有文字。孔子跪下来接受这块美玉，并读上面的字说：“宝玉上的文字出世，刘季会掌握天下政权。刘氏，在轸星之北。字季，天下百姓都会归附。”

陈仓祠

　　秦穆公时①，陈仓人掘地得物②，若羊非羊，若猪非猪。牵以献穆公，道逢二童子。童子曰：“此名为媪③。常在地食死人脑。若欲杀之，以柏插其首。”媪曰：“彼二童子名为陈宝④，得雄者王，得雌者伯。”陈仓人舍媪，逐二童子。童子化为雉，飞入平林。陈仓人告穆公。穆公发徒大猎，果得其雌。又化为石。置之汧、渭之间⑤。至文公时⑥，为立祠名陈宝。其雄者飞至南阳，今南阳雉县是其地也。秦欲表其符，故以名县。每陈仓祠时，有赤光长十余丈，从雉县来，入陈仓祠中，有声殷殷如雄雉。其后光武起于南阳⑦。

〔注释〕

①秦穆公(？—前621)：穆，一作缪，春秋时秦国国君，名任好。在位期间，勤求贤士，用百里奚、蹇叔等为谋臣，励精图治，国势日强，为春秋五霸之一。在位三十九年，谥穆。

②陈仓：春秋秦邑，在今陕西宝鸡市东二十里渭水北岸。《史记·封禅书》："文公获若石云，于陈仓北阪城祠之。"

③媪：传说中的神兽，一种怪物名，或作地神。张自烈《正字通·女部》："媪，地神曰媪。"

④陈宝：古代传说中的神名。即"宝鸡神"，历史上主要有以下两种说法，"陈宝"为"若石"说；"陈宝"为"陨石"说。

⑤置之汧(qiān)、渭之间：放置在汧水、魏水之间。汧，即汧水，今千河的古称，源出甘肃，流经陕西入渭河。渭，即渭水，源出甘肃，流入陕西，会泾水入黄河。

⑥文公(？—前716)：秦文公，襄公子。在位时，初设史官以记事，民多化者；文公十六年，伐戎，胜，扩地至岐，得周之余民；二十年，初制定罪诛三族之法令。在位五十年，谥文。

⑦光武(前6—57)：东汉光武帝刘秀。字文叔，南阳蔡阳(今湖北枣阳)人。建武元年(25)称帝，正式建立东汉政权，亦称后汉，后统一全国。死后谥为光武帝，庙号世祖。

〔译文〕

秦穆公在位期间，陈仓县百姓挖地时获得一动物，长得像羊不是羊，像猪也不是猪。于是便用绳牵着它献给穆公，在半路上遇到两个儿童。这两个儿童说："这东西的名字叫媪。经常在地下吸食死人的脑子。如果想要杀了它，需用柏树枝插进它的脑袋。"媪说："那两个孩子名叫陈宝，捉得男童可称王，捉得女童可为伯。"陈仓人就舍弃媪，去追赶两个孩子。两个儿童全都变成了野鸡，飞入了树林。陈仓人将这件事告诉了秦穆公。于是，穆公就派人大规模围猎，果然捕获了雌鸡。后来雌鸡又变成了石头。秦穆公下令将它竖立在了汧水、渭水之间。到了文公的时候，为它建立了陈宝祠。那只雄鸡飞到了南阳，如今的南阳郡雉县就是它当时的落脚点。秦国为了彰显此事的祥瑞征兆，就用"雉"做县名。陈仓百姓每次于陈宝祠祭祀的时候，都会有红光长十余丈，从雉县方向飞入陈仓祠中，并且传来雄鸡忧伤、哀痛的叫声。后来，汉光武帝刘秀起兵于南阳。

邢史子臣

宋大夫邢史子臣明于天道①。周敬王之三十七年②，景公问曰③："天道其何祥？"对曰："后五十年，五月丁亥，臣将死。死后五年，五月丁卯，吴将亡。亡后五年，君将终。终后四百年，邾王天下④。"俄而皆如其言。所云"邾王天下"者，谓魏之兴也。邾，曹姓；魏亦曹姓，皆邾之后。其年数则错。未知刑史失其数耶？将年代久远，注记者传而有谬也？

〔注释〕

①刑史：古代刑官下属主管文书的小吏。王引之《经义述闻·国语下》："刑史，谓刑官之史，掌刑书以赞治者。"

②周敬王（？—前476）：春秋周国君。姬姓，名匄，在位四十四年。后一般以敬王四十四年为春秋时期末年。

③景公（？—前469）：春秋时宋国国君，名头曼。宠司马向魋（桓魋），诸弟公子地、公子辰不服，据萧叛。景公三十年，曹国背宋及晋，宋出兵灭曹。三十六年，击向魋，魋奔卫。在位四十八年。

④邾王天下:邾国称王,拥有天下。邾,春秋时国名,曹姓,在今山东邹城。

〔译文〕

　　宋国大夫邢史子臣通晓天文数术之学。周敬王三十七年,宋景公问他说:"天象有什么吉凶征兆?"他回答道:"五十年后的五月丁亥日,臣下当死。死后五年的五月丁卯日,吴国败亡。吴国败亡五年后,君上您将寿终正寝。您死后四百年,邾氏将登基帝位,君临天下。"后来发生的事,都跟他推测的相符。他所说的"邾王天下",是说曹魏的兴起。邾氏,姓曹;魏王也是曹姓,都是邾氏的后人。不过他所说的年数错了。不知道是不是邢史子臣计算错了?还是年代久远,注解记录的人在传抄过程中出错了呢?

荧惑星

　　吴以草创之国①,信不坚固,边屯守将②,皆质其妻子③,名曰"保质"。童子少年,以类相与娱游者,日有十数。孙休永安二年三月,有一异儿,长四尺余,年可六七岁,衣青衣,忽来从群儿戏。诸儿莫之识也,皆问曰:"尔谁家小儿,今日忽来?"答曰:"见尔群戏乐,故来耳。"详而视之,眼有光芒,爓爓外射④。诸儿畏之,重问其故,儿乃答曰:"尔恐我乎? 我非人也,乃荧惑星也⑤。将有以告尔:三公锄,司马如⑥。"诸儿大惊,或走告大人。大人驰往观之。儿曰:"舍尔去乎!"耸身而跃,即以化矣。仰而视之,若曳一匹练以登天。大人来者,犹及见焉。飘飘渐高,有顷而没。时吴政峻急,莫敢宣也。

后四年而蜀亡⑦,六年而魏废⑧,二十一年而吴平,是归于司马也。

〔注释〕

①草创:开始创建,开始进行。

②边屯:戍边屯田。

③质:抵押或抵押品。

④爝爝(yuè):光明的样子。

⑤荧惑星:火星。

⑥三公锄,司马如:铲除三公后,司马家族将会如愿掌权。三公,这里代指魏、蜀、吴三国政权。司马,复姓,这里指晋王朝的建立者司马懿家族。本句有版本作"三公归于司马"。

⑦蜀:三国时蜀汉的简称,刘备建立。旧地在今四川、云南、贵州一带。

⑧魏:三国之一,曹丕所建,据有今黄河流域各省和湖北、安徽、江苏北部、辽宁中部。

〔译文〕

东吴初建时,人们之间缺乏信任,所以守卫边防的将领们都要把自己的妻子留在都城做人质。美其名曰"保护家属"。乡里的儿童在一起游戏,也学着做质保家人这样的游戏,每天都玩很多次。孙休永安二年(259)三月,有一个怪异的童子,身高四尺,年龄六七岁,穿着青色衣服,忽然来和当地的一群儿童玩耍。这些儿童都不认识,便询问道:"你是谁家的人?为什么今天突然来和我们一起玩?"来玩者回答说:"我看到你们在一起游戏,所以才来的。"仔细端详,发现他眼里有光芒外射。所有的孩子都害怕他,又问他是谁,从哪里来,童子回答说:"你们害怕我吗？我不是人，本是天上的荧惑星。这次下凡来是有事告诉你们：魏、蜀、吴三公政权，将归司马氏所有。"所有的儿童听到这句话都诧异不已，其中有人跑着将此事告诉了大人。大人也急忙跑去察看情况。那个怪异的童子说："告别你们要走了！"只见他耸身一跳，就不见了。抬头仰观，好像是拖着一匹绢布飞上了天。赶来的大人，还赶得上看到他飘飘飞升，一会儿就不见踪影。由于当时吴国情况危急，所以人们也没敢四处宣扬此事。过了四年，蜀国灭亡；六年后，魏国皇帝被废黜；二十一年后，吴国被司马氏荡平，这就是三公将归于司马氏。

戴　洋

都水马武举戴洋为都水令史①，洋请急，还乡。将赴洛，梦神人谓之曰："洛中当败，人尽南渡。后五年，扬州必有天子。"洋信之，遂不去。既而皆如其梦。

〔注释〕

①都水马武举戴洋为都水令史：掌管舟船运输的都水马武举荐戴洋任都水令史。都水，指都水使者，官名，掌管舟船运输。戴洋，东晋吴兴长城人，字国流，好道术，善风角，妙解占候卜数。

〔译文〕

掌管舟船运输的都水马武举荐戴洋任都水令史，戴洋请假回家探亲。要去洛阳时，梦到神人对他说："洛阳会被敌军攻陷，老百姓全都得渡江南下。五年后，扬州会有帝王出现。"戴洋相信自己所梦非虚，便留下来不走了。接下来几年内发生的事情和他当日所梦相符。

卷　八

应　妪

　　后汉中兴初[1]，汝南有应妪者，生四子而寡。见神光照社。妪见光，以问卜人。卜人曰："此天祥也。子孙其兴乎？"乃探得黄金。自是子孙宦学[2]，并有才名。至场[3]，七世通显。

〔注释〕

　　①后汉中兴：光武中兴。

　　②宦学：出游求学，学习做官之事与六艺。

　　③场(？—217)：应场，字德琏，汝南南顿(今河南项城)人。初为曹操丞相掾属，后为五官将文学。有文赋数十篇，是建安时期著名文学家，"建安七子"之一。

〔译文〕

　　后汉中兴的初期，汝南有个姓应的妇人，生了四个孩子后丈夫去世了。有一天，她看到一道神光飞进了土地庙。之后，便找人去占卜吉凶。卜者说："这是祥瑞之兆。你的子孙后代以后恐怕要兴旺发达喽。"后来，应姓妇人找到了黄金。从此之后，子孙后代读书做官的很多，并且也都凭才华名扬四海。到了应场这一辈,已经是第七辈了。

冯 绲

车骑将军巴郡冯绲①,字鸿卿,初为议郎,发绶笥②,有二赤蛇,可长二尺,分南北走。大用忧怖。许季山孙宪,字宁方,得其先人秘要③。绲请使卜。云:"此吉祥也。君后三岁,当为边将④,东北四五千里,官以东为名。"后五年,从大将军南征。居无何,拜尚书郎、辽东太守、南征将军⑤。

〔注释〕

①车骑将军巴郡冯绲:巴郡冯绲任车骑将军。车骑将军,西汉初置为军事统帅,作战时领车骑士,事讫即罢。武帝后常设,地位仅次于大将军、骠骑将军,在卫将军上,常典京城、皇宫禁卫军队,出征时常总领诸将军。巴郡,秦惠文王更元九年(前316)灭巴国置,治江州县,辖境相当今四川阆中、南充、泸州等市以东,重庆奉节县以西,綦江、武隆以北地区。冯绲(?—168),字鸿卿,巴郡宕渠(今四川渠县)人。举孝廉,累迁御史中丞。顺帝、桓帝时历官京兆尹、司隶校尉、车骑将军等职,官至廷尉而卒。

②绶笥(shòusì):盛印绶的箱子。

③秘要:奥旨精义。

④边将:防守边疆的将帅。

⑤南征将军:因冯绲南征取胜而得此封号。

〔译文〕

车骑将军巴郡冯绲,字鸿卿,起初任议郎一职,他当时打开盛印绶的箱子,看到里面有两条红色的蛇,约有二尺长,向南北两个方向爬行。冯绲见此情形，十分害怕。许季山的孙子许宪，字宁方，会祖传的占卜方法，灵验无比。冯绲便请他占卜，卦成后说："从卦象看上去是祥兆。三年后，你会去任边将一职，东北四五千里土地都归你管，官名中会有个东字。"五年后，冯绲跟随大将军南征，回来没多久，就被加封尚书郎、辽东太守、南征将军等职。

张　颢

常山张颢①，为梁国相②。天新雨后，有鸟如山鹊，飞翔入市，忽然坠地，人争取之，化为圆石。颢椎破之，得一金印，文曰："忠孝侯印。"颢以上闻，藏之秘府③。后议郎汝南樊衡夷上言④："尧舜时旧有此官，今天降印，宜可复置。"颢后官至太尉。

〔注释〕

①常山：常山国，汉代封国名。公元前188年，汉惠帝封三子刘不疑为常山王，公元前180年，除国为郡。此后几度复国，又废国为郡。至220年魏国建立时废除为郡。统治范围相当于今河北中部。

②梁国相：西汉高祖时建梁国，国都睢阳（今河南商丘），至东汉张颢时，梁国尚在，后期被削得只剩下9县。张颢所任梁国相，当为辅佐梁王的国相，主管王国内的民事。有版本作"梁州牧"，但东汉无梁州牧。

③秘府：宫廷保藏图书秘籍的地方。

④议郎：汉代设置，为光禄勋所属郎官之一，掌顾问应对，无常事。多征贤良方正之士任之。

〔译文〕

常山张颢，为梁国相。天下过雨后，有长得像山鹊的飞鸟飞进了集市，忽然坠落在了地上，人们都争相去捕捉它，但它却瞬间变成了一块圆形的石头。张颢将石头敲破，从里面得到一枚金印，上面写道："忠孝侯印。"张颢把这件事告诉了皇上，将金印收藏在了秘府里。随后，官任议郎的汝南樊衡夷上书进言道："尧舜在位的时候设有此官，今天降下金印，应该予以重新设置。"张颢后来官至太尉。

张氏钩

京兆长安，有张氏，独处一室。有鸠自外入，止于床。张氏祝曰："鸠来，为我祸也，飞上承尘①；为我福也，即入我怀。"鸠飞入怀。以手探之，则不知鸠之所在，而得一金钩。遂宝之。自是子孙渐富，资财万倍。蜀贾至长安②，闻之，乃厚赂婢。婢窃钩与贾。张氏既失钩，渐渐衰耗。而蜀贾亦数罹穷厄，不为己利。或告之曰："天命也，不可力求。"于是赍钩以反张氏，张氏复昌。故关西称张氏传钩云③。

〔注释〕

①承尘：房梁横木之上用遮布挡灰，名曰"承尘"。
②蜀贾(gǔ)：蜀地的生意人。
③关西：指函谷关或潼关以西的地区。

〔译文〕

京城长安，有个张姓人，独自住在一间房子里。一只鸠鸟从外面飞进了房间里，停在了床上。张姓人嘴里念念有词道："鸠鸟，快过来，如果你给我带来的是灾祸，就飞上承尘；如果给我带来的是福气,就飞进我怀里吧。"鸠鸟飞进了他的怀里。他用手去抚摸这只鸟,却一下子不见了,只看到怀里剩有一只金钩。于是就把金钩当宝贝。从此之后,子孙后代渐渐繁盛起来,积累的财富已上千万。蜀地有个商人到长安做生意,听说了这件事,便重金收买了张家雇佣的婢女,让婢女把金钩偷出来拿给自己。张姓人因为丢失了金钩,家里经济状况每况愈下。使人盗金钩的蜀地商人也多次遭受穷困与祸患,金钩并没有给他带来经济利益。有人劝他说:"这都是天命,强求不得。"于是便亲自带上金钩送还给张氏。自此,张姓人家的经济状况又好了起来。因此,关西一带有"张氏传钩"的传说。

何比干

汉征和三年三月①,天大雨。何比干在家,日中,梦贵客车骑满门。觉以语妻。语未已,而门有老妪,可八十余,头白,求寄避雨。雨甚而衣不沾渍②。雨止,送至门。乃谓比干曰:"公有阴德,今天锡君策③,以广公之子孙。"因出怀中符策,状如简,长九寸,凡九百九十枚,以授比干,曰:"子孙佩印绶者,当如此算。"

〔注释〕

①征和:又作"延和",西汉武帝刘彻的年号,自公元前92年始,至公元前89年止,共四年。

②沾渍:玷污,弄脏。

③锡(xī):赏赐。

〔译文〕

汉武帝征和三年(前90)三月,天突然下起了大雨。有一天,何比干在家里睡午觉,梦到有贵客登门造访,车马盈门。睡醒之后,他把自己所梦到的情景告诉了妻子。话还没有说完,就听到有人请求避雨的声音,只见一位头发苍白的老妇人站在门前,看上去有八十多岁。外面的雨下得很大,但老妇人的衣服却没有沾湿。雨停下来后,何比干夫妇把老人送到了门口。老人对他说:"小伙子,你积有阴德,如今天帝让我来赐给你策书,助你的子孙后代富贵荣华。"说着,老人拿出策书。那策书形状如同书简,有九寸长,一共九百九十枚,递给比干说:"以后子孙佩戴印绶者,像符策预言的一样。"

魏 舒

魏舒字阳元[①],任城樊人也。少孤。尝诣野王[②],主人妻夜产,俄而闻车马之声,相问曰:"男也?女也?"曰:"男。""书之,十五以兵死。"复问:"寝者为谁?"曰:"魏公舒。"后十五载,诣主人,问所生儿何在,曰:"因条桑[③],为斧伤而死。"舒自知当为公矣。

〔注释〕

①魏舒(200—290):字阳元,任城樊(今山东济宁东)人。出身贫寒,举孝廉,为浥池长,累至尚书右仆射、司徒,后以病求免官。太熙元年死,谥康。

②野王:古邑名,在今河南沁阳。

③条(tiāo)桑:修剪桑叶。

〔译文〕

魏舒,字阳元,任城樊县人。小的时候就成了孤儿。有一次,他去野王县,正巧碰上自己拜访的这家主人的妻子半夜产子。过了一会儿,他听到有车马声,有人问:"是男孩还是女孩呀?"有人回答说:"男孩。""你把它写下来,十五岁的时候,死在武器上。"又问:"睡觉的那个人是谁?"有人答道:"魏公舒。"十五年后,魏舒再次拜谒此家主人,问他家的儿子去哪儿了,主人回答说:"因为修剪桑叶,不小心被斧头砍伤死了。"魏舒便知道自己要当王公大臣了。

鵩鸟赋

贾谊为长沙王太傅①,四月庚子日,有鵩鸟飞入其舍②,止于坐隅③,良久乃去。谊发书占之,曰:"野鸟入室,主人将去。"谊忌之,故作《鵩鸟赋》,齐死生而等祸福④,以致命定志焉⑤。

〔注释〕

①贾谊为长沙王太傅:贾谊任长沙王太傅。贾谊(前201—前169),西汉河南洛阳人。年二十余,文帝召为博士,迁太中大夫。后为大臣周勃、灌婴等所毁,贬为长沙王太傅,迁梁怀王太傅。以怀才不遇,忧郁而死。太傅,辅导太子的官。

②鵩鸟:猫头鹰一类的鸟,旧传为不祥之鸟。

③坐隅:座位旁边。

④齐死生而等祸福:将生与死,祸与福等同看待。

⑤志:志气,意愿,心之所向,未表露出来的长远而大的打算。许慎《说文解字》:"志,意也。"

〔译文〕

贾谊做长沙王太傅的时候,在四月庚子日这一天,有一只鵩鸟飞进了家里，落在了他的座位旁，待了好久才离开。于是贾谊打开卦书占卜说："有野鸟飞进屋里，主人将要死去。"贾谊对此事十分的忌讳，于是便做了《鹏鸟赋》，将生死、祸福等同看待，来表明自己的志向。

翟　宣

　　王莽居摄，东郡太守翟义[1]，知其将篡汉，谋举义兵。兄宣，教授[2]，诸生满堂。群鹅雁数十，在中庭[3]，有狗从外入，啮之，皆死。惊救之，皆断头。狗走出门，求不知处。宣大恶之。数日，莽夷其三族[4]。

〔注释〕

　　①翟义（？—7）：字文仲，西汉汝南上蔡（今河南上蔡西南）人。平帝死，王莽称摄皇帝，他联合东郡都尉刘宇、严乡侯刘信等起兵反莽，后为莽发兵击败，被杀，夷三族。

　　②教授：古时设置在地方官学中的学官。

　　③中庭：庭院之中。

　　④夷：铲除，诛灭。

〔译文〕

　　王莽摄政期间，东郡太守翟义知道王莽将要篡夺汉王室政权，便举兵对抗王莽。翟义的兄长翟宣任东郡学官，上课的时候学生坐满了课堂。在他的庭院里，养着十多只鹅，有狗从外面闯进来，把鹅都咬死了。众人在惊讶之余，慌忙去救它们，但鹅头都已被咬断。狗从门口跑出后，就不见了。翟宣十分憎恶这件事。几天后，王莽便下令诛杀了他的三族。

公孙渊

魏司马太傅懿平公孙渊^①，斩渊父子。先时，渊家数有怪，一犬著冠帻绛衣上屋^②；欻有一儿^③，蒸死甑中^④。襄平北市生肉^⑤，长围各数尺，有头目口喙，无手足而动摇。占者曰："有形不成，有体无声，其国灭亡。"

〔注释〕

①魏司马太傅懿平公孙渊：魏国的太傅司马懿平定公孙渊。司马太傅懿，即司马懿（179—251），字仲达，河内温县（今属河南）人，出身士族，初曹操征辟为文学掾，魏文帝时，迁抚军将军、录尚书事，后自为丞相，独揽曹魏大权，其孙司马炎称帝，追尊宣皇帝，庙号高祖。太傅，职官名，三公之一，位次太师而在太保之上，职在辅助皇帝，使无过失。公孙渊（？—238），公孙康子，太和二年（228）夺取弟公孙恭之位，割据辽东。景初元年自立为燕王，次年被魏将司马懿围于襄平，突围后兵败被杀。

②冠帻（zé）：帽子，头巾。

③欻（xū）：忽然。

④甑（zèng）：古代炊具，底部有许多透蒸汽的小孔，放在鬲上蒸煮。

⑤襄平：县名，在今辽宁辽阳老城。《史记·匈奴列传》："燕亦筑长城，自造阳至襄平。"《索隐》韦昭曰："今辽东所理也。"

〔译文〕

魏国的太傅司马懿平定公孙渊，斩杀了公孙渊父子。在这之前，公孙渊家里多次发生怪事，一条狗戴着帽子穿着红衣服爬上了屋顶；突然有一个孩子，被蒸死在瓦甑里。襄平北边的市场上长出了一块肉，各边都有几尺长，有头、有眼、有嘴巴，没有手脚却可以摇动。占卜的人说："有形状但没有长成，有躯体却没有声音,这是国家将要灭亡的征兆。"

诸葛恪

吴诸葛恪征淮南归①,将朝会之夜②,精爽扰动,通夕不寐。严毕趋出③,犬衔引其衣。恪曰:"犬不欲我行乎?"出仍入坐。少顷复起,犬又衔衣,恪令从者逐之。及入,果被杀。其妻在室,语使婢曰:"尔何故血臭?"婢曰:"不也。"有顷,愈剧。又问婢曰:"汝眼目瞻视④,何以不常?"婢蹶然起跃,头至于栋,攘臂切齿而言曰⑤:"诸葛公乃为孙峻所杀。"于是大小知恪死矣。而吏兵寻至。

〔注释〕

①诸葛恪(203—253):字元逊,诸葛瑾长子。孙权卒,辅立孙亮,任大将军,专权朝政。建兴二年(253)率军攻魏,不胜而退。还朝,被孙峻设计诛杀。

②朝会:谓诸侯、臣属及外国使者朝见天子。

③严毕趋出:穿戴整齐后,小步疾行跑出来。严,整饬,整备。趋出,小步疾行退出,示恭敬。

④瞻视:观看,顾盼。

⑤攘臂切齿:撸起袖子,咬紧牙齿,形容人极端的愤怒。

〔译文〕

东吴大将诸葛恪讨伐淮南回国后,在朝见天子前的那天晚上,心神不安,整晚都没有睡着觉。第二天一早,他穿戴整齐后,小步疾行跑出家门,有狗咬着他的衣服不让他走。诸葛恪说:

"狗不想让我去呀。"他已经出了门，就又回家坐了下来。过了一会儿他准备离开，狗又咬着他的衣服不放，于是诸葛恪便命令家人把狗赶了出去。等他入朝之后，果真被杀害了。他的妻子在家里对婢女说："你身上为什么会有血腥味？"婢女答道："没有呀。"又过了一会儿，血腥味更加刺鼻。诸葛恪夫人又问婢女说："你的眼睛左顾右盼，为什么和平日不太一样？"婢女突然跳起来，头都碰到了房梁，撸起胳膊，咬牙切齿地说道："诸葛公被孙峻杀死了。"于是，全家人都知道诸葛恪死了。没过多久，官兵就到了。

邓 喜

吴成将邓喜^①，杀猪祠神，治毕悬之。忽见一人头，往食肉。喜引弓射。中之，咋咋作声^②。绕屋三日。后人白喜谋叛^③，合门被诛。

〔注释〕

①成将：戍守边境的将领。
②咋咋(zǎzǎ)：象声词。形容呼叫声、咬牙声等。
③白：禀告，报告。

〔译文〕

吴国守将邓喜，杀猪祭祀神灵。祭祀完毕后，就把猪肉挂了起来。一天，他突然看到一个人头在吃猪肉，邓喜便引弓搭箭，射向那人头。人头被射中之后，发出咋咋的声音，那声音在房间里回响了三天才逐渐消失。后来有人状告邓喜谋反，全家都被诛杀。

贾 充

贾充伐吴时①,常屯项城②,军中忽失充所在。充帐下都督周勤③,时昼寝,梦见百余人录充④,引入一径。勤惊觉,闻失充,乃出寻索。忽睹所梦之道,遂往求之,果见充。行至一府舍,侍卫甚盛,府公南面坐,声色甚厉,谓充曰:"将乱吾家事者,必尔与荀勖⑤。既惑吾子,又乱吾孙。间使任恺黜汝而不去⑥,又使庾纯詈汝而不改⑦,今吴寇当平,汝方表斩张华,汝之暗戆⑧,皆此类也。若不悛慎⑨,当旦夕加诛。"充因叩头流血。府公曰:"汝所以延日月而名器若此者,是卫府之勋耳。终当使系嗣死于钟虡之间⑩,大子毙于金酒之中,小子困于枯木之下。荀勖亦宜同。然其先德小浓,故在汝后。数世之外,国嗣亦替。"言毕命去。充忽然得还营,颜色憔悴⑪,性理昏错,经日乃复。至后,谧死于钟下,贾后服金酒而死,贾午考竟⑫,用大杖终。皆如所言。

〔注释〕

①贾充(217—282):字公闾,三国魏末西晋初平阳襄陵人,为司马昭心腹。入晋,转车骑将军,封鲁郡公,伐吴之役,拜大都督,总统六师。

②项城:县名,今河南项城。

③帐下都督:官名,三国魏置,为州佐吏,掌有关军事。

④录:逮捕。

⑤荀勖(? —289):字公曾,颍川颍阴(今河南许昌)人。魏末,积极参与司马氏代魏的活动。司马炎代魏,进爵为公,博学才茂,著有《中经》。

⑥任恺：字元褒，乐安博昌（今山东博兴东）人。仕魏为中书侍郎。入晋，得武帝信任，政事多请教。累至侍中、太常。终以忧虑而死，谥元。

⑦庾纯：字谋甫，西晋颍川鄢陵人。历任黄门侍郎、中书令、河南尹，封关内侯。以贾充奸佞，与任恺共举充西镇关中，后为国子祭酒，拜少府。卒年六十四。

⑧暗戆（gàng）：愚昧。

⑨悛（quān）慎：悔改戒慎。

⑩钟虡（jù）：宫廷中悬挂乐钟的搁架。

⑪颜色憔悴：面色枯黄。颜色，面容、脸色。憔悴，黄瘦，瘦损。

⑫考竟：刑讯致死。《释名·释丧制》："狱死曰考竟。考得其情，竟其命于狱也。"

〔译文〕

贾充奉命征讨吴国的时候，曾经屯兵在项城，突然之间，众人都不知道他去了哪里。贾充帐下的都督周勤，在睡午觉的时候，梦到有数百人来捉拿贾充，并把他带到了一条偏僻的小路上。周勤惊醒过来，听人说贾充不见了，便出去寻找他。突然，周勤看到了梦中所见的小路，于是便顺着这条小路去找贾充，果真找到了他。周勤顺着路走，来到一处府邸，只见那里侍卫众多，有大官坐北朝南，声色俱厉地对贾充说道："将来扰乱我家稳定的，肯定是你和荀勖。既蛊惑我的儿子，又扰乱我的孙子。我暗地里让任恺罢免你没有成功，又让庾纯责备你，你也不知悔改，如今吴国该平定了，你又上奏要杀了张华，你这个人愚昧至极，做出的事全都如此类。如果你还不知道悔改，迟早我会派人杀了你。"贾充磕头至流血，请求宽恕。大官又说："你之所以可以苟延残喘地活到今天，并且拥有今天的社会地位，只是因为你保护我的府邸有功罢了。但最终你的嗣孙会死在钟架之间，你的大女儿死在金酒上,小女儿死于枯木之下。荀勖也是这样。但他祖先积德较多,所以他会在你之后遭到惩罚。几代之后,国家也要换主人了。"说完,便命令他离开。贾充突然回到了军营里,面色憔悴,神智错乱,过了好几天才恢复正常。后来,他过继的孙子贾谧死在了钟架下面,大女儿贾后饮金屑酒而死,小女儿贾午在狱中被官吏拷打,死在了大杖之下。这些事都和那个大官说得一模一样。

庾 亮

庾亮字文康①,鄢陵人②,镇荆州。登厕,忽见厕中一物,如方相③,两眼尽赤,身有光耀,渐渐从土中出。乃攘臂以拳击之④,应手有声,缩入地。因而寝疾。术士戴洋曰:"昔苏峻事⑤,公于白石祠中祈福,许赛其牛,从来未解,故为此鬼所考⑥,不可救也。"明年,亮果亡。

〔注释〕

①庾亮(289—340):字元则,颍川鄢陵(今河南鄢陵北)人,初为司马睿镇东西曹掾,司马睿即帝位,官至散骑常侍。后以战功封公。咸康六年死,谥文康。

②鄢陵:春秋时莒地,在今山东沂水县西南。

③方相:上古传说中驱除疫鬼和山川精怪的神灵。

④攘臂:捋起袖子,露出胳膊。

⑤苏峻(?—328):字子高,长广掖县(今属山东)人。仕郡为主簿。后因军功,晋升冠军将军、历阳内史,加散骑常侍,封公。后兴兵讨庾亮,兵败被杀。

⑥考:通"拷",拷打。

〔译文〕

　　庾亮字文康,鄢陵县人,奉命镇守荆州。一次,他去上厕所,忽然看到厕所中有一动物,长得像方相,两眼通红,身上闪着光芒,慢慢地从土里爬出来。庾亮惊恐之余便捋起袖子,用拳头击打此物,击打之时,还能听到此物发出的叫声,便缩进了土里。因为此事,庾亮一病不起。术士戴洋说:"昔日苏峻兴兵作乱的时候,你在白石祠祈请平安,曾许诺用牛来作为供品酬谢神人,到现在为止,你仍然没有做到,所以会受到鬼怪的侵扰,如今,已经没救了。"到了第二年,庾亮就去世了。

刘　宠

　　东阳刘宠①,字道和,居于湖熟。每夜,门庭自有血数升,不知所从来。如此三四。后宠为折冲将军②,见遣北征。将行,而炊饭尽变为虫。其家人蒸籸③,亦变为虫。其火愈猛,其虫愈壮。宠遂北征。军败于坛丘④,为徐龛所杀⑤。

〔注释〕

　　①东阳:古邑名,在今江苏盱眙境内。
　　②折冲将军:杂号将军名,西汉末年王莽置,掌征伐。阎迁曾任此将军。东汉末年曹操也置,三国魏、吴皆置。其后晋、南朝宋、梁、陈、北魏、北齐皆沿置。
　　③籸(chǎo):干粮,炒米。
　　④坛丘:位于今江苏吴江。
　　⑤徐龛:晋泰山太守,曾叛降石勒,后又降晋,被石虎捉拿。

〔译文〕

　　东阳人刘宠，字道和，住在湖熟县。每天晚上，门前都会无缘无故地出现几升血，没有人知道血从哪里来。出现这样的情况，已经三四次了。后来刘宠被任命为折冲将军，被朝廷派遣去征伐北方。将要出发之际，家人做的饭全都变成了虫子。然后家人便拿来米饭蒸炒，也都会变成虫子。火越大，虫越粗。刘宠虽感觉不吉利，但仍然从命北征。结果在坛丘这个地方被敌军打败，后来死于徐龛之手。

卷 九

和熹邓后

汉和熹邓皇后[①]，尝梦登梯以扪天，体荡荡正清滑[②]，有若钟乳状，乃仰吸饮之。以讯诸占梦，言："尧梦攀天而上，汤梦及天舐之[③]，斯皆圣王之前占也。吉不可言。"

〔注释〕

①和熹邓皇后：汉和帝皇后邓绥，在汉殇帝、安帝时曾临朝执政，甚有政绩。

②体荡荡正清滑：天体扩大无边，清澈光滑。

③舐(shì)：以舌舔物。

〔译文〕

汉和熹邓皇后，曾经梦到自己登上天梯摸到了天，天体阔大无边，清澈光滑，形状类似钟乳石，于是便抬头吮吸它。醒来后询问占梦的人梦境有什么寓意，占梦者回答说："尧帝曾经梦到自己攀天而上，商汤梦到登天舐天，这都是过去圣明君王的梦兆。皇后此梦，吉不可言。"

孙坚夫人

孙坚夫人吴氏①，孕而梦月入怀，已而生策。及权在孕，又梦日入怀。以告坚曰："妾昔怀策，梦月入怀；今又梦日，何也？"坚曰："日月者，阴阳之精，极贵之象。吾子孙其兴乎？"

〔注释〕

①孙坚(156—193)：字文台，吴郡富春(今浙江富阳)人。少为县吏，东汉末，被袁术任为破虏将军、豫州刺史。后奉术命率军征讨荆州刘表，为表部将黄祖所杀。孙权称帝，追谥武烈皇帝。

〔译文〕

孙坚的夫人吴氏，怀孕期间梦到月亮进入怀中，不久就生下了孙策。到了怀着孙权的时候，吴氏又梦到太阳进入怀中。她告诉孙坚说："臣妾当年怀策儿的时候，梦到月亮入怀，如今又有了身孕，梦到太阳入怀，这是怎么回事呢？"孙坚回答说："太阳和月亮，分别是阴阳之精，都是贵不可言的象征。我们的子孙后代以后是要兴旺发达了吗？"

禾三穗

汉蔡茂字子礼①，河内怀县人也②。初在广汉，梦坐大殿，极上有禾三穗。茂取之，得其中穗，辄复失之。以问主簿郭贺③，贺曰："大殿者，官府之形象也；极而有禾，人臣之上禄也；取中穗，是中台之象也④。于字，禾失为秩，虽曰失之，乃所以禄也。衮职有阙⑤，君其补之。"旬月而茂征焉。

〔注释〕

①蔡茂(前24—47)：字子礼,河内怀县(今河南武陟)人。哀帝、平帝时以儒学知名,征试博士,以高第擢拜议郎,迁侍中。光武帝时曾为广汉太守,建武二十年(44)为司徒,居官清俭。

②怀：怀县,秦置,为河内郡治,在今河南武陟县西南。

③郭贺(？—63)：字乔卿,洛阳(今河南洛阳)人。初为广汉主簿,后被蔡茂辟为司徒掾。光武帝、明帝时历任尚书令、荆州刺史、河南尹等职。明习典章,治政有绩。

④中台：汉以来,以三台当三公之位,中台比司徒或司空,后成为司徒或司空的代称。

⑤衮职：三公的职位。古代天子以衮衣赐上公,故称三公的职位为"衮职"。

〔译文〕

东汉蔡茂,字子礼,是河内郡怀县人。早年在广汉,梦到自己坐在大殿上,屋脊横梁上长了三穗禾。蔡茂把它们摘下来,得到了中间的一穗,一会儿又消失不见了。他向主簿郭贺询问这个梦,郭贺回答说："大殿,象征的是官府;房顶的横梁上面长有禾苗,代表臣子将拥有上等的爵禄。从字形上来看,'禾'与'失'写在一起是个'秩'字,虽说失去了'禾',实际上正是象征着得到俸禄。三公有缺位,您会补上去的。"几个月之后,蔡茂就被征召回京做官。

张车子

周擥啧者,贫而好道。夫妇夜耕,困息卧,梦天公过而哀之,敕外有以给与①。司命按录籍②,云："此人相贫,限不过此。惟有张车子应赐钱千万,车子未生,请以借之。"天公曰:"善。"曙觉③,言之。于是夫妇戮力,昼夜治生,所为辄得,赀至千万。先时有张妪者,尝往周家佣赁,野合有身,月满当孕,便遣出外,驻车屋下。产得儿。主人往视,哀其孤寒,作粥糜食之。问:"当名汝儿作何?"妪曰:"今在车屋下而生,梦天告之,名为车子。"周乃悟曰:"吾昔梦从天换钱,外白以张车子钱贷我④,必是子也。财当归之矣。"自是居日衰减。车子长大,富于周家。

〔注释〕

①敕(chì)外有以给与:命令下属额外赏赐给他金钱等物。敕,命令。给与,拿东西给别人。

②司命按录籍:司命翻检录簿。司命,神名,掌管生命的神。按,依照,按照。录籍,是指记载人生死福禄等的簿册。

③曙觉:早晨醒来。

④外白以张车子钱贷我:并且对我说先把张车子的钱借给我使用。白,表明,说明。贷,施与,给予。许慎《说文解字》:"贷,施也。"

〔译文〕

周擎喷,家里贫穷,却喜欢道术。有一天,夫妻二人半夜耕地,疲惫困倦,坐下来休息的时候,不小心睡着了,梦到有神仙来看他们,并且对他们十分同情。于是仙公便下令额外赐予二人一些财物。司命神察看簿录说:"这人面相贫苦,最富贵不过如此。只有一个叫张车子的人应该得赐金钱千万,车子还没有出生,可以把这些钱先借给他们用。"仙公说:"很好。"天亮之后,周擎喷醒来对妻子说了此事,于是夫妻二人齐心协力,夜以继日地劳作,做什么都会有一些经济收入,财产累至千万。在二人辛勤劳作的时候,有个张姓妇女,曾经去周家做女佣,和别人私通后有了身孕,快临盆的时候,周家人便打发她出去,让她住在车棚里。后来女佣生下一个儿子,周家人去看她,见她生活艰苦,便产生了同情心,让人熬制粥糜给她吃。并问她说:"你给儿子取名叫什么?"妇人说:"如今我在车棚子里生下他,梦见天神告诉我说,取名叫车子。"周擥喷于是明白过来,说:"我昔日梦到从仙公处借钱,司命神告诉我先把张车子的钱借给我。张车子肯定就是这个孩子。如今我的钱该还给他了。"从此之后,周擥喷家庭收入日渐衰微。张车子长大后,家产丰厚,比周家还要富有。

火浣衫

吴选曹令史刘卓①,病笃,梦见一人,以白越单衫与之②,言曰:"汝著衫污,火烧便洁也。"卓觉,果有衫在侧。污辄火浣之。

〔注释〕

①选曹:指掌管选拔任命官吏的官署。
②白越单衫:白越布做的单衣。白越,细布名。单衫,单衣。

〔译文〕

三国时期,吴国有个选曹令史叫刘卓,病重之时,睡梦中梦到一人,送给他一件白越布缝制的单衫,并对他说:"这件衣服你穿脏了,放在火上烧就干净了。"刘卓睡醒后,发现自己枕边果然有一件单衫。穿脏之后,就把它放在火里洗。

刘　雅

淮南书佐刘雅,梦见青蜥蜴,从屋落其腹内。因苦腹痛病①。

〔注释〕

①苦:对某种情况感到痛苦或苦恼。

〔译文〕

淮南地区有个名叫刘雅的文书佐吏,梦见一只青色的蜥蜴从屋顶上掉下来落进了自己的肚子里。自此以后,他一直被腹痛病折磨不休。

张奂妻

后汉张奂为武威太守①。其妻梦带奂印绶,登楼而歌。觉以告奂,奂令占之,曰:"夫人方生男,后临此郡,命终此楼。"后生子猛②。建安中,果为武威太守,杀刺史邯郸商,州兵围急,猛耻见擒,乃登楼自焚而死。

〔注释〕

①后汉张奂为武威太守:东汉时期,张奂任武威太守。张奂(104—181),字然明,敦煌渊泉(今甘肃安西东)人。初为大将军梁冀属吏,后为安定属国都尉。历迁使匈奴中郎将、武威太守、度辽将军、大司农等职,灵帝时以党锢归故里。武威,西汉元狩二年(前121)以匈奴休屠王地置,治姑臧县(今甘肃武威),属凉州。

②猛:张猛,字叔威,敦煌(今属甘肃)人。东汉张奂子。初为郡功曹,后为武威太守。杀刺史邯郸商,韩遂发兵来攻,他自焚而死。

东汉时期,张奂任武威太守。他的妻子梦见自己带着丈夫的印绶,并登楼唱歌。她醒来后将此梦告诉了张奂。张奂命人占卜,卜者说:"夫人将会生一个儿子,以后也会做武威太守,就死在这个楼上。"不久,就生下了张猛。建安时期,张猛果真做了武威太守。后因事杀了刺史邯郸商,州兵急忙围攻他。张猛耻于被俘,于是登上城楼自焚而死。

灵帝梦

汉灵帝梦见桓帝怒曰:"宋皇后有何罪过①,而听用邪孽②,使绝其命?渤海王悝既已自贬③,又受诛毙。今宋氏及悝,自诉于天,上帝震怒,罪在难救。"梦殊明察。帝既觉而恐,寻亦崩。

〔注释〕

①宋皇后(?—178):扶风平陵(今陕西咸阳)人。灵帝时入选宫中,位至皇后。被诬挟左道祝咒而废,忧郁而死。

②邪孽:邪恶的人或事物。

③渤海王悝:渤海王刘悝。刘悝(?—172),东汉宗室,桓帝弟。封蠡吾侯,嗣渤海王,行为险辟,僭傲不法。后被宦官王甫等诬告谋反,自杀。

〔译文〕

汉灵帝梦到汉桓帝恼怒地对他说:"宋皇后有什么罪,你竟然听信谗言,断送了她的性命?渤海王刘悝既然已经自贬,竟又被你诛杀。如今宋氏和刘悝,已经把你告上了天庭,天帝十分生气,你的罪难以被救赎。"梦中的情景无比真切清晰,灵帝醒后惊恐不已。梦后不久,灵帝驾崩。

吕石梦

吴时,嘉兴徐伯始病,使道士吕石安神座。石有弟子戴本、王思二人,居住海盐^①,伯始迎之,以助。石昼卧,梦上天北斗门下,见外鞍马三匹,云:"明日当以一迎石,一迎本,一迎思。"石梦觉,语本、思云:"如此,死期至。可急还,与家别。"不卒事而去。伯始怪而留之。曰:"惧不得见家也。"间一日,三人同时死。

〔注释〕

①海盐:秦始置,属会稽郡。东汉永建四年(129)改属吴郡。东晋咸康七年(341)移治马嗥城(今浙江海盐县城东南隅)。南朝梁太清三年(549)于此置武原郡。陈废,仍属吴郡。

〔译文〕

孙吴时期,嘉兴县百姓徐伯始生病了,请道士吕石安置神座(供奉神人以求病愈)。吕石有戴本、王思两个徒弟,住在海盐县,伯始便将他们请来帮忙。吕石白天睡觉的时候,梦到自己上天来到了北斗门下,看见门外有三匹备好鞍子的马,有人说:"明天用这三匹马分别去迎接吕石、戴本和王思。"吕石睡醒后对两个徒弟说:"如果真如我所梦到的一样,那么我们的死期将至。现在咱们赶快回家,和家人告别吧。"他们没有帮徐伯始安置完神座就都要离开。伯始对他们的匆忙离去诧异不已,便挽留他们。吕石等人说:"我们害怕自己见不到家人呀!"隔了一天,三人同时去世。

谢郭同梦

会稽谢奉与永嘉太守郭伯猷善①。谢忽梦郭与人于浙江上争樗蒲钱②,因为水神所责,堕水而死,已营理郭凶事。及觉,即往郭许,共围棋。良久,谢云:"卿知吾来意否?"因说所梦。郭闻之怅然③,云:"吾昨夜亦梦与人争钱,如卿所梦,何期太的的也④!"须臾,如厕,便倒气绝。谢为凶具,一如其梦。

〔注释〕

①会稽谢奉与永嘉太守郭伯猷善:会稽人谢奉和永嘉郡太守郭伯猷交往密切。谢奉,东晋会稽山阴人,字弘道,何充任会稽内史时拔为佐吏,历仕安南将军、广州刺史,晋穆帝升平末任吏部尚书,后坐事免。永嘉,东晋太宁元年(323)分临海郡置,属扬州,治所在永宁县(今浙江温州)。

②谢忽梦郭与人于浙江上争樗(chū)蒲钱:谢奉忽然梦到郭伯猷在浙江上和人争樗蒲钱。浙江,位于浙江境内,由新安江及兰溪汇合而成,东流入海,其各段分别称为桐江、富春江、钱塘江。因江流曲折如"之"字形,故也称"之江"。樗蒲,也称摴蒱,古代的一种游戏,似掷骰子,后也为赌博的通称。

③怅然:因不如意而感到不痛快。

④的的(dì):明亮,清楚。

〔译文〕

会稽谢奉和永嘉太守郭伯猷交往密切。一天,谢奉忽然梦到郭伯猷在浙江上与人争樗蒲钱,因为水神怪罪,落水而死,需要自己操办他的丧事。睡醒之后,他便前往郭伯猷的家里,准备和他一起下围棋。过了一会儿,谢奉说:"你知道我为什么来找你吗?"

于是便把自己梦中之事告诉了他。郭伯猷听完后，长叹一口气说：“我昨晚也梦到了自己与别人争钱，和你梦中的情景一样。这梦怎么做得那么清楚呢？”过了一会儿，他去上厕所，突然间倒地离世。谢奉给他买了棺材等丧葬用品，就和梦中所见一样。

徐泰梦

　　嘉兴徐泰，幼丧父母，叔父隗养之，甚于所生。隗病，泰营侍甚勤①。是夜三更中，梦二人乘船持箱，上泰床头，发箱，出簿书示曰：“汝叔应死。”泰即于梦中叩头祈请。良久，二人曰：“汝县有同姓名人否？”泰思得，语二人云：“有张隗，不姓徐。”二人云：“亦可强逼。念汝能事叔父，当为汝活之。”遂不复见。泰觉，叔病乃差。

〔注释〕

　　①营侍：护理侍奉。

〔译文〕

　　嘉兴人徐泰，自小父母双亡，叔父徐隗将他养大，比对亲生的儿子还好。后来，徐隗生病了，徐泰便竭心尽力地照顾他。一天夜里三更时分，徐泰梦到有两个人坐着船，带着箱子出现在他面前，走到徐泰的床头，打开箱子，检查记录册说：“你叔叔死期将至。”徐泰听后，便在梦中向二人叩头请免。过了好久，二人说：“你们县有同名同姓的人吗？”徐泰思索良久，对二人说：“有人叫张隗，不姓徐。”二人说：“也差不多。我们看你侍奉叔父如此殷勤，应当帮你救活他。”两人说完就不见了。徐泰醒来，叔父的病便痊愈了。

卷　十

熊渠子

　　楚熊渠子夜行①，见寝石②，以为伏虎，弯弓射之，没金锻羽③。下视，知其石也。因复射之，矢摧无迹。汉世复有李广④，为右北平太守⑤，射虎得石，亦如之。刘向曰："诚之至也，而金石为之开，况于人乎！夫唱而不和，动而不随，中必有不全者也。夫不降席而匡天下者⑥，求之己也。"

〔注释〕

　　①熊渠子：生卒年未详，楚国善射者。《韩诗外传》卷六："昔者，楚熊渠子夜行，寝石，以为伏虎，弯弓而射之，没金饮羽，下视，知其为石。"

　　②寝石：卧石，横躺着的石头。

　　③没金锻羽：箭头、箭羽都没入石头中。锻，有版本作"铩"或"饮"。

　　④李广（？—前119）：西汉陇西成纪（今甘肃秦安）人。先祖为秦朝名将李信。历仕文帝、景帝、武帝三朝。武帝时任右北平太守，战功显赫，匈奴数岁不敢攻扰，人称"飞将军"。元狩四年（前119），随大将军卫青攻匈奴，在漠北迷失道路，被责自杀。

　　⑤为右北平太守：任右北平太守。右北平，古郡名，战国燕置，秦汉沿袭旧称，郡治在平刚县平刚城，今内蒙古宁城县西南，辖境相当今北京东

北部、河北东北部、辽宁西部、内蒙古赤峰南部等地。

⑥降席：离开席位。古代座席以西为尊，主东而宾西，主人离开席位欢迎宾客。此处代指尊贤礼士。

〔译文〕

楚国熊渠子赶夜路，看见横卧的石头，以为是趴在地上的老虎，便拉弓射它，箭矢连根没入，连箭羽都擦掉了。走下去一看，才知道是石头。接着对着石头再射，箭被折断了也没留下什么痕迹。汉代又有个李广，任右北平太守，以为在射老虎，结果射的却是石头，也和熊渠子一样。刘向说："精诚所至，金石为开，何况是人呢？一个人做了倡议却无人响应，行动了却无人追随，其中肯定有不完善的地方。不走下座位（招贤纳士）却能匡定天下，是因为以身作则的缘故呀！"

魏更赢

楚王游于苑，白猿在焉。王令善射者射之。矢数发，猿搏矢而笑。乃命由基①。由基抚弓，猿即抱木而号。及六国时，更赢谓魏王曰②："臣能为虚发而下鸟③。"魏王曰："然则射可至于此乎？"赢曰："可。"有顷，闻雁从东方来，更赢虚发而鸟下焉。

〔注释〕

①由基：亦作养游基。春秋时楚国大臣，善射。一箭可穿七层铠甲，又能百步外射柳叶，百发百中。

②更赢（léi）：战国时期魏国大臣，著名的射箭能手。

③虚发：空拉弓弦而不放箭。

〔译文〕

楚王在宫苑中游玩,那里有只白猿。楚王命令擅长射箭的人射它。箭射了几支,都被白猿笑嘻嘻地接住。于是楚王命令养由基来射。养由基刚拿起弓,白猿就抱着树木号啕大哭。到战国时期,更嬴对魏王说:"我能只拉弓弦不放箭就射下飞鸟。"魏王说:"然而射箭真能达到这种地步吗?"更嬴说:"能。"一会儿,更嬴听见大雁从东方飞来,便虚拉了下弓弦,大雁果真栽了下来。

古冶子

齐景公渡于江沅之河①,鼋衔左骖②,没之。众皆惊惕。古冶子于是拔剑从之③。邪行五里,逆行三里,至于砥柱之下④。杀之,乃鼋也。左手持鼋头,右手挟左骖,燕跃鹄踊而出⑤,仰天大呼,水为逆流三百步。观者皆以为河伯也。

〔注释〕

①齐景公(?—前490):春秋时齐国国君,名杵臼。在位期间,大臣互相杀害,朝政昏乱。好治宫室,聚狗马,厚赋重刑,奢侈无度,百姓苦怨。后任晏婴为正卿,稍有抑敛。

②鼋(yuán):别名绿团鱼、癞头鼋,淡水龟鳖类中体形最大的种类,主要分布在今中国长江流域及以南地区以及南亚、东南亚。《说文》:"鼋,大鳖也。"《三仓解诂》:"似鳖而大。"

③古冶子:生卒年不详,春秋时人,齐国大将,有勇力,善游泳。

④砥柱:山名,原山立于黄河之中,形状像柱。

⑤燕跃鹄踊：形容迅捷威猛之貌。

〔译文〕

　　齐景公渡黄河的时候，一只老鳖衔了他左边驾车的马，潜入水中。在场众人都惊惧万分。古冶子却在这个时候拔出宝剑追赶它。古冶子先是斜向前行五里，再逆水走了三里，来到砥柱山下。把怪物杀了后，才发现原来是只老鳖。他左手拿着鳖头，右手拉着马匹，像飞燕、鸿鹄那样飞跃而出，仰天大喊，河水因此倒流了三百步。看到的人都以为他是水神河伯。

三王墓

　　楚干将、莫邪为楚王作剑①，三年乃成。王怒，欲杀之。剑有雌雄。其妻重身当产②，夫语妻曰："吾为王作剑，三年乃成。王怒，往必杀我。汝若生子是男，大，告之曰：'出户望南山，松生石上，剑在其背。'"于是即将雌剑，往见楚王。王大怒，使相之："剑有二，一雄一雌。雌来，雄不来。"王怒，即杀之。莫邪子名赤比，后壮③，乃问其母曰："吾父所在？"母曰："汝父为楚王作剑，三年乃成，王怒，杀之。去时嘱我：'语汝子，出户望南山，松生石上，剑在其背。'"于是子出户南望，不见有山，但睹堂前松柱下，石砥之上，即以斧破其背，得剑。日夜思欲报楚王。

　　王梦见一儿，眉间广尺，言："欲报仇。"王即购之千金。儿闻之，亡去。入山行歌④。客有逢者，谓："子年少，何哭之甚悲耶？"曰："吾干将、莫邪子也。楚王杀吾父,吾欲报之!"客曰:"闻王购子头千金,将子头与剑来,为子报之。"儿曰:"幸甚!"即自刎,两手捧头及剑奉之,立僵。客曰:"不负子也。"于是尸乃仆。客持头往见楚王,王大喜。客曰:"此乃勇士头也。当于汤镬煮之⑤。"王如其言。煮头三日三夕,不烂。头踔出汤中,瞋目大怒。客曰:"此儿头不烂,愿王自往临视之,是必烂也。"王即临。客以剑拟王,王头随堕汤中。客亦自拟己头,头复堕汤中。三首俱烂,不可识别。乃分其汤肉葬之,故通名"三王墓"。今在汝南北宜春县界⑥。

〔注释〕

①干将、莫邪(yé):吴越地区民间崇信的剑神。传说干将、莫邪为春秋时期吴国的铸剑匠,是一对夫妻,曾铸干将、莫邪雄雌二剑献给吴王阖闾。事见《吴越春秋·阖闾内传》《吴地记》等。

②重身:怀孕。《素问·奇病论》:"人有重身,九月而喑,此为何也?"王冰注:"重身,谓身中有身,则怀妊也。"

③此句有版本作"莫邪子名赤,比后壮",意思是"莫邪的儿子名叫赤,等到他长大之后"。

④行歌:边行走边歌唱,借以抒发自己的感情,表示自己的意向、意愿等。

⑤汤镬(huò):一种古代烹人的刑具。镬,无足之鼎。

⑥北宜春县:东汉置北宜春县,在今河南汝南县西南六十里。《晋书·地理志》:"北宜春属汝南郡。"《水经·汝水注》:"豫章有宜春,故加北。"

〔译文〕

楚国的干将、莫邪夫妇为楚王锻造宝剑,三年才铸成。楚王大发雷霆，想杀掉他们。宝剑有雌雄两把。当时莫邪身怀有孕即将分娩，干将便对妻子说："我们为楚王铸剑，三年才铸成。楚王对此十分恼怒，我去进献宝剑时他一定会杀我。如果你生下男孩，等他长大了，就告诉他说：'出门远眺南山，有棵松树长在石头上，宝剑就在松树后面。'"于是他就带着雌剑去见楚王。楚王非常生气，叫人仔细相看宝剑，看剑的人说："宝剑该有两把，一雄一雌。现在雌剑拿来了，雄剑没拿来。"楚王震怒，就杀了干将。莫邪生下的儿子名叫赤比，等他长大后，就问母亲说："我父亲在哪儿？"母亲说："你父亲给楚王铸剑，三年才铸成，楚王大怒，就杀了他。他离家时嘱咐我说：'告诉你的儿子，出门远眺南山，有棵松树长在石头上，宝剑就在松树背面。'"于是赤比便出门向南望去，没看见什么山，只看到堂前的松木柱子立在石础之上，他就用斧头劈开柱子背面，得到了宝剑。于是日思夜想要向楚王复仇。

楚王梦见一个年轻人，双眉之间有一尺来宽，说："我要报仇。"就悬赏千金来缉拿他。赤比听到这个消息就逃走了。他进山后一边走一边悲歌。有个侠客遇到他说："你年纪轻轻，为什么哭得这么悲伤？"赤比说："我是干将、莫邪的儿子。楚王杀了我父亲，我要向他报仇！"侠客说："听说楚王悬赏千金要你的头颅，把你的人头和宝剑拿来，我替你报仇。"赤比说："果真如此，非常幸运！"于是自刎而死，双手捧着头颅和宝剑交给侠客，尸体却僵硬地站着，不肯倒下。侠客说："不会辜负你的。"尸体方才倒地。侠客拿着人头去见楚王，楚王非常高兴。侠客说："这是勇士的头颅，应当放到汤锅中熬煮。"楚王就照他的话做了。赤比的头煮了三天三夜，也没煮烂，还从沸水中跳出来，一副瞪着眼睛、怒气冲冲的样子。侠客说："这个年轻人的头颅无法煮烂，希望大王亲自来锅边查看一下，那样肯定会烂。"楚王便走到锅边。侠客挥剑向楚王砍去，楚王的头颅随即落入沸水之中。接着侠客也砍下自己的头颅，他的头颅也掉进水里。三颗头颅都煮烂了，无法辨认出各自的身份。于是人们便分开锅里的热水和肉屑，把他们一起下葬，统称为"三王墓"。如今这座坟墓位于汝南郡北宜春县境内。

贾 雍

汉武时，苍梧贾雍为豫章太守^①，有神术。出界讨贼，为贼所杀，失头，上马回营，营中咸走来视雍。雍胸中语曰："战不利，为贼所伤。诸君视有头佳乎？无头佳乎？"吏涕泣曰："有头佳。"雍曰："不然，无头亦佳。"言毕，遂死。

〔注释〕

①苍梧：古地名，汉武帝元鼎六年（前 111）置。郡治在广信县，位于今广西梧州与广东封开一带。

〔译文〕

汉武帝时，苍梧郡人贾雍任豫章郡太守，身具神奇莫测的法术。一次，他离开豫章郡边界去讨伐盗匪，被盗匪杀了，丢了脑袋，身体却上马回到军营，军营里的人都跑来看他。贾雍从胸膛里发出声音说："战斗失利，我被盗匪杀伤。你们看我是有头好呢？还是没头好？"他的部下哭着说："有头好。"贾雍说："不对，没头也好。"话刚说完，他就死了。

头　语

渤海太守史良好一女子①，许嫁而不果。良怒，杀之，断其头而归，投于灶下，曰："当令火葬。"头语曰："使君②，我相从，何图当尔！"后梦见曰："还君物。"觉而得昔所与香缨金钗之属③。

〔注释〕

①渤海：郡名。汉代设，在今河北境内，并及山东境。
②使君：汉代称刺史为使君，汉以后用作对州郡长官的尊称。
③香缨：古代未成年者或妇女所系的饰物。

〔译文〕

渤海郡太守史良爱上了一个女子，女子答应嫁给他却没能兑现。史良非常生气，就杀了她，把她的脑袋割下来带回家扔在灶下，说："应当让你火葬。"头颅对他说："使君，我和你交往，哪里想到会被这样对待！"后来史良梦见她说："还你之物。"醒来后，得到了过去送给女子的香缨、金钗之类的物品。

苌　弘

周灵王时①，苌弘见杀②。蜀人因藏其血，三年乃化而为碧③。

〔注释〕

①周灵王：东周第十一位君主。姓姬，名泄心，周简王之子，在位二十七年。

②苌弘:亦作"苌宏"。字叔,又称苌叔。周王室大臣刘文公所属大夫。刘氏与晋范氏世为婚姻,在晋卿内讧中,由于帮助范氏,晋卿赵鞅为此声讨,苌弘被周人杀死。传说死后三年,其血化为碧玉。事见《左传·哀公三年》。

③碧:碧玉。唐成玄英疏《庄子·外物》:"碧,玉也。……蜀人感之,以匮盛其血,三年而化为碧玉,乃精诚之至也。"

〔译文〕

周灵王的时候,苌弘被杀。蜀人就把他的血收存起来,三年后,这些血竟化成了碧玉。

酒消患

汉武帝东游,未出函谷关①,有物当道。身长数丈,其状象牛,青眼而曜睛,四足入土,动而不徙。百官惊骇。东方朔乃请以酒灌之②。灌之数十斛而物消。帝问其故。答曰:"此名为患,忧气之所生也。此必是秦之狱地。不然,则罪人徒作之所聚③。夫酒忘忧,故能消之也。"帝曰:"吁!博物之士,至于此乎!"

〔注释〕

①函谷关:关名,在今河南灵宝西南。东起崤山,西至潼津,地形险要。因战国时为秦所建,亦称"秦关"。

②东方朔(前154—前93):西汉文学家。字曼倩,平原厌次(今山东惠民)人。武帝时为太中大夫。性格诙谐滑稽。武帝视同俳优,以为弄臣。善辞赋,今存《答客难》。

③徒作:服劳役。

汉武帝巡游东方,还没出函谷关,就有一个怪物挡住了去路。那怪物有好几丈高,形状像牛,青色的眼睛闪闪发亮,四只脚插在泥土之中,虽然身体在动却没有走开。随行官员又惊又怕。于是东方朔请求用酒来浇灌它。浇了几十斛后怪物便消失了。汉武帝问他原因。东方朔回答说:"这个怪物叫患,是忧愁之气凝聚而成。这里过去一定是秦国的监狱。如果不是这样,就一定是犯人集中服劳役的场所。酒能让人忘忧解愁,所以能消除它。"汉武帝说:"啊!知识渊博的人,才能有这样的本事呀!"

谅 辅

后汉谅辅,字汉儒,广汉新都人。少给佐吏①,浆水不交。为从事②,大小毕举,郡县敛手③。时夏枯旱,太守自曝中庭,而雨不降。辅以五官掾④,出祷山川,自誓曰:"辅为郡股肱,不能进谏纳忠,荐贤退恶,和调百姓,至令天地否隔⑤,万物枯焦,百姓喁喁⑥,无所控诉,咎尽在辅。今郡太守内省责己,自曝中庭,使辅谢罪,为民祈福,精诚恳到,未有感彻。辅今敢自誓,若至日中无雨,请以身塞无状⑦。"乃积薪柴,将自焚焉。至日中时,山气转黑,起雷,雨大作,一郡沾润。世以此称其至诚。

〔注释〕

①佐吏:古代地方长官的僚属。

②从事:官名。州部属吏。

③敛手:缩手。指有所顾忌而不敢恣意任为。

④五官掾:官名,省称五官。汉朝郡国属吏,地位仅次于功曹,祭祀居诸吏之首,无固定职掌,凡功曹及诸曹员吏出缺即代理其职务。

⑤否(pǐ)隔:窒塞阻隔。

⑥喁喁(yóng):众人景仰归向的样子。喁,鱼口向上,露出水面,形容仰望期待的样子。

⑦塞:补救,抵偿。无状:形容罪大不可言状。

〔译文〕

　　东汉时的谅辅,字汉儒,是广汉郡新都县人。他年轻时担任佐吏,为官清廉,连杯粗茶淡酒都不会接受。做从事时,大小问题通通检举法办,因此郡县里的上下官吏无人敢肆意妄为。当时夏天大旱,太守在院子里用暴晒自身的方式求雨,但雨水仍然没有降下。谅辅就以五官掾的身份出来祝祷山水,发誓说:"我谅辅是广汉郡的股肱之臣,不能劝谏上司进纳忠言,推荐贤能贬退恶人,协调百姓之间的关系,导致天地隔绝不通,万物焦枯,百姓渴求,却无处申诉,这罪过都在我身上。现在郡太守反省自身,暴晒于院子里,派我前来认罪,为民众祈福,他真诚恳切,但还是没有感动神明。现在我胆敢发誓,如果到了中午还不下雨,请用我的性命来弥补大错。"于是就堆起木柴,准备自焚。到了中午,山间云气转黑,响起雷声,大雨倾盆而下,全郡的土地都得到了雨水的滋润。世人因此都称赞他是至诚之人。

何　敞

　　何敞,吴郡人。少好道艺,隐居。里以大旱,民物憔悴,太守庆洪遣户曹掾致谒①,奉印绶,烦守无锡。敞不受。退，叹而言曰："郡界有灾，安能得怀道。"因跋涉之县，驻明星屋中②。蝗蝝消死③，敞即遁去。后举方正④、博士⑤，皆不就。卒于家。

〔注释〕

①户曹掾：官名。户曹长官。汉朝三公府及郡府置，主户曹事。

②明星：星宿名称，太白金星的妻子。《说文》中引甘氏《星经》："太白上公，妻曰女嬬。女嬬居南斗，食厉，天下祭之。曰明星。"

③蝗蝝（yuán）：蝗的幼虫。

④方正：汉朝取士之制有方正科，始于汉文帝，多与"贤良"合称"贤良方正"。

⑤博士：职官名。起源于战国，秦、汉时设置。以掌通古今，以备咨诣，充当学术顾问。

〔译文〕

何敞是吴郡人。年轻时喜好道术，隐居乡里。因为家乡大旱，百姓困顿，太守庆洪就派遣户曹掾去拜见他，双手奉上官印，劳烦他管理无锡县的政事。何敞不肯接受。等户曹掾离开后，何敞感叹地说道："郡内发生灾害，我怎能心里只想着道术呢？"于是徒步走到县里，住在祭祀星神女嬬的庙舍之中。蝗虫消亡殆尽后，何敞便隐遁而去。后来，地方推举他为方正、博士，他都没去任职，老死家中。

小黄令

后汉徐栩，字敬卿，吴由拳人①。少为狱吏，执法详平。为小黄令②。时属县大蝗，野无生草。过小黄界，飞逝不集。刺史行部③,责栩不治。栩弃官,蝗应声而至。刺史谢,令还寺舍④。蝗即飞去。

〔注释〕

①由拳:古县名。秦始皇三十七年(前210),改长水县为由拳县(县治今嘉兴南)。东汉永建四年(129),分原会稽郡的浙江以西部分设吴郡,由拳属吴郡。

②小黄令:小黄县县令。小黄,西汉时置县,治今河南开封东北。令,县令,旧时一县的行政长官。

③行部:巡行所属部域,考核政绩。

④寺舍:官府所在的地方。

〔译文〕

东汉时的徐栩,字敬卿,是吴郡由拳县人。他年轻时做管理监狱的小吏,执法公正。后来做了小黄县县令。当时吴郡下属各县都大闹蝗灾,田野里寸草不生。蝗虫经过小黄县境内时,径直飞了过去,没有停留。刺史巡视部属来到小黄县,责备徐栩没有治理蝗灾。于是徐栩便辞去官职,蝗虫立刻应声赶到。刺史向徐栩道歉,命他回官府上任。蝗虫就飞走了。

白虎墓

王业字子香,汉和帝时①,为荆州刺史。每出行部,沐浴斋素,以祈于天地,当启佐愚心,无使有枉百姓。在州七年,惠风大行②,苛慝不作③,山无豺狼。卒于枝江④。有二白虎,低头曳尾,宿卫其侧。及丧去,虎踰州境,忽然不见。民共为立碑,号曰"枝江白虎墓"。

①汉和帝(79—105):刘肇,东汉皇帝,东汉章帝之子。即位初期,外戚窦宪握政,出兵大破北匈奴。窦宪被诛后,亲理朝政,任用班超平定西域。死后谥和帝,庙号穆宗。

②惠风:柔和的风,比喻仁爱。

③苛慝(tè):暴虐邪恶。

④枝江:西汉置,属南郡。治所在今湖北枝江东北。《水经注·江水》:"其地夷敞,北据大江,江汜枝分,东入大江,县治洲上,故以枝江为称。"

〔译文〕

王业,字子香,汉和帝时,任荆州刺史。他每次巡视部属,都沐浴吃斋,洁净身心,以向天地祈祷,希望天地能启迪自己愚拙之心,不要做出冤枉百姓的事情来。他在荆州七年,仁爱百姓有如柔和的清风,从没发生过残酷罪恶的事情,连山中的豺狼都消失了。后来王业死在枝江,有两只白虎,低着头拖着尾巴,守卫在他的身旁。等到丧事完毕,那两只老虎便越过荆州边界,忽然不见了。百姓一起为王业立了块碑,叫作"枝江白虎墓"。

葛祚碑

吴时,葛祚为衡阳太守①。郡境有大槎横水②,能为妖怪。百姓为立庙。行旅祷祀,槎乃沉没;不者槎浮,则船为之破坏。祚将去官,乃大具斧斤,将去民累③。明日当至。其夜,闻江中汹汹有人声,往视之,槎乃移去,沿流下数里,驻湾中。自此行者无复沉覆之患。衡阳人为祚立碑,曰:"正德祈禳④,神木为移。"

〔注释〕

①衡阳:衡阳郡。孙吴于220年在长沙郡西南部设立,治地在今湘潭境内,下辖蒸阳、重安、湘南、湘西、湘乡、益阳等县。

②槎(chá):木筏。

③民累:民众的劳苦。

④正德:端正德行。祈禳:祈祷上天降福,消除灾祸。

〔译文〕

三国吴时,葛祚任衡阳郡太守。郡内有个大木筏横在河中,能兴妖作怪。百姓为它修建了庙宇。旅客祭祀它,木筏就沉下去;否则就会浮到水面上破坏船只。葛祚将要离任时,就准备好斧头,要除去这个百姓的祸害。计划第二天便去江边。当天夜里,人们听见江中喧嚷有人说话的声音,上前一看,木筏竟然移走了,它顺着水流往下漂浮了几里,停泊在河湾中。从这以后,行旅之人再也没了沉船的祸患。衡阳郡百姓就为葛祚立了块碑,碑文写道:"用正直的德行祈祷消除灾祸,神异的木筏因他移走。"

曾 子

曾子从仲尼在楚而心动①,辞归问母。母曰:"思尔啮指。"孔子曰:"曾参之孝,精感万里。"

〔注释〕

①曾子从仲尼在楚而心动:曾参跟随孔子出游,在楚国时突然感到心

惊肉跳。曾子，名参，字子舆，春秋末鲁国南武城人。孔子弟子。以孝行见称，相传著《大学》，后世尊为"宗圣"。仲尼，孔子的字。

〔译文〕

　　曾参跟随孔子出游，在楚国时突然感到一阵心惊肉跳，就辞别孔子回家询问母亲。母亲说："我想念你，就咬破了自己的手指。"孔子说："曾参的孝心，其精诚能感知到万里之外母亲的思己之心。"

周　畅

　　周畅，性仁慈。少至孝，独与母居。每出入，母欲呼之，常自啮其手，畅即觉手痛而至。治中从事未之信①，候畅在田，使母啮手，而畅即归。元初二年②，为河南尹③，时夏大旱，久祷无应。畅收葬洛阳城旁客死骸骨万余，为立义冢④，应时澍雨⑤。

〔注释〕

　　①治中从事：简称治中，汉置，为州佐吏。在司隶校尉称功曹从事，在其他十二州则称治中从事，掌州选署及文书案卷众事。
　　②元初：东汉安帝刘祜的第二个年号(114—120)。
　　③河南尹：官名，东汉置，为京都洛阳所在郡的长官，秩二千石，掌京都，典兵禁，特奉朝请。春行察属县。劝农桑；振救贫乏；秋冬审囚徒，平定罪法；年终派人向朝廷汇报，有丞一人，为之副。
　　④义冢：旧时埋葬无主尸体的公坟。
　　⑤澍(shù)：时雨，降雨。

〔译文〕

　　周畅，生性仁爱慈善。他年轻时极其孝顺，一个人和母亲居住。每次出门在外,母亲想要叫他,常常咬一下自己的手,周畅就会感到手痛立马回来。治中从事不相信这件事,等周畅在田间干活的时候,让他母亲咬自己的手,周畅真的马上回家了。元初二年(115),周畅任河南尹,那年夏天大旱,人们祈祷了很久上天都没有反应。周畅收集埋葬了洛阳城旁一万多具流民的尸骸,为他们修建了公墓,天上便立刻降下及时雨。

王 祥

王祥字休征,琅邪人。性至孝。早丧亲,继母朱氏不慈,数谮之①。由是失爱于父,每使扫除牛下②。父母有疾,衣不解带。母常欲生鱼,时天寒冰冻,祥解衣,将剖冰求之,冰忽自解,双鲤跃出,持之而归。母又思黄雀炙,复有黄雀数十入其幕,复以供母。乡里惊叹,以为孝感所致。

〔注释〕

①谮(zèn):说别人的坏话,诬陷,中伤。
②牛下:牛的排泄物。

〔译文〕

王祥,字休征,琅琊郡人。生性极其孝顺。他很小便失去了母亲,继母朱氏不慈,多次诬陷他。导致他也失去了父亲的慈爱,经常被派去打扫牛圈。但父母有病时,他总是衣不解带地精心服侍。继母想吃鲜鱼,当时天寒地冻,王祥脱去衣服,准备破冰下水抓鱼,这时冰层忽然自己裂开,两条鲤鱼从水里跳了出来,王祥就拿着鱼回家了。继母又想吃烤黄雀,便又有几十只黄雀飞进王祥的帷帐,他就把黄雀烤了给继母吃。乡邻们惊叹万分,认为这些都是王祥的孝心感动天地的结果。

王　延

王延,性至孝。继母卜氏,尝盛冬思生鱼,敕延求而不获①,杖之流血。延寻汾②,叩凌而哭。忽有一鱼,长五尺,跃出冰上。延取以进母。卜氏食之,积日不尽③。于是心悟,抚延如己子。

〔注释〕

①敕:告诫,吩咐。

②汾(fén):汾河,又称汾水,黄河的第二大支流,位于山西中部。

③积日:累日;连日。

〔译文〕

王延生来就极其孝顺。他的继母卜氏,曾在隆冬时节想吃鲜鱼,吩咐王延去找却没找着,便拿棍棒把他打得鲜血直流。王延找到汾水时,敲着冰层大哭。忽然有条鱼,长约五尺,从水中一跃而出,跳到冰面上。王延就捉了鱼献给继母。卜氏吃这条鱼,好几天都没有吃完。于是心里悔悟过来,从此如同亲子般抚养王延。

楚　僚

楚僚早失母,事后母至孝。母患痈肿,形容日悴,僚自徐徐吮之,血出,迨夜即得安寝①。乃梦一小儿语母曰:"若得鲤鱼食之,其病即差,可以延寿。不然,不久死矣。"母觉而告僚。时十二月冰冻,僚乃仰天叹泣,脱衣上冰卧之。有一童子,决僚卧处,冰忽自开,一双鲤鱼跃出。僚将归奉其母,病即愈,寿至一百三十三岁。盖至孝感天神,昭应如此。此与王祥、王延事同。

〔注释〕

①逮(dài):同"逮"。等到。

〔译文〕

　　楚僚很早就失去了母亲,侍奉后母极其孝顺。后母身上生了毒疮,容貌日益憔悴,楚僚便亲自伏在疮上慢慢吮吸,吸出毒血后,等到夜里,后母就能安然入睡了。她梦见一个小孩对她说:"如果能抓到鲤鱼吃了,你的病就能好,还能延长寿命。否则,你不久就会死去。"后母醒来后告诉了楚僚。当时正值十二月,天寒地冻,楚僚仰天叹息,流下眼泪,脱了衣服走到冰上躺下,想用体温来融化冰凌。这时来了一个小孩,敲击楚僚躺卧的地方,冰层便忽然自己裂开,一对鲤鱼从水里跳了出来。楚僚抓了鱼回家献给后母,后母吃了鱼后,病就痊愈了,活到了一百三十三岁。大概是楚僚的至孝感动了天神,所以才会有这样的应验吧! 这和王祥、王延的事情是一样的。

蛴螬炙

　　盛彦字翁子①,广陵人。母王氏,因疾失明,彦躬自侍养。母食,必自哺之。母疾既久,至于婢使,数见捶挞②。婢忿恨,闻彦暂行,取蛴螬炙饴之③。母食,以为美,然疑是异物,密藏以示彦。彦见之,抱母恸哭,绝而复苏。母目豁然即开,于此遂愈。

〔注释〕

①盛彦:字翁子,广陵(今江苏扬州)人。少有异才。母王氏因疾失明,彦常年伺候,时人称作孝子。仕吴至中书侍郎,入晋为本邑小中正。

②捶挞:杖击,鞭打。

③蛴螬(qícáo):金龟子的幼虫。长寸许,体肥色白,以背滚行,触物即蜷曲。生活于土中,以植物的根茎为食,常危害农作物。饲(sì):拿食物给人吃。

〔译文〕

盛彦,字翁子,广陵人氏。母亲王氏,因病失明,盛彦便亲自服侍赡养她。母亲吃东西,盛彦必定亲自喂她。母亲生病久了,脾气变得越发暴躁,以致对手下婢女数次鞭打惩处。婢女心中愤恨,听说盛彦暂时外出,就把蛴螬烤熟了喂给她吃。母亲吃了蛴螬,觉得味道鲜美,但怀疑是奇怪的食物,就把它偷偷藏起来拿给盛彦看。盛彦看见后,抱着母亲痛哭,哭得死去活来。就在这时,母亲的眼睛忽然睁开,恢复了视力,从此病就好了。

蚺蛇胆

颜含字宏都①。次嫂樊氏,因疾失明。医人疏方②,须蚺蛇胆,而寻求备至,无由得之。含忧叹累时。尝昼独坐,忽有一青衣童子,年可十三四,持一青囊授含。含开视,乃蛇胆也。童子逡巡出户,化成青鸟飞去。得胆药成,嫂病即愈。

[注释]

①颜含:字宏(弘)都,琅琊郡(今山东临沂)人,汝阴太守颜默子。少有操行,以孝闻名。初为司马越太傅参军,历上虞令、东阳太守。谋讨苏峻有功,封侯,授侍中。累迁光禄勋,加散骑常侍。

②疏方:处方;开药方。

[译文]

颜含,字宏(弘)都。他的二嫂樊氏,因为生病而双目失明。医生开出药方,需要用到蚺蛇胆,但他到处都找遍了,也没能找到。颜含忧虑叹息了很长时间。一天白天他一个人坐着,忽然有个身穿青色衣服的小孩,年龄十三四岁,拿了个青色袋子递给颜含。他打开一看,竟然就是蚺蛇胆。小孩迅速走出大门,变成青鸟飞走了。颜含得到蚺蛇胆后合成药,嫂嫂吃了之后病立刻就好了。

卷十一

五气变化

天有五气，万物化成。木清则仁，火清则礼，金清则义，水清则智，土清则思，五气尽纯，圣德备也。木浊则弱，火浊则淫，金浊则暴，水浊则贪，土浊则顽，五气尽浊，民之下也。中土多圣人，和气所交也；绝域多怪物，异气所产也。苟禀此气，必有此形；苟有此形，必生此性。故食谷者智慧而文，食草者多力而愚，食桑者有丝而蛾，食肉者勇憨而悍①，食土者无心而不息，食气者神明而长寿，不食者不死而神。大腰无雄，细腰无雌。无雄外接，无雌外育。三化之虫，先孕后交；兼爱之兽，自为牝牡。寄生因夫高木，女萝托乎茯苓。木株于土，萍植于水。鸟排虚而飞②，兽跖实而走。虫土闭而蛰，鱼渊潜而处。本乎天者亲上，本乎地者亲下，本乎时者亲旁：各从其类也。千岁之雉，入海为蜃；百年之雀，入海为蛤③；千岁龟鼋，能与人语；千岁之狐，起为美女；千岁之蛇，断而复续；百年之鼠，而能相卜④：数之至也。春分之日，鹰变为鸠；秋分之日，鸠变为鹰：时之化也。故腐草之为萤也，朽苇之为蚳也⑤，稻之为蟁也⑥，麦之为蝴蝶也，羽翼生焉，眼目成焉，心智在焉，此自无知化为有知而气易也。雀之为蛤也⑦，蛇之为鳖也，蚕之为虾也，不失其血气而形性变也。若此之类，不可胜论。应变而动，是为顺常；苟错其方，则为妖眚⑧。故下体生于上，上体生于下，气之反者也；人生兽，兽生人，气之乱者也；男化为女，女化为男，气之贸者也。鲁牛哀得疾，七日化而为虎，形体变易，爪牙施张，其兄启户而入，搏而食之。方其为人，不知其将为虎也；方其为虎，不知其常为人也。故晋太康中，陈留阮士瑀伤于虺⑨，不忍其痛，数嗅其疮，已而双虺成于鼻中。元康中，历阳纪元载，客食道龟，已而成瘕⑩，医以药攻之，下龟子数升，大如小钱，头足壳备，文甲皆具，惟中药已死。夫妻非化育之气，鼻非胎孕之所，享道非下物之具⑪。从此观之，万物之生死也，与其变化也，非通神之思，虽求诸己，恶识所自来？然朽草之为萤，由乎腐也；麦之为蝴蝶，由乎湿也。尔则万物之变，皆有由也。农夫止麦之化者，沤之以灰⑫；圣人理万物之化者，济之以道。其与，不然乎？

〔注释〕

　　①憪(xiàn)：怒。

　　②排虚：凌空。

　　③蛤(gé)：蛤蜊，一种有壳的软体动物。

　　④百年之鼠，而能相卜：百年的老鼠能看相占卜。《抱朴子·对俗篇》："鼠寿三百岁，满百岁，则色白，善凭人而卜，名曰仲。能知一年中吉

凶,及千里外事。"

⑤蛬(qióng):同"蛩",蟋蟀。

⑥蚇(jiā):米中的虫子。《集韵》:"米中虫也。"

⑦隺(hè):通"鹤"。

⑧妖眚(shěng):灾异。刘瑜《延熹八年举贤良方正上书陈事》:"怨毒之气,结成妖眚。"

⑨虺(huǐ):古书上的一种毒蛇。

⑩瘕(jiǎ):腹中生长寄生虫。

⑪享道:消化道。

⑫沤(òu)之以灰:用灰来浸泡。《荆楚岁时记》:"是(夏至)日,取菊为灰,以止小麦蠹。"沤,长时间地浸泡。

[译文]

　　自然界有金、木、水、火、土这五种元气,万事万物都是由这五种元气变化而成的。木气清净就有仁爱,火气清净就有礼仪,金气清净就有道义,水气清净就有智慧,土气清净就有思想,五气都纯净,那么就具备了圣人的德行。木气混浊就虚弱,火气混浊就淫乱,金气混浊就残暴,水气混浊就贪婪,土气混浊就顽固,五气都混浊,那么就成了平民百姓中的卑陋之人。中原多圣人,是和顺之气互相交会的结果;偏远隔绝的地方多怪物,是奇异之气造成的结果。如果禀受了这种气质,就一定有这种形体;如果有了这种形体,就一定会产生这种特性。所以吃五谷的聪明文雅,吃草的力大愚蠢,吃桑叶的会吐丝变成蛾子,吃肉的勇猛强悍,吃泥土的没有意识却忙个不停,服食元气的圣明而长寿,不吃任何东西的会永生不死,成为神灵。龟鳖一类的大腰动物没有雄性,蜂类的细腰动物没有雌性。没有雄性的会和其他动物交配,没有雌性的则靠其他动物来生育。蜕化三次的蚕,先怀孕然后交配；爱无亲疏的禽兽，自己与自己交配。寄生草依附高大的树木，女萝附着在茯苓上。树木扎根在土中，浮萍植根于水中。鸟儿拍打着空气飞翔，禽兽脚踏在实地上奔跑。虫子封上泥土冬眠，鱼儿在深潭中潜游居住。来源于空中的亲附天空，来源于土地的亲附土地，来源于时节的亲附其他：万事万物都依从于自己的属类。千年的野鸡，进入大海变成蜃；百年的麻雀，进入大海变成蛤蜊；千年的乌龟、老鳖能和人谈话；千年的狐狸站起来会化成美女；千年的大蛇被斩断了能再连上身体；百年的老鼠能看相占卜：这是寿命达到了一定年数造成的。春分那一天，鹰变成鸠；秋分那一天，鸠再变成鹰：这是时令造成的变化。所以腐烂的草变成萤火虫，朽烂的芦苇变成蟋蟀，稻谷变成米虫，麦子变成蝴蝶，它们长出羽翼，生出眼睛，产生智慧，是从没有知觉变成有知觉，同时气也改变了。鹤变为獐子，蛇变为鳖鼋，蟋蟀变为虾，虽然没有丧失血气，但形状本性变了。像这样的例子，不胜枚举。适应变化的规律变动，是顺应常规；如果弄错规律，就会造成灾异。所以下身的器官长在上身，上身的器官长在下身，是逆反元气造成的；人生下禽兽，禽兽生出人，是元气混乱造成的；男人变为女人，女人变为男人，是元气互换造成的。鲁国的牛哀得了病，七天后变成老虎，形状改变了，便张牙舞爪起来，他的哥哥开门进去，就被抓住吃了。当他是人的时候，不知道自己将要变成老虎；当他是老虎的时候，也不知道自己以前是人。所以晋朝太康年间，陈留郡的阮士瑀被毒蛇咬伤，他不能忍受痛苦，数次嗅闻伤口，不久就有两条毒蛇长在鼻腔中。元康年间，历阳县的纪元载，在外地吃了路上的乌龟，不久腹中生成硬块，医生用药来治它，他便泄下几升小龟，大小如同铜钱，头和脚都长全了，龟纹和硬壳也都具备，只是中了药性已经死去。夫妻不是化育万物的元气,鼻腔不是怀胎的地方,肠道不是生育器官。从这一点来看,各种事物的生死变化,如果没有通达神灵的思考,即使自己仔细体会,怎么能知道它们的来处呢?但是腐草化萤,是由于腐烂的缘故;麦子变成蝴蝶,是由于潮湿的缘故。这样看来,万事万物的变化,都是有原因的。农民要阻止麦子的变化,就用灰来浸泡;圣人理清万物的变化,就用道来帮忙。难道不是这样吗?

贲 羊

季桓子穿井①,获如土缶②,其中有羊焉。使问之仲尼曰:"吾穿井而获狗,何耶?"仲尼曰:"以丘所闻,羊也。丘闻之,木石之怪,夔③、魍魉;水中之怪,龙、罔象④;土中之怪,曰'贲羊'⑤。《夏鼎志》曰:"罔象,如三岁儿。赤目,黑色,大耳,长臂,赤爪,索缚则可得食。"王子曰:"木精为游光,金精为清明也。"

〔注释〕

①季桓子(? —前492):季孙斯,姬姓,季氏,名斯,谥桓,季孙意如(季平子)之子,鲁国三桓之季孙氏宗主兼鲁国执政。

②缶(fǒu):盛食物或饮料的器皿,亦作乐器。《说文解字》:"缶,瓦器,所以盛酒浆,秦人鼓之以节歌。"

③夔:传说中一条腿的怪物。《国语》韦昭注:"夔一足,越人谓之山缲,或作'獟'。富阳有之,人面猴身,能言。"

④罔象:亦作"罔像"。古代传说中的水怪或木石之怪。《国语》韦昭注:"罔象,食人,一名沐肿。"

⑤贲(fén)羊:又作"坟羊"。传说中的土中怪兽。

　　季桓子挖井,得到一件像瓦器一样的东西,里面有只羊。他就派人问孔子说:"我挖井得到一只狗,这是为什么呢?"孔子说:"依我所见,那应当是羊。我听说,树木、石头中的精怪,是夔、魍魉;水中的精怪,是龙、罔象,泥土中的精怪,叫作贲羊。"《夏鼎志》记载说:"罔象,像三岁的小孩。红眼睛,黑脸,大耳朵,长臂膀,红脚爪,用绳子绑住就能吃了。"王子说:"木精叫游光,金精叫清明。"

地中犬声

　　晋惠帝元康中,吴郡娄县怀瑶家^①,忽闻地中有犬声隐隐。视声发处,上有小窍,大如蟥穴^②。瑶以杖刺之,入数尺,觉有物,乃掘视之,得犬子,雌雄各一,目犹未开,形大于常犬。哺之而食。左右咸往观焉。长老或云:"此名犀犬,得之者,令家富昌。宜当养之。"以目未开,还置窍中,覆以磨砻^③。宿昔发视,左右无孔,遂失所在。瑶家积年无他祸福。至太兴中,吴郡太守张懋,闻斋内床下犬声,求而不得。既而地坼,有二犬子。取而养之,皆死。其后懋为吴兴兵沈充所杀。《尸子》曰^④:"地中有犬,名曰地狼;有人,名曰无伤。"《夏鼎志》曰:"掘地而得狗,名曰贾;掘地而得豚,名曰邪;掘地而得人,名曰聚。聚,无伤也。此物之自然,无谓鬼神而怪之。然则贾与地狼,名异,其实一物也。"《淮南万毕》曰:"千岁羊肝,化为地宰;蟾蜍得苽^⑤,卒时为鹑。"此皆因气化以相感而成也。

〔注释〕

①娄县:古县名,秦置。治今江苏昆山东北。

②螾(yǐn):古同"蚓",蚯蚓。

③磨礧:亦作"磨垄",磨石。

④《尸子》:先秦杂家著作,鲁人尸佼著。全文早佚,后由唐代魏徵、清代惠栋、汪继培等辑成。

⑤苽(gū):同"菰"。多年生草本植物,生在浅水里,嫩茎称"茭白""蒋",可做蔬菜。果实称"菰米""雕胡米",可煮食。

〔译文〕

晋惠帝元康年间,吴郡娄县怀瑶在家中,忽然听见地下有隐约的狗叫声。仔细察看发出声音的地方,上面有个小洞,大小像蚯蚓的巢穴。怀瑶用棍子戳这个小洞,戳进去几尺深,发现里面有东西,便掘开泥土来看,得到两只小狗,一雄一雌,眼睛还没有睁开,身形比正常的狗要大一些。给它们喂食,它们就吃了。左邻右舍都前来观看。有老人说:"这是犀犬,得到它的人可以让家里兴旺昌盛,应该好好喂养。"因为小狗的眼睛还没睁开,所以怀瑶又把它们放回洞里,用磨盘盖好。过了不久,打开磨盘一看,上下左右都找不到洞穴,就不知道它们在哪里了。怀瑶家里多年来也没什么祸事发生。到了太兴年间,吴郡太守张懋,听到房间床下有狗叫声,找又找不到。不久土地裂开,有两只小狗出现在里面。张懋取出小狗喂养它们,结果都死了。后来张懋便被吴兴郡的士兵沈充杀了。《尸子》说:"地下有狗,名叫地狼;地下有人,名叫无伤。"《夏鼎志》说:"掘地得到狗,叫作贾;掘地得到猪,叫作邪;掘地得到人,叫作聚。聚,就是无伤。这些都是天然生成的东西，不要视作鬼神并觉得奇怪。不过贾与地狼，虽然名称不同，实际上却是同一种物体。"《淮南万毕》说："上千岁的羊肝，变化成为地宰；癞蛤蟆得到茭白，死时化为鹌鹑。"这都是因为阴阳之气的变化使它们互相感应形成的。

池阳小人

王莽建国四年①，池阳有小人景②，长一尺余，或乘车，或步行，操持万物，大小各自相称，三日乃止。莽甚恶之。自后盗贼日甚，莽竟被杀。《管子》曰③："涸泽数百岁，谷之不徙，水之不绝者，生庆忌。庆忌者，其状若人，其长四寸，衣黄衣，冠黄冠，戴黄盖，乘小马，好疾驰。以其名呼之，可使千里外一日反报。"然池阳之景者，或庆忌也乎？又曰："涸小水精，生蚔。蚔者，一头而两身，其状若蛇，长八尺。以其名呼之，可使取鱼鳖。"

〔注释〕

①建国：又称始建国，是新朝开国皇帝王莽的第一个年号（9—13）。

②池阳：古县名。汉惠帝四年（前191）置，以在池水之阳得名，治今陕西泾阳西北。汉时建有池阳宫。西晋、北朝曾先后为扶风国、咸阳郡治。北周建德中废。

③《管子》：旧题周管仲撰，二十四卷。但书中有言管仲以后之事，乃后人缀辑。原本八十六篇，今亡佚十篇。其注旧题房玄龄撰，但据《晁氏读书志》所载，则知乃尹知章所作。书中含儒、道、法、兵、阴阳、杂家等各家言论。

〔译文〕

王莽建国四年（12）的时候，池阳县出现了小人的影子，有一尺多长,有的乘车,有的步行,手里拿着各种各样的东西,东西的大小也都和小人的大小相称,这幅景象过了三天才消失。王莽非常嫌恶他们。从这以后,盗贼为患日益严重,王莽竟被暴动的起义者给杀死了。《管子》说:"干涸的湖泊经过几百年,山谷没有移位、水源没有断绝的,就会生出水怪庆忌。庆忌,形状像人,身长四寸,穿着黄衣,戴着黄帽,打着黄色的华盖,骑着小马,喜欢飞速奔驰。用这个名字叫他,能让他从千里之外当天返回。"这样说来,池阳县的小人影子,或许就是庆忌吧?《管子》又说:"干涸的河川中的小水怪,生出蚳。蚳长着一个脑袋两个身子,形状像蛇,身长八尺。用这个名字呼唤它,可以让它抓取鱼鳖。"

霹雳被格

晋扶风杨道和①,夏于田中,值雨,至桑树下。霹雳下击之,道和以锄格,折其股,遂落地,不得去。唇如丹,目如镜,毛角长三寸余,状似六畜,头似猕猴。

〔注释〕

①扶风:古郡名。三国魏改右扶风置,治槐里县(今陕西兴平东南)。属雍州。辖境约当今陕西永寿、礼泉、鄠邑区以西,秦岭以北地区。西晋移治池阳县(今陕西泾阳县西北)。北魏移治好畤县(今陕西乾县东)。

〔译文〕

晋朝扶风郡的杨道和,夏天在田间干活时遇上下雨,就到桑树下避雨。一个雷电怪物劈下来打他,杨道和就用锄头抵挡,把怪物的大腿打断了。于是怪物就掉到地上,无法离开。这个怪物唇若丹砂,眼如明镜,长着毛的角有三寸多长,形状像家畜,脑袋似猕猴。

貙虎化人

江汉之域①，有貙人②。其先，廪君之苗裔也③，能化为虎。长沙所属蛮县东高居民，曾作槛捕虎④。槛发，明日，众人共往格之，见一亭长，赤帻大冠⑤，在槛中坐。因问："君何以入此中?"亭长大怒曰："昨忽被县召，夜避雨，遂误入此中。急出我。"曰："君见召，不当有文书耶?"即出怀中召文书。于是即出之。寻视，乃化为虎，上山走。或云："貙，虎化为人，好著紫葛衣⑥，其足无踵。虎有五指者，皆是貙。"

〔注释〕

①江汉：长江和汉水的合称。
②貙(chū)：一种猛兽。形大如狗，毛纹似狸。《尔雅·释兽》："貙，似狸。"
③廪君：古代巴郡、南郡氏族首领名。后以之称其族。
④槛(jiàn)：圈兽类的栅栏。
⑤赤帻(zé)：赤色头巾。古代武士所服。
⑥葛衣：用葛布制成的夏衣。

〔译文〕

长江和汉水流域，有貙人。他们的祖先，是廪君的后代，能够变成老虎。长沙郡下属蛮县东高的居民，曾经做了栅栏捕虎。栅栏的机关被触发了，第二天，人们便一起去打虎，却看到一位亭长，包着红头巾，戴着大帽子，坐在栅栏中。于是人们便问道："您怎么到这里面来了。"亭长十分恼火地说："昨天我忽然被县里召见,夜里躲雨,就不小心跑到栅栏里了。赶快放我出去!"
人们又问:"您被召见,不应该有文书吗?"亭长就从怀里掏出受
召的文书,人们便把他放了出来。一会儿再看,他却变成了老
虎,跑到山上去了。有人说:"貙,从老虎变成人时,喜欢穿紫色
的葛布衣,脚上没有长脚后跟。长有五个指头的老虎,都是貙。"

猳国马化

　　蜀中西南高山之上,有物,与猴相类,长七尺,能作
人行。善走逐人,名曰"猳国",一名"马化",或曰"玃
猿"。伺道行妇女有美者,辄盗取将去,人不得知。若
有行人经过其旁,皆以长绳相引,犹故不免。此物能别
男女气臭,故取女,男不取也。若取得人女,则为家室。
其无子者,终身不得还。十年之后,形皆类之,意亦迷
惑,不复思归。若有子者,辄抱送还其家。产子皆如人
形。有不养者,其母辄死。故惧怕之,无敢不养。及长,
与人不异,皆以杨为姓。故今蜀中西南多诸杨,率皆是
猳国、马化之子孙也。

〔译文〕

　　蜀地西南部的高山上,有一种动物,长得像猴子,身高七尺,
能够像人一样直立行走。它们擅长奔跑追人,名叫"猳国"又
叫"马化",或者"玃猿"。看到路过的妇女有长得漂亮的就强抢
带走,没人知道它们会把人带到哪里。如果有路人经过它们身
边,拉长绳救她,也仍然不能幸免于难。这种动物能辨别男女气
息,所以只抢女人,不抢男人。如果抢到了女人,就把她当作妻
子。不生孩子的,终生不能回来。十年后,这些女人不但和它们

形体相似，神志也模糊不清，不再想回家。如果生了孩子，就被抱着送回家。这些生下的孩子都和人长得十分相像。如果人们拒绝抚养这些孩子，孩子的母亲就会被杀掉。所以百姓心中惧怕万分，没有敢不抚养的。等到这些孩子长大，和正常人没有什么区别，都把"杨"作为姓氏。所以现在蜀地西南部有很多姓杨的人，大概都是猳国、马化的子孙。

越地冶鸟

越地深山中有鸟，大如鸠，青色，名曰"冶鸟"。穿大树作巢，如五六升器，户口径数寸，周饰以土垩[1]，赤白相分，状如射侯[2]。伐木者见此树，即避之去。或夜冥不见鸟，鸟亦知人不见，便鸣唤曰："咄[3]，咄，上去。"明日便宜急上。"咄，咄，下去。"明日便宜急下。若不使去，但言笑而不已者，人可止伐也。若有秽恶及其所止者，则有虎通夕来守，人不去，便伤害人。此鸟白日见其形，是鸟也；夜听其鸣，亦鸟也；时有观乐者[4]，便作人形，长三尺，至涧中取石蟹，就火炙之，人不可犯也。越人谓此鸟是越祝之祖也[5]。

〔注释〕

①垩：通"垩"，白色泥土。
②射侯：箭靶。
③咄：表示惊怪或呵斥。
④观乐：观赏玩乐。
⑤祝：祭祀时司礼仪的人。

越地深山中有一种鸟,大如鸠鸟,羽毛青色,名叫"冶鸟"。它们在大树上打洞做巢,形状像五六升的容器,洞口有数寸宽,周围用泥土加以涂饰,颜色红白相间,图案如同箭靶。伐木的人看见这种树,就避开离去。有时天黑了人看不见鸟,鸟也知道人看不见它,就叫唤道:"咄,咄,上去。"明天就适合赶快上山伐木。如果叫唤道:"咄,咄,下去。"明天就应该赶快下山伐木。如果那鸟不让离开,只是不停谈笑,那么人们就应当停止砍伐。如果有污秽恶浊的东西沾到它栖息的地方,就会有老虎来通宵守候,人要是不离开,老虎就会伤人。这种鸟,白天看见它的形状是鸟;夜里听见它的叫声也是鸟;有时候它们外出观赏游乐,便化成人的模样,有三尺来高,到山洞中抓取石蟹,放在火上烤着吃,这时人们不能去触犯它们。越地的人说这种鸟是越国巫祝的祖先。

鲛 人

南海之外①,有鲛人,水居如鱼,不废织绩②。其眼泣则能出珠。

〔注释〕

①南海:泛指南方海域。
②织绩(jì):织布与缉麻。指纺绩织布等女工之事。

〔译文〕

南海外的大海中,生活着鲛人,他们像鱼一样住在水中,不停地纺绩织布。哭泣的时候,眼中泪会变成珍珠。

大青小青

庐江皖、枞阳二县境上^①，有大青小青居，山野之中，时闻哭声，多者至数十人，男女大小，如始丧者。邻人惊骇，至彼奔赴，常不见人。然于哭地必有死丧。率声若多则为大家，声若小则为小家。

〔注释〕

①庐江皖、枞阳二县境上：在庐江郡皖、枞阳二县的边界上。皖，一作皖。皖县，西汉置，属庐江郡。治所即今安徽潜山县。东汉建安末为庐江郡治。西晋永嘉末废。枞阳，西汉置，属庐江郡。治所在今安徽枞阳县。东汉省。西晋曾复置。

〔译文〕

在庐江郡皖、枞阳二县的边界上，居住着大青、小青，在荒郊野外，不时可以听见哭声，多的时候有几十个人，里面男女老幼都有，好像谁家有人去世。住在附近的人非常惊惧，连忙跑到那里，却经常看不见人影。然而在哭的地方肯定会有丧葬之事发生。一般说来，如果哭声多，那就是大户人家死了人，哭声小就是小户人家死了人。

卷十二

澧 泉

泰山之东,有澧泉①,其形如井,本体是石也。欲取饮者,皆洗心志,跪而挹之②,则泉出如飞,多少足用。若或污漫,则泉止焉。盖神明之尝志者也。

〔注释〕

①澧(lǐ)泉:甘美的泉水。澧,通"醴"。

②挹(yì):舀,把液体盛出来。

〔译文〕

泰山的东边有澧泉,形状像口井,本体是石头。想要取泉水饮用的人,都必须涤荡心志、心怀敬意,跪着去舀它,这样泉水就会飞涌而出,分量足够让人使用。如果有人心地污秽不堪,那么泉水就会停止涌流。这大概是神灵在测试人心吧。

二华之山

二华之山①,本一山也。当河,河水过之而曲行。河神巨灵,以手擘开其上,以足蹈离其下,中分为两,以利河流。今观手迹于华岳上,指掌之形具在。脚迹在首阳山下②,至今犹存。故张衡作《西京赋》所称"巨灵赑屃,高掌远迹,以流河曲"③,是也。

〔注释〕

　　①二华之山:指太华、少华二山。
　　②首阳山:山名。一称雷首山,相传为伯夷、叔齐采薇隐居之处。
　　③张衡(78—139):东汉科学家、文学家。字平子,河南南阳西鄂(今河南南阳石桥镇)人。通《五经》、六艺。安帝、顺帝时两任太史令,后又拜侍中、河间相。精通天文、阴阳、历算,创制浑天仪和候风地动仪。又善文学和经学,著有《二京赋》《应间》《思玄赋》《周官训诂》《灵宪》等文。

〔译文〕

　　太华山和少华山,本来是一座山,正对着黄河,黄河水经过它时只能绕道而行。黄河之神巨灵,用手劈开山顶,用脚蹬开山麓,把这座山平分成两座,以便黄河能够向前奔流。现在华山上还能看到河神的手印,手指、手掌的形状历历在目。河神巨灵的脚印留在首阳山下,至今尚存。所以张衡作《西京赋》说"巨灵气力雄浑,高处有他掌印,远方有他脚印,他让黄河弯曲流前",指的就是这件事。

霍山镬

　　汉武徙南岳之祭于庐江灊县霍山之上①,无水。庙有四镬,可受四十斛。至祭时,水辄自满,用之足了,事毕即空。尘土树叶,莫之污也。积五十岁,岁作四祭。后但作三祭,一镬自败。

①灊县霍山:灊县的霍山上。灊(qián)县,故城在今安徽霍山县东北三十里,今潜山县。霍山,即今安徽霍山县南天柱山。郝懿行《尔雅义疏》:"霍山在今庐江灊县,潜水出焉。别名天柱山。汉武帝以衡山辽旷,故移其神于此。今其土俗人皆呼之为南岳。"

〔译文〕

汉武帝把南岳的祭祀从衡山迁到庐江郡灊县的霍山上。山上没有水源便在庙里准备了四口大锅,可以容纳四十斛水。等到祭祀的时候,锅里的水总会自己满起来,用这些水也就够了,祭祀完毕后锅里的水就会自动消失。尘土树叶,没有什么能弄脏它的。这样过了五十年,每年都做四次祭祀。后来只能做三次祭祀,因为一只锅朽坏了。

樊山火

樊口之东①,有樊山。若天旱,以火烧山,即至大雨。今往往有验。

〔注释〕

①樊口:在湖北鄂州西北。因当樊港入江之口得名。

〔译文〕

樊口的东边有座樊山。如果天降旱灾,只要放火烧山,就会降下大雨。现在这么做还能经常应验。

孔 窦

徵在生孔子空桑之地①，今名为孔窦，在鲁南山之穴。外有双石，如桓楗起立②，高数丈。鲁人弦歌祭祀。穴中无水，每当祭时，洒扫以告，辄有清泉自石间出，足以周事。既已，泉亦止。其验至今存焉。

〔注释〕

①徵在生孔子空桑之地：颜徵在在空桑山生下了孔子。徵在，颜徵在，也作颜徵，孔子的母亲。有版本此句"空桑之地"前无"徵在生孔子"。

②桓楗：古代天子、诸侯葬时下棺所植的大柱子。柱上有孔，穿索悬棺以入墓穴。

〔译文〕

颜徵在在空桑山生下了孔子，现在那个地方叫作孔窦，位于鲁国南山的洞穴中。洞穴外面有两块石头，好像两根柱子一样耸立着，有好几丈高。鲁国人就在那儿弹唱祭祀。洞中没有水源，每当祭祀的时候，人们只要洒水扫地并加以祷告，就会有清澈的泉水从石头中间流出来，分量足够用来备办祭祀。等到祭祀完毕，泉水就会自行停止，不再流出。这样的应验到现在还存在着。

湘 穴

湘穴中有黑土①，岁大旱，人则共壅水以塞此穴②，穴淹则大雨立至。

①湘:指湘东郡,《太平御览》引作"湘东新平县有龙穴",此郡三国吴太平二年(257)置,治所在酃县(今湖南衡阳东),以在湘水之东而得名。

②壅(yōng)水:因水流受阻而产生的水位升高现象。

〔译文〕

湘东郡的一个洞穴中有黑色的土壤,遇到大旱,人们就一起堵住水道来灌溉这个洞穴,洞穴被淹没后,大雨会立刻从天而降。

龟化城

秦惠王二十七年①,使张仪筑成都城②,屡颓。忽有大龟浮于江,至东子城东南隅而毙③。仪以问巫。巫曰:"依龟筑之。"便就。故名"龟化城"。

〔注释〕

①秦惠王(前356—前311):战国时秦国君。名驷,秦孝公之子。即位后杀商鞅,继续推行新法。

②张仪(?—前310):战国时魏国贵族后裔。秦惠文君十年(前328),任秦相,封武信君。执政时采用连横策略,迫魏献上郡,辅秦惠文君称王,游说各国服从秦国,瓦解齐楚联盟,夺取楚汉中地。秦武王即位,他入魏为相,不久去世。

③子城:大城所属的小城,即内城及附郭的瓮城或月城。

〔译文〕

秦惠王二十七年(前311),秦王派张仪修建成都城,城墙屡次倒塌。忽然有只巨大的乌龟浮出江面,漂到东边内城的东南角就死了。张仪拿这件事去询问巫祝。巫祝说:"依据乌龟漂浮的线路来筑城。"于是城墙便筑成了,所以这座城市被命名为"龟化城"。

长水县

由拳县,秦时长水县也。始皇时,童谣曰:"城门有血,城当陷没为湖。"有妪闻之,朝朝往窥。门将欲缚之①,妪言其故。后门将以犬血涂门,妪见血,便走去。忽有大水欲没县。主簿令干入白令。令曰:"何忽作鱼?"干曰:"明府亦作鱼②。"遂沦为湖。

〔注释〕

①门将:看守城门的官吏。
②明府:县令。

〔译文〕

由拳县,就是秦朝时的长水县。秦始皇时,有童谣说:"城门一旦染上血迹,城池就会下陷成为湖泊。"有个老妇人听到后,天天过去察看。守城官吏要逮捕她,她就说明了原因。后来守城的人把狗血涂在城门上,老妇人看见血后,便奔跑着离开了。忽然有洪水涌来要淹没这座县城,主簿令干进县衙报告县令。县令说:"你为什么变成了鱼?"令干说:"您也变成了鱼。"于是县城沉没,变成了湖泊。

马邑城

秦时筑城于武周塞内①,以备胡。城将成而崩者数焉。有马驰走,周旋反复。父老异之。因依马迹以筑城,城乃不崩,遂名"马邑"②。

〔注释〕

①武周塞:古代军事要塞名,因武周山得名,《太平寰宇记》卷51:"武周山在(雁门)郡西北。"武周山,一名武州山,在今山西大同西。

②马邑:古县名。秦置,治今山西朔州,西晋永嘉中废。《晋书·地理志》:"马邑县属雁门郡。"

〔译文〕

秦朝时,曾在武周塞内建城,用来抵御匈奴侵略。城墙却好几次都在快要建成的时候崩塌了。这时有匹快马飞驰而过,反复不停地绕着圈奔跑。管事的老人觉得奇怪,就按照马跑的痕迹来筑城,于是城墙不再崩塌,县城则被命名为"马邑"。

劫 灰

汉武帝凿昆明池①,极深,悉是灰墨,无复土。举朝不解,以问东方朔。朔曰:"臣愚,不足以知之。可试问西域人。"帝以朔不知,难以移问。至后汉明帝时,西域道人入来洛阳②。时有忆方朔言者,乃试以武帝时灰墨问之。道人云:"经云:'天地大劫将尽则劫烧③。'此劫烧之余也。"乃知朔言有旨。

〔注释〕

　①昆明池:位于陕西长安西南,汉武帝时所凿,今已干涸。
　②道人:僧侣的旧称。
　③劫烧:佛教谓世界毁灭时的大火灾。

〔译文〕

　　汉武帝开凿昆明池,挖到极深的地方,里面都是暗黑色的灰烬,不再有土壤。文武百官都不清楚原因,汉武帝就拿这个问题来询问东方朔。东方朔说:"臣下天性愚钝,不足以知道因由。可以试着问西域来的人。"汉武帝因为东方朔都不知道原因,难以再去转问他人。到了东汉明帝时期,有个西域僧人来到洛阳。当时有人回想起东方朔说的话,就试着用汉武帝时出现灰烬的事来问他。僧人说:"佛经上说:'天地在大劫将要结束的时候,会燃起毁灭世界的大火。'那些灰烬是大火燃烧过后的余烬。"人们这才知道东方朔话里的意思。

丹砂井

　　临沅县有廖氏,世老寿。后移居,子孙辄残折①。他人居其故宅,复累世寿。乃知是宅所为,不知何故。疑井水赤,乃掘井左右,得古人埋丹砂数十斛。丹汁入井,是以饮水而得寿。

〔注释〕

　①残折:夭折。

〔译文〕

临沅县有户人家姓廖,世代长寿。后来他们搬走了,子孙就总是夭折。其他人住进他们的旧宅,又世代长寿。人们这才知道长寿是房子的原因,但不知道具体是什么东西造成的。后来有人疑惑井水是红色的,就把周围的土壤全都挖开,得到古人埋藏的几十斛朱砂。朱砂的汁液渗进井里,所以喝了井水就能长寿。

余 腹

江东名余腹者,昔吴王阖间江行①,食脍有余,因弃中流,悉化为鱼。今鱼中有名吴王脍余者,长数寸,大者如箸,犹有脍形。

〔注释〕

①阖间:春秋末吴的国君,名光。他用专诸刺杀吴王僚而自立。曾伐楚入郢(今湖北江陵西北),后在檇李(今浙江嘉兴西南)为越王勾践所败,重伤而死。

〔译文〕

江东有种名叫"余腹"的鱼,传说是过去吴王阖间在长江中行船的时候,将吃剩下的肉块扔进水中,这些肉块便都变成了鱼。现在鱼里有种叫"吴王脍余"的,有几寸长,大的有筷子大小,身体还保留着肉块的形状。

木蠹

木蠹生虫,羽化为蝶。

〔译文〕

木头蛀坏了就生出虫子,虫子长出翅膀就变成了蝴蝶。

典论刊石

昆仑之墟,地首也①。是惟帝之下都②,故其外绝以弱水之深,又环以炎火之山。山上有鸟兽草木,皆生育滋长于炎火之中,故有火浣布③。非此山草木之皮枲④,则其鸟兽之毛也。汉世,西域旧献此布,中间久绝。至魏初时,人疑其无有。文帝以为火性酷烈⑤,无含生之气,著之《典论》⑥,明其不然之事,绝智者之听。及明帝立,诏三公曰:"先帝昔著《典论》,不朽之格言。其刊石于庙门之外及太学,与石经并⑦,以永示来世。"至是西域使人献火浣布袈裟,于是刊灭此论,而天下笑之。

〔注释〕

①地首:古人谓大地的头颅。指地的最高处。多指昆仑山。

②下都:神话传说指上帝在人间所住的都城。

③火浣布:指以石棉织成,能耐火去污的布。

④皮枲(xǐ):树皮表层纤维。枲,麻类植物的纤维。

⑤文帝(187—226):魏文帝曹丕。字子桓,魏武帝之子。建安二十五年(220)代汉即帝位,在位七年。性好文学,博闻强识,作有《典论》及诗赋函札百余篇。卒谥文帝。

⑥《典论》：最早的文艺理论批评专著。三国时代曹丕所著，写于曹丕做魏太子时期，原有二十二篇，后大都亡佚，只存《自叙》《论文》《论方术》三篇。

⑦石经：石刻的经书。始于汉平帝元始元年(1)，此后历代都有石经，如熹平石经、正始石经、开成石经等。今可考见其文字者，以熹平石经为最早。

〔译文〕

昆仑山，宛如大地的头颅。它是天帝设在下界的都城，所以外围用深不见底的弱水隔绝，又用火焰山加以环绕。火焰山上有鸟兽草木，都在烈火中繁殖生长，所以那里出产火浣布。这种布不是用火焰山上草木的外皮纤维织成，就是用山上鸟兽的皮毛编就。汉朝的时候，西域曾经进献过这种布，中间停了一段时间，这种布在中国就绝迹了。到了曹魏初年，人们已经怀疑这种布是否存在。魏文帝认为火的性质严酷暴烈，不含生气，便著《典论》坚称火浣布是不存在的事物，以此来阻绝智者的偏听。到了魏明帝即位的时候，他下诏给三公说："先帝曾经著述的《典论》，是不朽的格言。它将被刻在太庙门外和太学的石碑上，同石经并列，以便永远昭示后人。"就在这时，西域派人献上了火浣布做的袈裟，于是皇帝便删除了这番论断，天下人都把这件事当作笑柄。

金　燧

夫金之性一也，以五月丙午日中铸，为阳燧①；以十一月壬子夜半铸，为阴燧②。

〔注释〕

①阳燧:古代用铜制作的利用太阳取火的镜子形状器具。《古今注》:"阳燧,以铜为之,形如镜,照物则影倒,向日则火生,以艾承之则火出矣。"

②阴燧:古代在月下承接露水以供祭祀的器具。《淮南万毕术》:"方诸形若杯,无耳。以五石合冶。"

〔译文〕

铜的性质是恒定的,但在五月丙午日正午时分铸造,会变成阳燧;在十一月壬子日子夜时分铸造,会变成阴燧。

焦尾琴

汉灵帝时,陈留蔡邕①,以数上书陈奏,忤上旨意,又内宠恶之,虑不免,乃亡命江海,远迹吴会②。至吴,吴人有烧桐以爨者③,邕闻火烈声,曰:"此良材也。"因请之,削以为琴,果有美音。而其尾焦,因名"焦尾琴"。

〔注释〕

①蔡邕(132—192):字伯喈,东汉陈留人。博学,工辞章,天文、术数、书画、琴艺皆精,创飞白书,熹平四年(175),奏定《六经》文字,以隶书四十六碑立于太学门外,是为熹平石经。后董卓专政,累迁为左中郎将,故也称为"蔡中郎"。卓死,被王允所捕,死于狱中。著有《独断》《蔡中郎集》。

②吴会:秦汉会稽郡治在吴县,郡县连称为吴会;东汉分会稽郡为吴郡、会稽郡,并称吴会。后亦泛称此两郡故地为吴会。

③桐:梧桐。落叶乔木。种子可食。亦可榨油,供制皂或润滑油用。木质轻而韧,可制家具及乐器。古代以为是凤凰栖止之木。

〔译文〕

　　汉灵帝时,陈留郡的蔡邕,因为多次上书陈述政见,忤逆了皇帝的旨意,加上得宠的宦官憎恨他,想到自己难免遭到迫害,就流亡江湖,远游吴郡、会稽。来到吴郡时,吴郡人有用梧桐木烧火做饭的,蔡邕听见木头燃烧的声音,说:"这是块良材啊!"于是将这块桐木讨来,削制成琴,果然弹出了优美动听的声音。又因为尾部曾被烧焦,所以这把琴被命名为"焦尾琴"。

柯亭竹

　　蔡邕尝至柯亭①,以竹为椽②。邕仰眄之,曰:"良竹也。"取以为笛,发声辽亮。一云邕告吴人曰:"吾昔尝经会稽高迁亭,见屋东间第十六竹椽,可为笛。取用,果有异声。"

〔注释〕

　　①柯亭:又名高迁亭,在今浙江绍兴西南,以产良竹著名。
　　②椽(chuán):放在檩上架着屋顶的木条。

〔译文〕

　　蔡邕曾经来到柯亭,当地人用竹子做屋椽。蔡邕抬头打量椽子说:"这是根好竹子啊!"于是把竹竿拿下来做成竹笛,吹出的声音高远嘹亮。另一种说法是,蔡邕对吴郡的人说:"过去我曾经路过会稽郡高迁亭,看见东边房子第十六根竹椽可以制成笛子。拿下来制作成竹笛后,音色果然奇异动听。"

卷十三

蒙双氏

昔高阳氏[①]，有同产而为夫妇[②]，帝放之于崆峒之野，相抱而死。神鸟以不死草覆之，七年，男女同体而生，二头，四手足，是为蒙双氏。

〔注释〕

①高阳氏：颛顼，五帝之一。

②同产：同母所生。

〔译文〕

古代高阳氏统治时期，有同母所生的人结成夫妻，颛顼就把他们流放到崆峒山边的原野上，两个人互相拥抱着死了。神鸟用不死草覆盖住他们，七年后，他们两人长在同一个身体上复活了，有两个头，四只手，四只脚，这就是蒙双氏。

盘 瓠

高辛氏，有老妇人居于王宫，得耳疾历时。医为挑治，出顶虫[①]，大如茧。妇人去后，置以瓠篱，覆之以盘，俄尔顶虫乃化为犬，其文五色，因名"盘瓠"，遂畜之。时戎吴强盛，数侵边境。遣将征讨，不能擒胜。乃募天下有能得戎吴将军首者，购金千斤，封邑万户，又赐以少女。后盘瓠衔得一头，将造王阙。王诊视之，即是戎吴。为之奈何？群臣皆曰："盘瓠是畜，不可官秩[2]，又不可妻。虽有功，无施也。"少女闻之，启王曰："大王既以我许天下矣。盘瓠衔首而来，为国除害，此天命使然，岂狗之智力哉？王者重言，伯者重信，不可以女子微躯，而负明约于天下[3]，国之祸也。"王惧而从之。令少女从盘瓠。盘瓠将女上南山，草木茂盛，无人行迹。于是女解去衣裳，为仆竖之结，著独力之衣，随盘瓠升山入谷，止于石室之中。王悲思之，遣往视觅，天辄风雨，岭震云晦，往者莫至。

盖经三年，产六男六女。盘瓠死后，自相配偶，因为夫妇。织绩木皮，染以草实，好五色衣服，裁制皆有尾形。后母归，以语王，王遣使迎诸男女，天不复雨。衣服褊褳，言语侏[4]，饮食蹲踞[5]，好山恶都。王顺其意，赐以名山广泽，号曰"蛮夷"。蛮夷者，外痴内黠，安土重旧，以其受异气于天命，故待以不常之律。田作贾贩，无关缔、符传、租税之赋[6]；有邑君长，皆赐印绶；冠用獭皮，取其游食于水。今即梁、汉、巴、蜀、武陵[7]、长沙、庐江郡夷是也。用糁杂鱼肉[8]，叩槽而号，以祭盘瓠，其俗至今。故世称"赤髀横裙[9]，盘瓠子孙。"

〔注释〕

①顶虫:古代传说中生于头颅的虫。

②官秩:授予官职。

③明约:盟约。明,通"盟"。

④侏:形容方言、少数民族或外国的语言文字怪异,难以理解。

⑤蹲踞:两膝弯曲,脚底和臀部着地蹲坐着。

⑥无关缟、符传、租税之赋:不需要交验凭证与符节,也不需要缴纳租税。缟(rú),古时用帛制成的出入关卡的凭证。符传,古代符信之一。用于出入门关。

⑦武陵:郡名,西汉置,初治义陵(今怀化市溆浦县),后移临沅(今常德市武陵区)。《汉书·地理志》:"武陵郡,高帝置,莽曰建平。属荆州。县十三。"

⑧糁:方言,煮熟的米粒;谷类制成的小楂。

⑨赤髀(bì):以赤色涂染股部。相传为古代南方蛮夷族的一种习俗。

〔译文〕

高辛氏帝喾的时候,有个老妇人住在王宫里,耳朵患病已经很久了。医生为她挑挖治疗,挑出了一只顶虫,大小如同蚕茧。老妇人离开后,医生便把它放在瓠瓢中,再用盘子盖住,不久顶虫就变化成为一条狗,身上有五彩的花纹,于是被命名为"盘瓠",并将其饲养。当时戎吴部落力量强盛,屡次侵犯边境。国君派兵遣将前往讨伐,总是不能擒贼获胜。于是就向全国招募能取得戎吴将军首级的人,赏金千斤,城邑万户,还要把自己的小女儿嫁给他。后来盘瓠衔着一个人头,叼到王宫门外。国君仔细察看后,发现正是戎吴将军的人头,便问各位大臣道:"这件事该怎么处理呢?"所有大臣都说:"盘瓠是牲畜,不能赐它官职,也不能给它娶妻。虽然有功劳,但却无法施行奖赏。"国君的小女儿听说这件事后,禀告国王说:"大王已经在天下众人面前把我许诺出去了。盘瓠叼着首级前来,为国家除去了祸害,是上天让它做成了这件事,哪里靠的是狗的智慧和力量呢?称王的人重视诺言,称霸的人讲究信用,您不能因为我微陋的身躯,在天下人面前违背盟约,这是国家的灾祸啊!"国王害怕了,因而听从了女儿的话,让她跟着盘瓠。盘瓠带着她登上南山,山上草木茂盛,没有行人的足迹。于是国王的女儿就脱去宫廷华服,梳着奴仆的发髻,穿上便于干活的衣服,跟随盘瓠登高山进深谷,最后在石洞中定居下来。国王很悲伤,总是想念自己的女儿,就派人前去察看寻觅,但上天总是降下风雨,山岭震动,云气晦暗,去的人没有一个能到达的。

　　大概过了三年,国王的女儿生下六个男孩和六个女孩。盘瓠死了以后,六对儿女互相结成配偶,成了夫妻。他们用树皮纺织,用草籽染色,喜欢穿色彩斑斓的衣服,裁制的衣服都有尾巴的形状。后来他们的母亲回去了,将自己的经历及现状都告诉了国王,国王便派出使者来迎接这六对男女,这次上天终于不再下雨了。这些人穿着色彩斑斓的衣服,说起话来怪异难懂,吃喝的时候总是蹲着,喜欢山林野外,厌恶都市城邑。国王顺从他们的意愿,赐给他们名山大泽,称呼他们为"蛮夷"。蛮夷人,外表看上去痴呆蠢笨,实际上却聪慧狡诈,他们留恋故土,不轻易改变旧俗。因为他们从上天那里禀受了特殊的气质,所以国王不用平常的律法来约束他们。无论是种田还是经商,他们出入关隘都不需要交验凭证与符节,也不需要缴纳租税;凡是拥有城邑的首领,都赐给印信绶带;他们的帽子是用水獭皮做成的,取义于他们像水獭一样在江河中游泳和寻找食物。今天的梁州、汉中郡、巴郡、蜀郡、武陵郡、长沙郡、庐江郡等地的蛮夷就是这样。他们把米饭和鱼肉混在一起,敲着食槽喊叫着,用这种方式来祭祀盘瓠,这种风俗一直流传到了今天。所以现在的人都说:"把大腿涂红,系着短裙的,就是盘瓠的子孙。"

夫余王

槁离国王侍婢有娠,王欲杀之,婢曰:"有气如鸡子,从天来下,故我有娠。"后生子,捐之猪圈中,猪以喙嘘之;徙至马枥中,马复以气嘘之;故得不死。王疑以为天子也,乃令其母收畜之,名曰"东明"①。常令牧马。东明善射,王恐其夺己国也,欲杀之。东明走,南至掩施水②,以弓击水,鱼鳖浮为桥,东明得渡。鱼鳖解散,追兵不得渡。因都王夫余③。

〔注释〕

①东明:朱蒙,高句丽建国始祖东明王。

②掩施水:今流经吉辽两省的鸭绿江支流浑江。

③夫余:古国名。汉代夫余族所建。在今东北地区。《后汉书·东夷传·夫余》:"夫余国,在玄菟北千里。南与高句丽,东与挹娄,西与鲜卑接。"

〔译文〕

高丽国国王的侍女怀孕了,国王要杀了她,侍女说:"有一团鸡蛋大小的气体,从天上降落入我身体,所以我才会怀孕。"后来她生下一个男孩,把他扔到猪圈里,猪就用嘴给他哈气取暖;把他扔到马厩里,马又给他哈气取暖;所以男孩才得以不死。国王怀疑他是上天的儿子,就命令他母亲把他收养起来,为他取名为"东明"。经常让他去牧放马匹。东明擅长射箭,国王怕他夺走自己的江山,想要除掉他。东明逃走了,他向南逃到掩施水水边,用弓弩拍打水面,鱼鳖便浮出水面架成桥梁,让他得以渡河而去。随后鱼鳖散去,追兵无法过河。于是东明便在夫余这个地方建都称王。

鹄苍衔卵

古徐国宫人,娠而生卵,以为不祥,弃之水滨。有犬名"鹄苍",衔卵以归,遂生儿,为徐嗣君①。后鹄苍临死,生角而九尾,实黄龙也。葬之徐里中。见有狗垄在焉。

〔注释〕

①嗣君:继位的国君。

〔译文〕

古徐国的一名宫女,怀孕后生下一枚卵,她认为不吉利,就把卵扔在水边。有条狗名叫"鹄苍",把卵叼了回去,于是卵裂开,生了个儿子,就是徐国国君的继任者。后来鹄苍临死时,长出尖角和九条尾巴,原来它其实是条黄龙。人们把它葬在徐国乡间。现在还能在那里看见狗的坟墓。

谷乌菟

斗伯比父早亡①,随母归,在舅姑之家。后长大,乃奸妳子之女,生子文。其妳子妻,耻女不嫁而生子,乃弃于山中。妳子游猎,见虎乳一小儿,归与妻言。妻曰:"此是我女与伯比私通,生此小儿。我耻之,送于山中。"妳子乃迎归养之,配其女与伯比。楚人因呼子文为谷乌菟②。仕至楚相也③。

〔注释〕

①斗伯比:芈姓,斗氏,名伯比,亦名熊伯比,春秋时期楚国君主熊仪的幼子,斗邑人。斗氏鼻祖,楚国第一位令尹。

②楚人因呼子文为谷乌菟:于是楚国人称子文为"谷乌菟"。子文,斗伯比之子,芈姓,字子文。斗邑人,楚国令尹,春秋时期著名的政治家、思想家。谷乌菟,由老虎哺乳长大的人。古时楚国人把喂奶叫作谷,把老虎叫作乌菟。

③楚相:楚国的宰相称令尹,位居百官之首,掌全国军政,相当于别国的丞相、相国。

〔译文〕

斗伯比的父亲很早就死了,他就跟着母亲回家,住在外公外婆家里。后来长大了,便和妳子的女儿私通,生下了子文。妳子的妻子觉得女儿未婚生子是件丢脸的事,便把子文丢到山里。妳子外出打猎,看见老虎给一个小孩喂奶,回家后就和妻子说了这件事。妻子说:"这是我们女儿和斗伯比私通生下的孩子。我觉得丢脸,就把他送到了山里。"妳子于是把孩子接回来抚养,并把女儿嫁给了斗伯比。因此楚国人称子文为"谷乌菟"。后来子文做官做到了楚国令尹。

齐无野

齐惠公之妾萧同叔子[1]，见御有身。以其贱，不敢言也。取薪而生顷公于野[2]，又不敢举也。有狸乳而鹯覆之[3]，人见而收，因名曰"无野"。是为顷公。

〔注释〕

①齐惠公（？—前 599）：名元，齐桓公之子，春秋时期齐国君主。公元前 609 年，懿公被杀，齐人将他从卫迎回即位。次年击败长狄进攻，诛其酋长。

②顷公（？—前 582）：名无野，齐惠公之子，春秋时期齐国君主。顷公七年（前 592），其母萧同叔子耻笑晋使郤克足跛，与晋结怨。十年（前 589），齐晋发生鞌之战，齐大败。后顷公励精图治，国势转兴。

③鹯（zhān）：鹞类猛禽。亦称"晨风"。

〔译文〕

齐惠公的妾氏萧同叔子，受到宠信后有了身孕。因为她身份卑贱，所以不敢对外声张。后来拿了些柴草在野外生下了顷公，却又不敢抚养他。这时，有只野狸过来给小孩哺乳，还有只鹯鸟覆在小孩身上为他取暖，有人看见后便把他收养了，并因此为他起名为"无野"。这个小孩就是齐顷公。

袁　钏

袁钏者，羌豪也。秦时，拘执为奴隶，后得亡去。秦人追之急迫，藏于穴中。秦人焚之，有景相如虎，来为蔽，故得不死。诸羌神之，推以为君。其后种落炽盛[1]。

〔注释〕

①种落:种族部落。

〔译文〕

袁钌,是羌族的首领。秦朝的时候,被人抓住当了奴隶,后来得以逃脱。秦国人追他追得十分紧迫,他就躲进洞穴里面。秦国人要放火烧死他,有个像老虎似的影像过来为他遮挡,他才得以不死。羌族各个部落的人把他当成神灵,推举他做君主。后来他所统领的部落日益繁盛兴旺。

嫦　娥

羿请无死之药于西王母①,嫦娥窃之以奔月②。将往,枚筮之于有黄③。有黄占之曰:"吉。翩翩归妹④,独将西行。逢天晦芒,毋恐毋惊,后且大昌。"嫦娥遂托身于月,是为蟾蠩⑤。

〔注释〕

①羿:唐尧时的射师。

②嫦娥:又作"姮娥"。传说中后羿的妻子,后从人间飞升到月亮。

③枚筮:指不告其事而占卜吉凶。

④归妹:《易》卦名。六十四卦之一。兑为少女,故谓妹,以嫁震男,故称"归妹"。

⑤蟾蠩(zhū):蟾蜍。

　　羿从西王母那里求得了不死神药,嫦娥偷吃神药后,飞奔去了月亮。将要离开的时候,她到巫师有黄那里去占卜。有黄占到了"归妹"卦,便根据卦象说:"吉利。嫁出去的少女,轻快地飞翔,独自一人,将要奔往西方。正好遇上天色昏暗,不要恐惧,不要惊慌,以后将会如意兴昌。"于是嫦娥便栖身在月亮上,就是月亮上的蟾蜍。

怪　草

　　舌堆山^①,帝之女死^②,化为怪草,其叶郁茂,其华黄色,其实如兔丝^③。故服怪草者,恒媚于人焉。

〔注释〕

　　①舌堆(duò)山:《山海经》作"姑瑶之山"。
　　②帝之女:指瑶姬。《水经注》:"宋玉所谓天帝之季女,名曰瑶姬。"《襄阳耆旧传》说瑶姬是"赤帝女"。
　　③兔丝:菟丝的别称。蔓生,茎细长,缠络于其他植物上。花淡红色。子可入药。

〔译文〕

　　舌堆山,天帝的女儿死在那儿,变成了怪草,草的叶子郁郁葱葱,花呈黄色,果实像菟丝子。所以服食怪草的人,总是比别人更加妩媚。

兰岩山鹤

　　荥阳县南百余里,有兰岩山,峭拔千丈。常有双鹤,素羽皦然①，日夕偶影翔集。相传云："昔有夫妇，隐此山数百年，化为双鹤，不绝往来。忽一旦，一鹤为人所害，其一鹤，岁常哀鸣。至今响动岩谷，莫知其年岁也。"

〔译文〕

　　荥阳县往南一百多里，有座兰岩山，挺拔峻峭，高达千丈。山上曾有一双白鹤，羽毛洁白明亮，日夜飞翔，形影不离。人们传言说："从前有对夫妻，在这座山中隐居了好几百年，化成一对白鹤，不停地飞来飞去。忽然有一天，一只白鹤被人杀害了，剩下的那只终年都会发出悲鸣。到今天它的声音还能震彻山谷，没有人知道它究竟活了多少年。"

毛衣女

　　豫章新喻县男子①，见田中有六七女，皆衣毛衣。不知是鸟。匍匐往，得其一女所解毛衣，取藏之。即往就诸鸟。诸鸟各飞去，一鸟独不得去，男子取以为妇，生三女。其母后使女问父，知衣在积稻下，得之，衣而飞去。后复以迎三女，女亦得飞去。

〔注释〕

①新喻县：旧县名。在今江西新余南。

[译文]

豫章郡新喻县的一个男子,看见田间有六七个女子,都穿着羽毛做的衣服,不知道她们是鸟。他匍匐着爬过去,抓住其中一个女子脱下来的羽衣,拿走藏了起来。接着走近变成女子的鸟群。所有鸟儿都各自飞走了,只有一只不能飞走,男子就娶了她作为妻子,生下三个女儿。后来她让女儿询问父亲,才知道衣服就藏在稻草垛底下,找到衣服后,便穿上飞走了。后来她又前来接三个女儿,女儿们也都飞走了。

怪老翁

汉献帝建安中,东郡民家有怪。无故瓮器自发,訇訇作声[1],若有人击。盘案在前,忽然便失。鸡生子,辄失去。如是数岁,人甚恶之。乃多作美食,覆盖,著一室中。阴藏户间,窥伺之。果复重来,发声如前。闻便闭户,周旋室中,了无所见。乃暗以杖挝之,良久,于室隅间有所中,便闻呻吟之声曰:"哊,哊,宜死。"开户视之,得一老翁,可百余岁,言语了不相当,貌状颇类于兽。遂行推问,乃于数里外得其家,云:"失来十余年。"得之哀喜。后岁余,复失之。闻陈留界复有怪如此,时人咸以为此翁。

[注释]

①訇訇(hōng):形容巨大声响。

〔译文〕

汉献帝建安年间,东郡一户百姓家里总有怪事发生。无缘无故的,陶瓷会自己发出訇訇巨响,好像有人在敲击一样。盘子和桌案放在面前,忽然间便消失了。鸡生的蛋,总是丢失。这样过了好几年,这家人对此非常厌恶。便做了很多美味佳肴,把它遮好,放在一个房间里,自己则暗中潜伏在门后偷偷观察。怪物果然又来了,发出和之前一样的声音。这人一听到声音就立马关门,但眼睛在房间里转了一圈,什么也没看见。于是暗中用棍子到处敲打,过了很久,才在墙角打到了什么,接着便听见呻吟的声音说:"哎哟,哎哟,要死了!"开门一看,发现一个老头,看上去一百多岁,言语不能相通,相貌很像兽类。于是他就出门打听,在几里外的地方找到了老头的家。老头家里人说:"他已经走失十多年了。"找到他后悲喜交加。后来过了一年多,老头又走失了。听说陈留郡边界又发生了类似的怪事,当时的人都认为是这个老头做的。

卷十四

王道平

秦始皇时，有王道平，长安人也。少时，与同村人唐叔偕女，小名父喻，容色俱美，誓为夫妇。寻王道平被差征伐，落堕南国，九年不归。父母见女长成，即聘与刘祥为妻。女与道平言誓甚重，不肯改事。父母逼迫不免，出嫁刘祥。经三年，忽忽不乐①，常思道平，忿怨之深，悒悒而死。

死经三年，平还家，乃诘邻人："此女安在？"邻人云："此女意在于君，被父母凌逼，嫁与刘祥。今已死矣。"平问："墓在何处？"邻人引往墓所。平悲号哽咽，三呼女名，绕墓悲苦，不能自止。平乃祝曰："我与汝立誓天地，保其终身。岂料官有牵缠，致令乖隔，使汝父母与刘祥；既不契于初心，生死永诀。然汝有灵圣，使我见汝生平之面。若无神灵，从兹而别。"言讫，又复哀泣。逡巡，其女魂自墓出，问平："何处而来？良久契阔。与君誓为夫妇，以结终身，父母强逼，乃出聘刘祥，已经三年，日夕忆君，结恨致死，乖隔幽途。然念君宿念不忘，再求相慰,妾身未损,可以再生,还为夫妇。且速开冢破棺,出我即活。"平审言,乃启墓门,扪看其女,果活。乃结束随平还家②。其夫刘祥,闻之惊怪,申诉于州县。检律断之,无条,乃录状奏王。王断归道平为妻。寿一百三十岁。实谓精诚贯于天地,而获感应如此。

〔注释〕

①忽忽不乐:心中失意而不快乐。
②结束:装束;打扮。

〔译文〕

　　秦始皇的时候,有个人叫王道平,是长安人氏。少年时代,他和同村唐叔偕的女儿,一个名叫父喻、容貌姿色都很美的女孩,立下盟誓要结为夫妻。不久王道平被征去打仗,流落在南方,九年都没有回来。父喻的父母看到女儿已经长大成人,就把她许配给刘祥做妻子。父喻和王道平有海誓山盟,不肯嫁给别人。父母强迫她,她无法逃避,才嫁给了刘祥。过了三年,她整天都精神恍惚,闷闷不乐,常常思念王道平,以至于极度悲忿愁怨,最后悒郁而死。

　　父喻死后三年,王道平回到家中,就问邻居:"父喻在哪里?"邻居说:"父喻的心全在你身上,但被父母强迫威逼,只好嫁给了刘祥。现在早已死了。"王道平接着问道:"她的坟墓在什么地方?"邻居便把王道平带到墓地。王道平痛哭失声,连连呼唤着父喻的名字,绕着坟墓悲痛万分,无法控制自己。王道平祷祝说:"我和你曾向天地发誓,要厮守终生。哪里料到被官事拖累,导致我们分隔两地,让你父母把你嫁给刘祥。这样做,既违背了我们当初的心意，又让我们生死永别。但是如果你能显灵，就再让我看一看你生前的容貌。如果你不能显灵，我们只能从此永别了。"说完，又悲伤地哭了。不一会儿，父喻的魂魄从坟墓中出来，问道平说："你从什么地方来？我们俩分别得太久了。我曾和你发誓结成夫妻，共同度过一生。后来父母强迫，才嫁给刘祥，已经过去了三年。我日夜思念你，以至于郁结而死，同你生死相隔。但想到你没有忘记我们昔日的情谊，再三寻求安慰，加上我的身体没有损坏，所以能够复活过来，再同你做夫妻。请赶快挖开坟墓，打开棺材，让我出来，这样我就能复活了。"王道平仔细考虑了她的话后，就打开坟墓棺盖，抚摸察看她，她果然复活了。于是父喻整理装束后便跟着王道平回了家。她的丈夫刘祥，听说这件事后感到惊奇，就向州县衙门申诉。州县官员查看律法断案，却没有相应的条文，便把情况写下来奏给皇帝。皇帝把父喻判给王道平做妻子。后来，王道平活到了一百三十岁。实在是他的真心诚意感动了天地，才能获得这样的回报。

贾文合

汉献帝建安中，南阳贾偶，字文合，得病而亡。时有吏将诣太山①，司命阅簿，谓吏曰："当召某郡文合，何以召此人？可速遣之。"时日暮，遂至郭外树下宿，见一年少女独行。文合问曰："子类衣冠，何乃徒步？姓字为谁？"女曰："某三河人②，父见为弋阳令③。昨被召来，今却得还。遇日暮，惧获瓜田李下之讥④。望君之容，必是贤者，是以停留，依凭左右。"文合曰："悦子之心，愿交欢于今夕。"女曰："闻之诸姑，女子以贞专为德，洁白为称。"文合反复与言，终无动志。天明各去。文合卒已再宿，停丧将殓，视其面有色，扪心下稍温，少顷却苏。后文合欲验其实，遂至弋阳，修刺谒令⑤，因问曰："君女宁卒而却苏耶？"具说女子姿质服色、言语相反覆本末。令入问女，所言皆同。乃大惊叹，竟以此女配文合焉。

〔注释〕

①太山：泰山。古人认为人死后，魂魄归泰山府君掌管。

②三河：汉代以河内、河东、河南三郡为三河，即今河南洛阳黄河南北一带。

③弋阳：古县名。西汉置。治今河南潢川西。三国魏以后为弋阳郡治所。东魏分置南、北两弋阳县，北齐时合并，改名定城。

④瓜田李下：瓜田纳履，李下整冠，有被怀疑为盗瓜窃李的可能。因以比喻容易引起嫌疑的地方。

⑤修刺：置备名帖，作通报姓名之用。

〔译文〕

汉献帝建安年间，南阳郡的贾偶，字文合，生病死了。当时有个阴间小吏要把他的魂魄带到泰山，司命之神查阅生死簿后，对小吏说："应该招来的是某郡的文合，怎么招来的是这个人？赶快把他送回去！"这时太阳将要下山，于是贾偶就到城外大树下过夜，看见一个年轻女子独自走了过来。贾文合问道："以您的穿着(像是官宦人家的姑娘)，怎么会独自步行？您姓什么叫什么呢？"女子说："我是三河人氏，父亲现在是弋阳县县令。昨天我被阴司招来，今天却又要我重返阳间。现在碰上天色已晚，怕遭到行为不轨的指责。看您的容貌举止，一定是个德才兼备的人，所以停下来，想要和您结伴。"贾文合说："我欣赏你的想法，希望今晚能和你共享云雨之乐。"姑娘说："我曾听姑母们说，女子应该把贞洁专一当作美德，把高洁清白当作赞誉。"贾文合反复和她说情，她却始终没有动摇心意。天亮以后，两人便各自离去。贾文合已经死了两天，停丧完毕后即将入殓，家人却看见他的脸上有了血色，摸摸他的心口，也稍微有了点温暖，一会儿竟然苏醒了过来。后来贾文合想要验证一下昨晚遇到的事情是否属实，就来到弋阳县，置备名帖拜见县令，便问县令道："您的女儿是否死而复生了？"并详细地叙述了姑娘的相貌打扮、言行举止以及他们谈话的反复和始末。县令进闺房问女儿，女儿说的同贾文合说的完全一样。县令大为惊奇，赞叹不绝，竟把女儿许配给了他。

贺 瑀

会稽贺瑀，字彦琚，曾得疾，不知人，惟心下温，死三日，复苏。云："吏人将上天，见官府。入曲房①，房中有层架。其上层有印，中层有剑，使瑀惟意所取。而短不及上层，取剑以出。门吏问何得，云：'得剑。'曰：'恨不得印，可策百神②。剑，惟得使社公耳。'"疾愈，果有鬼来，称社公。

〔注释〕

①曲房：内室；密室。

②百神：指各种神灵。

〔译文〕

会稽郡的贺瑀，字彦琚，曾经生了一种病，病到认不清人的地步，只有心口还有点余温，死了三天，又醒了过来。他说："阴间的差役把我带到天上，我看到了一座官署。进了密室后，又看到屋子里放着一个多层架子。架子上层有印，中层有剑，他让我想拿什么就拿什么。但凭我的身高够不到最上那层，就拿着剑出了门。守门的官吏问我拿到了什么，我说：'拿到了剑。'他说：'遗憾没有拿到印，印可以用来驱策各种神灵，剑只能用来驱使土地神罢了。'"贺瑀病好后，果然有鬼前来拜见，自称是土地神。

戴洋复生

戴洋字国流，吴兴长城人①。年十二，病死，五日而苏，说："死时，天使其为酒藏吏，授符箓，给吏从幡麾，将上蓬莱、昆仑、积石、太室、庐、衡等山②。既而遣归。"妙解占候③，知吴将亡，托病不仕，还乡里。行至濑乡④，经老子祠，皆是洋昔死时所见使处，但不复见昔物耳。因问守藏应凤曰："去二十余年，尝有人乘马东行，经老君祠而不下马，未达桥，坠马死者否？"凤言有之。所问之事，多与洋同。

〔注释〕

①长城：晋武帝太康三年(282)分乌程县置，属吴兴郡。县治在今浙江长兴东南二十里的富坡乡。

②将上蓬莱、昆仑、积石、太室、庐、衡等山：将要登上蓬莱、昆仑、积石、太室、庐山、衡山等山。积石，即阿尼玛卿山。在青海东南部，延伸至甘肃南部边境。为昆仑山脉中支，黄河绕流东南侧。太室，嵩山。衡，衡山，位于湖南中部，五岳中的南岳。

③占候：以天象变化来附会人事，推测吉凶祸福。

④濑乡：相传为老子诞生地。《三家注史记》："老子，楚国苦县濑乡曲仁里人。"

〔译文〕

戴洋，字国流，是吴兴郡长城县人氏。十二岁的时候病死了，五天后又醒了过来，说道："我死之后，天帝让我做酒藏吏，授给我符箓，随从跟在我的幡旗后面，带我登上蓬莱、昆仑、积石、太室、庐山、衡山等山。不久就打发我回来了。"戴洋善于根据天象变化来预测吉凶，知道吴国即将灭亡，便推托自己有病不去做官，回到了故乡。走到濑乡时，经过老子祠，都是戴洋过去假死时奉命办事的地方，只是不能再见到过去的事物罢了。于是他就问守藏史应凤说："二十多年前，曾经有个人骑马向东走，经过老子祠时没有下马，还没到桥上，就堕下马死了，是否有这件事呢？"应凤回答说有。他询问的事情，大多吻合自己昔日的经历。

柳荣张悌

吴临海松阳人柳荣①，从吴相张悌至扬州②。荣病死船中二日，军士已上岸，无有埋之者。忽然大叫言："人缚军师！人缚军师！"声甚激扬，遂活。人问之。荣曰："上天北斗门下，卒见人缚张悌，意中大愕，不觉大叫言：'何以缚军师！'门下人怒荣，叱逐使去。荣便怖惧，口余声发扬耳。"其日悌即战死。荣至晋元帝时犹存。

〔注释〕

　①松阳：东汉置县。在浙江西南部、松阴溪沿岸。
　②张悌：字巨先。荆州襄阳郡（今湖北襄阳）人。孙休时为屯骑校尉，孙皓时官至丞相军师。天纪四年（280），西晋伐吴，他率军出拒晋将王浑部，兵败被杀。

〔译文〕

　　吴国临海郡松阳县人氏柳荣，跟着吴国丞相张悌来到扬州。柳荣病死在船上已经两天了，但士兵们全都上了岸，所以没人埋葬他。忽然之间，他大声叫嚷道："有人绑了军师！有人绑了军师！"声音非常激越昂扬，于是便活了过来。别人问他怎么回事。柳荣说："我升上天界来到北斗星君的门边，突然看见有人绑住张悌，心里大吃一惊，不自觉大声喊道：'为什么绑住军师！'门下的人对我非常生气，大声斥责我，驱逐我离开。我心里十分恐惧，嘴里喊出了剩余的话。"当天张悌便战死了。柳荣在晋元帝的时候还活着。

颜畿（附弟含）

　　晋咸宁二年十二月，琅邪颜畿字世都[①]，得病，就医张瑳使治，死于张家。棺殓已久，家人迎丧，旐每绕树木而不可解[②]。人咸为之感伤。引丧者忽颠仆，称畿言曰："我寿命未应死，但服药太多，伤我五脏耳。今当复活，慎无葬也。"其父拊而祝之曰："若尔有命，当复更生，岂非骨肉所愿？今但欲还家，不尔葬也。"旐乃解。

及还家,其妇梦之曰:"吾当复生,可急开棺。"妇便说之。其夕,母及家人又梦之。即欲开棺,而父不听。其弟含,时尚少,乃慨然曰:"非常之事,自古有之。今灵异至此,开棺之痛,孰与不开相负?"父母从之。乃共发棺,果有生验,以手刮棺,指爪尽伤,然气息甚微,存亡不分矣。于是急以绵饮沥口,能咽,遂与出之。将护累月,饮食稍多,能开目视瞻,屈伸手足,不与人相当。不能言语,饮食所须,托之以梦。如此者十余年,家人疲于供护,不复得操事。含乃弃绝人事③,躬亲侍养,以知名州党④。后更衰劣,卒复还死焉。

〔注释〕

①颜畿:字世都,西晋琅琊郡(今山东临沂)人,传说中他死而复活。
②旐(zhào):引魂幡。
③人事:指仕途。
④州党:乡里。

〔译文〕

晋咸宁二年(276)十二月,琅琊郡的颜畿,字世都,得了疾病,到医生张瑳那里去治疗,结果却死在张家。颜畿的尸体入棺已经很久了,家里人过来接丧,引魂幡总是缠着树木无法解开。人们都为此感伤万分。给棺材引路的人忽然跌倒在地,说颜畿对他说:"我的寿命还没享尽,不该死去,只是服了太多药,损伤了腑脏罢了。今天我会重新活过来,千万不要埋葬我啊!"颜畿的父亲拍着棺材向儿子祝祷说:"如果你还有寿命,想要重新活过来,难道不是骨肉至亲们所期待的事吗?今天只是想让你回家,不是去埋葬你。"引魂旗这才松开了。等回到家中,颜畿的妻子梦见他说:"我该复活了,你可以赶快去打开棺材。"妻子就对家人说了。当天晚上,颜畿的母亲和家里人又梦见他说了同样的话。于是大家都想打开棺材,但父亲不肯同意。颜畿的弟弟颜含,当时年纪尚小,就感慨地说道:"不同寻常的事情,自古以来就有了。现在奇异到了这种地步,打开棺材的悲伤与不打开棺材相比,哪个更重要呢?"父母听了颜含的话,就一起把棺材打开了。果然颜畿还有活着的迹象,他曾经用手指抓过棺材,指甲全都抓伤了,只是呼吸微弱,分不清究竟是死是活。于是家里人急忙用丝绵沾了水滴到颜畿嘴里,看到他能咽下去,便把他从棺材里抬了出来。调养护理了几个月,颜畿的食量渐渐增加了,能够睁开眼睛张望四周,手脚也能弯曲伸展,只是比不上正常人。颜畿不能说话,需要吃喝时,就向家里人托梦。这样过了十多年,家里人疲于供养护理他,以至于无法再做其他的事情。于是弟弟颜含抛开仕途,亲自服侍供养兄长,从而名扬乡里。后来颜畿的身体变得更加衰弱,最终还是死了。

羊祜

羊祜年五岁时①,令乳母取所弄金环。乳母曰:"汝先无此物。"祜即诣邻人李氏东垣桑树中,探得之。主人惊曰:"此吾亡儿所失物也。云何持去!"乳母具言之。李氏悲惋。时人异之。

〔注释〕

①羊祜:字叔子,泰山南城(今山东费县西)人。出身世族,景献羊皇后弟。司马炎称帝时,任中军将军,封侯。泰始中,出为荆州刺史,数次领

兵伐吴。后官至征南大将军。咸宁四年病死。

〔译文〕

　　羊祜五岁的时候,让奶妈去取他玩过的金环。奶妈说:"你之前并没有金环啊。"羊祜就到邻居李家东墙边的桑树里掏到了金环。李家主人吃惊地说:"这是我已故儿子丢失的物品。你为什么拿走?"奶妈就详细说明了事情经过。李氏非常悲痛叹息,当时的人都觉得这件事不同寻常。

汉宫人冢

　　汉末,关中大乱[①],有发前汉宫人冢者,宫人犹活。既出,平复如旧。魏郭后爱念之[②],录置宫内,常在左右,问汉时宫中事,说之了了,皆有次绪。郭后崩,哭泣过哀,遂死。

〔注释〕

　　①关中:地名,包括今陕西中部。东至函谷关,南至武关,西至散关,北至萧关,位于四关之中,故称为"关中"。
　　②郭后:生卒年不详,安平广宗(今河北威县)人,字女王。家世历代为官。初因战乱流落于铜鞮侯家,后为曹丕所纳,曾助谋丕立为太子。丕即位后备受宠爱,相继进位贵嫔、皇后。魏明帝时尊为皇太后。劝止亲族与其他贵族联姻及娶妾。主张节俭,反对厚葬。

〔译文〕

　　东汉末年,关中大乱,有人掘开西汉宫女的坟墓,发现里面的宫女竟然还活着。出来后,她便恢复得同过去一样。魏文帝的郭皇后爱怜她,让她留在皇宫里面,陪在自己身边侍候,问她汉朝时皇宫里的事情,她都说得清清楚楚,条理分明。郭皇后去世时,她哭得太过悲伤,于是便死了。

棺中生妇

魏时,太原发冢破棺①,棺中有一生妇人。将出与语,生人也。送之京师。问其本事②,不知也。视其冢上树木,可三十岁。不知此妇人,三十岁常生于地中耶?将一朝欻生,偶与发冢者会也?

〔注释〕

①太原:太原郡,秦庄襄王三年(前247)始置,治所在晋阳(今山西太原)。

②本事:原事;旧事。

〔译文〕

曹魏的时候,太原郡有个人掘开坟墓,撬开棺材,发现棺材里有个活着的妇人。把她扶出来和她说话,的确是个活人,便把她送到了京城。问她生平旧事,她却什么都不知道。看她坟上的树木,大概有三十年了。不知道这个妇人是三十年里一直活在地下呢?还是某天忽然活过来,碰巧遇上了挖坟的人?

杜锡婢

晋世杜锡①,字世嘏,家葬而婢误不得出。后十余年,开冢祔葬②,而婢尚生。云:"其始如瞑目,有顷渐觉。"问之,自谓当一再宿耳。初婢埋时,年十五六。及开冢后,姿质如故。更生十五六年,嫁之有子。

〔注释〕

①杜锡:生卒年不详,字世嘏,杜预之子。性忠亮耿直。初仕为长沙王司马乂文学掾,累官尚书左丞。死时年四十八岁。

②祔(fù)葬:合葬。亦谓葬于先茔之旁。

〔译文〕

　　晋代的杜锡,字世嘏,家里人埋葬他时,因为疏漏而把他的婢女埋在墓中。过了十多年,家里人掘开坟墓来合葬杜锡的妻子时,发现婢女还活着。她说:"开始的时候就像是闭上了眼睛,过了一会儿就渐渐醒了过来。"问她时间,她说应当只过了一两夜罢了。当初婢女被埋的时候,是十五六岁。等到掘开坟墓的时候,容貌体态还像是过去那样。后来她又活了十五六年,嫁人后还生了个儿子。

冯贵人

　　汉桓帝冯贵人病亡。灵帝时,有盗贼发冢,七十余年①,颜色如故,但肉小冷。群贼共奸通之,至斗争相杀,然后事觉。后窦太后家被诛②,欲以冯贵人配食③。下邳陈公达议④:"以贵人虽是先帝所幸,尸体秽污,不宜配至尊。"乃以窦太后配食。

〔注释〕

①七十余年:《幽明录》作"三十年",从桓、灵二帝的生卒年和即位时间推断,当是。

②窦太后:窦妙,东汉桓帝皇后。扶风平陵(今陕西咸阳西北)人。灵帝即位,她临朝执政,并任其父窦武为大将军。建宁元年(168),窦武谋诛宦官未成自杀,她被迫归政。

③配食:在祠庙中配享、附祭。

④陈公(118—179):陈球,字伯真。下邳郡淮浦县(今江苏涟水西)人。东汉时期大臣,广汉太守陈亹之子。

〔译文〕

　　汉桓帝的妃子冯贵妃因病而亡。灵帝时,几个盗贼掘开了她的坟墓,这时,她已经下葬了七十多年,但容貌还是像生前一样美丽,只是身体稍微冰冷了一些。这几个盗贼便一起奸污了她,甚至为她相互争斗残杀,然后事情才被发觉。后来窦太后一家被诛灭,有人想让冯贵妃也享受祭祀。下邳县陈球奏议说:"冯贵妃虽受桓帝宠幸,但她的尸体污秽不堪,不适合同先帝一起享受祭祀。"于是朝廷便以窦太后附祭。

广陵诸冢

　　吴孙休时,戍将于广陵掘诸冢,取版以治城,所坏甚多。复发一大冢,内有重阁,户扇皆枢转,可开闭,四周为徼道①,通车,其高可以乘马。又铸铜人数十,长五尺,皆大冠朱衣,执剑,侍列灵坐②。皆刻铜人背后石壁,言殿中将军,或言侍郎③、常侍④,似公王之冢⑤。破其棺,棺中有人,发已班白⑥,衣冠鲜明,面体如生人。棺中云母厚尺许,以白玉璧三十枚藉尸。兵人辈共举出死人,以倚冢壁。有一玉,长尺许,形似冬瓜,从死人怀中透出,堕地。两耳及孔鼻中,皆有黄金,如枣许大。

〔注释〕

①徼(jiào)道:巡逻警戒的道路。

②灵坐:指新丧既葬,供神主的几筵。

③侍郎:秦汉时郎中令的属官,主更值执戟,宿卫殿门。东汉时尚书属官满一年称尚书郎,三年称侍郎。晋时各王国皆有侍郎,大国四人,小国二人,主掌赞相威仪,通传教令。

④常侍:官名。皇帝的侍从近臣。秦汉有中常侍,魏晋以来有散骑常侍,隋唐内侍省有内常侍,均简称常侍。

⑤公王:君主。

⑥班白:同"斑白"。

〔译文〕

吴国孙休在位时期,守将们在广陵发掘坟墓,拿棺材板来修筑城墙,破坏了很多坟墓。后来又发掘出一座大冢,里面有重台楼阁,门扇都靠门枢转动,能够打开合上,四周是供巡察用的徼道,能够通车,高度可以供人骑马。又铸有几十个铜人,身长五尺,都戴着武冠,穿着红袍,拿着宝剑,排队守卫在案桌上。每个铜人背后的石壁上都刻着字,有的是殿中将军,有的是侍郎、常侍,像是某位君主的坟墓。打开棺材,里面躺着个人,头发已经斑白了。他衣帽华美,面色躯体如同活人一样。棺中铺着一尺多厚的云母,还用三十枚白色玉璧垫在尸体下方。士兵们一起抬出死人,把他靠在坟墓墙壁上。有块玉,大概一尺长,形状像冬瓜,从死人怀里露出来掉在地上。死人的双耳和鼻孔中,都塞着黄金,有红枣大小。

栾书冢

汉广川王好发冢①。发栾书冢②,其棺柩盟器③,悉毁烂无余。唯有一白狐，见人惊走。左右逐之，不得，戟伤其左足。是夕，王梦一丈夫，须眉尽白，来谓王曰："何故伤吾左足？"乃以杖叩王左足。王觉肿痛，即生疮，至死不差。

〔注释〕

①广川王（？—前71）：刘去，亦称刘去疾，景帝曾孙，广川缪王子。在位时酷虐淫暴，听信王后昭信谗言，残杀、生割与烹杀后宫姬、婢十六人，及王师父子，被劾举治罪，废黜徙上庸，在途中自杀。国除。

②栾书（？—前573）：栾武子。春秋时晋国人。栾枝孙。初为晋下军之佐。晋景公十一年鞍之战，大败齐师。厉公六年，鄢陵之战，大败楚师。厉公失政，乃与中行偃使人杀厉公而立悼公。谥武子。

③盟器：明器。古代随葬品的统称。

〔译文〕

汉代广川王喜欢掘人坟墓。挖开栾书的坟墓时，里面的棺材明器，全都毁坏腐烂了。只有一只白狐，看到人后惊慌地逃跑了。手下的人去追赶它，没能追上，便用戟刺伤它的左脚。当天晚上，广川王梦见一个男人，胡须眉毛全白了，前来对他说："为什么刺伤我的左脚？"于是用手杖敲击他的左脚。广川王感到被敲的地方肿痛不堪，立刻生了疮，到死都没有痊愈。

卷十五

挽　歌

　　挽歌者,丧家之乐;执绋者,相和之声也①。挽歌辞有《薤露》《蒿里》二章,汉田横门人作②。横自杀,门人伤之,悲歌。言人如薤上露,易晞灭。亦谓人死精魂归于蒿里③。故有二章。

〔注释〕

　　①相和之声:乐曲名。为两汉及魏晋对民间歌曲做艺术加工所形成的歌舞、大曲等音乐的总称。其特点是歌者自击节鼓与伴奏的管弦乐器相应和,并由此得名。《宋书·乐志三》:"《相和》,汉旧歌也。丝竹更相和,执节者歌。"

　　②田横(?—前202):秦末狄县(今山东高青东南)人。本齐国贵族。楚汉战争中自立为齐王,不久为汉军所破,投奔彭越。汉朝建立,率徒党五百余人逃亡海岛;汉高祖命他到洛阳,被迫前往,因不愿称臣于汉,途中自杀。留居海岛者听说田横死亡,也全部自杀。

　　③蒿里:本为山名,相传在泰山之南,为死者葬所。因以泛指墓地、阴间。

〔译文〕

　　挽歌,是哀悼死者的音乐;执绋,是送葬时帮着牵引灵车的人相互应和的歌曲。挽歌歌词有《薤露》《蒿里》二章，为汉代田横的门客所作。当时田横自杀，门客哀悼他，就悲哀地唱起歌来。歌词大意是人的生命就像薤草上的露水，很容易蒸干消失。又说人死了魂魄就会回到泰山南面的蒿里。所以有这两章。

阮 瞻

阮瞻字千里①，素执无鬼论，物莫能难。每自谓此理足以辨正幽明。忽有客通名诣瞻②，寒温毕③，聊谈名理④。客甚有才辨。瞻与之言良久，及鬼神之事，反复甚苦。客遂屈。乃作色曰⑤："鬼神古今圣贤所共传，君何得独言无？即仆便是鬼。"于是变为异形，须臾消灭。瞻默然，意色太恶⑥。岁余，病卒。

〔注释〕

①阮瞻：生卒年不详，字千里，阮咸之子。初仕为晋东海王司马越记室参军，永嘉中为太子舍人。性清虚寡欲，善弹琴，有求者，不问贵贱长幼皆为之弹奏；持无鬼论，无人能屈。病死于西晋末，时年三十岁。

②通名：自道姓名。

③寒温：指见面时彼此问候生活起居，或泛谈气候寒暖等的应酬话。

④名理：特指魏晋及其后清谈家辨析事物名和理的是非同异。

⑤作色：改变脸色。指神态严肃或发怒。

⑥意色：神情，神色。

〔译文〕

阮瞻，字千里，向来秉持无鬼论，没人能够辩倒他。他经常说无鬼论足够用来辨明和纠正鬼神之说。忽然间有个客人前来通报姓名,拜见阮瞻,寒暄完毕后聊到了名和理的是非同异。客人很有才辩。阮瞻和他谈了很久,说到有关鬼神的事情,就来来回回地苦劝。客人被他说得理屈词穷,便变了脸色说道:"鬼神的存在,是古今圣贤所共同认可的,您怎么能独自坚持没有呢?拿我来说,我就是鬼。"于是客人变成奇异的形状,一会儿便消失了。阮瞻沉默不语,神情极度难看。过了一年多,就病死了。

单衣客

吴兴施续,为寻阳督①,能言论。有门生,亦有理意,常秉无鬼论。忽有一单衣白祫客来,与共语,遂及鬼神。移日②,客辞屈,乃曰:"君辞巧,理不足。仆即是鬼。何以云无?"问:"鬼何以来?"答曰:"受使来取君,期尽明日食时。"门生请乞酸苦。鬼问:"有人似君者否?"门生云:"施续帐下都督③,与仆相似。"便与俱往,与都督对坐。鬼手中出一铁凿,可尺余,安著都督头,便举椎打之④。都督云:"头觉微痛。"向来转剧,食顷便亡⑤。

〔注释〕

①寻阳:郡名。西晋永兴元年(304)分庐江、武昌两郡置,治寻阳,辖今江西九江以西、湖北武穴以东的长江两岸地区。东晋咸和中移治柴桑(今江西九江西),南朝梁太清中移治柴桑之湓口城(今江西九江),隋开皇九年(589)废。

②移日:移动日影。指很长一段时间。

③都督:职官名。汉末始有此称。三国时置都督诸州军事,或领刺史,以大都督及都督中外诸军权位最重。晋、南北朝以后因之,名称或稍

更异,大抵掌理军事及边防重镇。唐中叶以后,以节度使代之,都督之名遂废。

④椎(chuí):同"槌"。敲打东西的器具。

⑤食顷:吃一顿饭的工夫。形容时间很短。

[译文]

　　吴兴郡的施续,是寻阳郡的军队统帅,善于言谈议论。他有个门客,也很有理论见解,通常秉持无鬼论。忽然有个身穿单衣白领的客人前来和他一起交谈,于是说到鬼神的事情。过了一段时间,客人被他说得理屈词穷,就说道:"您虽能言善辩,但是缺乏道理。我就是鬼,您凭什么说没有呢?"门客问:"那你这个鬼为什么到我这里来呢?"鬼回答说:"我受到委派来抓你,最后时限是明天吃早饭的时候(辰时,7点至9点)。"于是门客便苦苦哀求。鬼问道:"有没有谁长得像你?"门客说:"施续手下有个都督,和我长得很像。"于是门客便带着鬼一同前往都督那里,和他面对面坐着。鬼从手里拿出一把铁凿,大约一尺来长,放在都督的脑袋上,然后便举起槌子打了下去。都督说:"我觉得头有点疼。"接着觉得疼痛越发剧烈,一顿饭的工夫便死了。

蒋济亡儿

　　蒋济字子通①,楚国平阿人也。仕魏,为领军将军②。其妇梦见亡儿,涕泣曰:"死生异路。我生时为卿相子孙,今在地下为泰山伍伯③,憔悴困苦,不可复言。今太庙西讴士孙阿④,见召为泰山令,愿母为白侯⑤,属阿,令转我得乐处。"言讫,母忽然惊寤。明日以白济。济曰:"梦为虚耳,不足怪也。"日暮,复梦曰:"我来迎新君,止在庙下。未发之顷,暂得来归。新君明日日中当发,临发多事,不复得归。永辞于此。侯气强,难感悟,故自诉于母。愿重启侯,何惜不一试验之?"遂道阿之形状,言甚备悉。天明,母重启济:"虽云梦不足怪,此何太適適⑥?亦何惜不一验之?"

济乃遣人诣太庙下,推问孙阿,果得之,形状证验,悉如儿言。济涕泣曰:"几负吾儿。"于是乃见孙阿,具语其事。阿不惧当死,而喜得为泰山令,惟恐济言不信也,曰:"若如节下言⑦,阿之愿也。不知贤子欲得何职?"济曰:"随地下乐者与之。"阿曰:"辄当奉教。"乃厚赏之。言讫,遣还。济欲速知其验,从领军门至庙下,十步安一人,以传消息。辰时传阿心痛,巳时传阿剧,日中传阿亡。济曰:"虽哀吾儿之不幸⑧。且喜亡者有知。"后月余,儿复来,语母曰:"已得转为录事矣⑨。"

〔注释〕

①蒋济:字子通,楚国平阿(今安徽怀远)人。初为州郡吏,后被曹操任为丹阳太守。魏文帝至齐王时期,历官相国长史、东中郎将、中护军、太尉等职。以策谋见长,著《万机论》《三州论》。后从司马懿诛曹爽,封都乡侯。卒后谥景侯。

②领军将军:官名。东汉末曹操为丞相时所设,为相府属官,后更名中领军;魏晋时改称领军将军,均统率禁军。南朝沿设,北朝略同。与护军将军或中护军同掌中央军队,为重要军事长官之一。

③伍伯:地方官府差役兵卒。

④今太庙西讴士孙阿:现在太庙西边唱赞的孙阿。太庙,天子为祭祀其祖先而兴建的庙宇。讴士,唱赞的人。

⑤愿母为白侯：希望母亲替我转告父亲。《魏志·蒋济传》："齐王（曹芳）即位，徙为领军将军，进爵昌陵亭侯。"所以称蒋济为"侯"。

⑥适适(dí)：分明，清楚。适，通"的"。

⑦节下：对将帅的尊称。

⑧不幸：指死亡。

⑨录事：职官名。晋公府置录事参军，掌总录众官署文簿，举弹善恶。后代刺史领军而开府者亦置之。简称"录事"。

[译文]

　　蒋济，字子通，楚国平阿县人。在曹魏做官时，任领军将军。他的妻子梦见死去的儿子流着眼泪对她说："生和死真是两个截然不同的世界。活着的时候，我是高官重臣的子孙，现在在阴间却只是个地府差役，劳累困苦，无须多言。现在太庙西边唱赞的孙阿，被征召为泰山令，希望母亲替我转告父亲，叫他嘱托孙阿，让我能调到好一点的地方。"话一说完，母亲便忽然惊醒了。第二天她把这番话告诉了蒋济。蒋济说："梦都是假的，不值得大惊小怪。"到了晚上，她又梦到儿子对她说："我来迎接新任泰山府君，停在太庙里面。趁着还没出发的一点时间，暂时回来一下。新任府君明天中午就要出发了，到出发的时候事情繁多，就不能再回来了，所以在此和您诀别。父亲脾气倔强，很难让他醒悟，所以我才独自向您诉说。希望您再去禀告父亲，验证一下又有什么好顾惜的呢？"于是他就描述起孙阿的样貌，说得相当清晰完备。天亮后，母亲再次禀告蒋济说："虽说梦里的事情不值得大惊小怪，但这个梦为什么这么清楚？验证一下又有什么好顾惜的呢？"

　　蒋济于是派人到太庙附近打听孙阿，果然找到了他，观察他的长相，都和儿子说得一模一样。蒋济痛哭流涕说："差点辜负了我的儿子啊!"于是蒋济就召见孙阿,把事情经过都说了出来。孙阿并不惧怕自己将要死去,反而为自己能做泰山令而感到高兴,只是害怕蒋济的话不属实,说道:"如果事情能像将军说的那样,实在是我所希求的啊! 不知道您的儿子想得到什么官职呢?"蒋济说:"随便给个阴间美差就行了。"孙阿说:"就按您的吩咐办。"于是蒋济厚赏了他。说完,就让孙阿回去了。蒋济想快点知道事情结果,便从领军将军府门直到太庙门边,每逢十步设置一人,用来传递消息。上午八点左右,士兵传话说孙阿心口疼痛,十点左右说孙阿疼痛加剧,到了中午则说孙阿死了。蒋济说:"虽然伤心儿子已经死亡,但又为他死后还有知觉而感到高兴。"后来过了一个多月,儿子又来托梦对母亲说:"我已经被调任为录事参军了。"

辽水浮棺

汉令支县有孤竹城①,古孤竹君之国也。灵帝光和元年,辽西人见辽水中有浮棺②,欲斫破之。棺中人语曰:"我是伯夷之弟③,孤竹君也。海水坏我棺椁,是以漂流。汝斫我何为?"人惧,不敢斫,因为立庙祠祀。吏民有欲发视者,皆无病而死。

〔注释〕

①令支县:秦置,属辽西郡。治所在今河北迁安西。北魏太平真君七年(446)废。孤竹城:商、周时孤竹国,在今河北卢龙县南。

②辽西:战国燕置,秦、汉治阳乐县(今辽宁义县西)。辖境约当今河北迁西县、乐亭县以东,长城以南,辽宁松岭山以东,大凌河下游以西地区。因处辽水以西得名。

③伯夷：商朝末年孤竹国君的儿子。他和弟弟叔齐，在周武王灭商以后，不愿吃周朝的粮食，一同饿死在首阳山（现山西永济南）。

〔译文〕

汉代令支县境内有座孤竹城，是古代孤竹君的封国。汉灵帝光和元年，辽西郡的人看见辽河里漂浮着一具棺材，想要砍破它。棺材里的人对他们说："我是伯夷的弟弟孤竹君。海水冲坏了我的外棺，所以我才漂流到了这里。你们为什么要砍我的棺材呢？"人们害怕了，不敢再砍，于是为他修建庙宇祭祀他。官吏百姓中有想开棺察看的，都无病而亡。

温　序

温序字次房①，太原祁人也②。任护军校尉③，行部至陇西④，为隗嚣将所劫⑤，欲生降之。序大怒，以节挝杀人。贼趋欲杀序，荀宇止之曰："义士欲死节。"赐剑，令自裁。序受剑，衔须著口中，叹曰："无令须污土。"遂伏剑死。世祖怜之，送葬到洛阳城旁，为筑冢。长子寿，为印平侯⑥，梦序告之曰："久客思乡。"寿即弃官，上书乞骸骨归葬。帝许之。

〔注释〕

①温序：字次房（一作公次），太原祁（今属山西）人。初仕州从事，光武帝时官至护羌校尉。为隗嚣部将所俘，义不受辱，自杀而死。

②祁县：春秋晋置，治所在今山西祁县东南七里祁城。西汉属太原郡。北魏太和中移治今祁县。北齐天保七年（556）废。隋开皇十年（590）复置。

③护军校尉:武官名。三国吴置,掌领兵。

④陇西:古郡名。战国秦昭襄王二十八年(前279)置,治所在狄道县(今甘肃临洮县南)。以在陇山之西而得名。辖境相当今甘肃陇山以西、黄河以东、西汉水和白龙江上游以北、祖厉河和六盘山以南之地。东汉以后逐渐缩小。三国魏移治襄武县(今甘肃陇西县东南)。北魏末为渭州治。辖境仅有今甘肃陇西县附近。

⑤隗嚣:字季孟,天水成纪(今甘肃秦安)人。少仕州郡。王莽末年被当地豪强拥立起兵,据陇西,初附刘玄,不久自称西州上将军。后归光武帝,又叛附公孙述。建武九年(33),因屡为汉军所败,忧愤而死。

⑥印平侯:《后汉书》作"邹平侯相"。

[译文]

　　温序,字次房,太原郡祁县人氏,任护军校尉。一次,他巡视部属来到陇西郡,被隗嚣手下的部将劫持,这些贼人想要让他投降。温序十分愤怒,用符节击杀了其中一个。贼人们立马上前想要杀掉他,荀宇阻止他们说:"守义之人想捍卫气节而死。"说完,赐给温序一把宝剑,让他自杀。温序接过剑,把胡须衔在嘴里,叹息说:"这样胡须就不会被泥土弄脏了。"于是用剑自刎而死。汉光武帝怜惜他,把他的尸体送到洛阳城边埋葬,为他修筑了坟墓。他的大儿子温寿,是印平侯的辅相,梦见温序告诉他说:"我久居外地,十分思念家乡。"温寿便辞去官职,上书乞求将父亲的尸骨迁走,归葬家乡。光武帝同意了他的请求。

文　颖

　　汉南阳文颖,字叔良,建安中为甘陵府丞①。过界止宿,夜三鼓时,梦见一人跪前曰:"昔我先人,葬我于此,水来湍墓,棺木溺,渍水处半,然无以自温。闻君在此,故来相依。欲屈明日暂住须臾,幸为相迁高燥处。"鬼披衣示颖,而皆沾湿。颖心怆然,即寤,语诸左右,曰:"梦为虚耳,亦何足怪?"颖乃还眠。向晨复梦见,谓颖曰:"我以穷苦告君,奈何不相愍悼乎?"颖梦中问曰:"子为谁?"对曰:"吾本赵人,今属汪芒氏之神②。"颖曰:"子棺今何所在?"对曰:"近在君帐北十数步,水侧枯杨树下,即是吾也。天将明,不复得见,君必念之。"颖答曰:"诺!"忽然便寤。天明可发,颖曰:"虽云梦不足怪,此何太适。"左右曰:"亦何惜须臾,不验之耶?"颖即起,率十数人,将导顺水上,果得一枯杨,曰:"是矣。"掘其下,未几,果得棺。棺甚朽坏,没半水中。颖谓左右曰:"向闻于人,谓之虚矣。世俗所传,不可无验。"为移其棺,葬之而去。

〔注释〕

①建安中为甘陵府丞:建安年间任甘陵府丞。颜师古《汉书叙例》:"文颖字叔良,南阳人,后汉末荆州从事,魏建安中为甘陵府丞。"甘陵,东汉建和二年(148)改清河国置甘陵国,治所在甘陵县(今山东临清东北)。辖境相当今河北清河及枣强、南宫各一部分,山东临清、夏津、武城及高唐、平原各一部分地。建安十一年(206),国除为郡。

②汪芒:古国名。夏禹时,国君名防风。故地在今浙江德清县。汪芒氏镇守封山、嵎山,被称为神,如《说苑》卷18:"山川之灵足以纪纲天下者,其守为神……汪芒氏之君守封嵎山者也。其神为厘姓,在虞夏为防风氏,商为汪芒氏,于周为长狄氏,今谓大人。"

〔译文〕

汉代南阳郡人文颖,字叔良,建安年间任甘陵府丞。有一次,他路过甘陵边界时停下来过夜,半夜三更时分,梦见一个人跪在他面前说:"昔日我父亲把我埋葬在这里,后来河水涌过来冲进墓穴,我的棺材被水淹了,一半都泡在水里,且我没办法为自己取暖。听说您来到这里,所以来仰仗您。我想委屈您明天暂时停留片刻,期望帮我把棺材迁到地势高干燥的地方。"鬼揭开衣服给文颖看,的确都湿透了。文颖心里感到悲伤,就醒了过来,把梦境说给身边的人听。身边的人说:"梦都是假的,有什么值得您大惊小怪的?"文颖就回去再次入睡。到了快早上的时候又梦见了鬼,鬼对文颖说:"我把我的苦处都告诉了您,您为什么不垂怜我呢?"文颖在梦中问道:"你是谁?"鬼回答说:"我原来是赵国人,现在属于汪芒神管辖。"文颖说:"你的棺材现在在哪儿?"鬼回答说:"很近,距离您帐篷北边十几步远的河边枯杨树下面,就是我的棺材。天要亮了,我不能再见到您了,您一定要把这事放在心上。"文颖回答说:"好。"突然间就醒了。天亮以后该出发时,文颖说:"虽说梦里的事不值得大惊小怪,但这个梦为什么这么清楚?"身边的人也说:"又为什么要吝惜片刻工夫,不去验证一下呢?"文颖便立即起身,率领十几个人,带着他们沿着河流向上游走,果然看见了一棵干枯的杨树,便说道:"就是这个地方了。"于是他们挖开杨树下面的土壤,没过多久,果然发现了棺材。棺材朽坏得相当厉害,一半都被浸在水中。文颖对身边的人说:"昨晚我把事情告诉你们,你们都说梦是假的。但鬼神之说在世间流传,不可能没有实证。"于是他便为鬼移走棺材,埋葬好了才动身离开。

苏 娥

汉九江何敞①,为交趾刺史,行部到苍梧郡高要县②，暮宿鹄奔亭③。夜犹未半，有一女从楼下出，呼曰："妾姓苏，名娥，字始珠，本居广信县④，修里人。早失父母，又无兄弟，嫁与同县施氏。薄命夫死，有杂缯帛百二十匹，及婢一人，名致富。妾孤穷羸弱，不能自振，欲之傍县卖缯，从同县男子王伯，赁牛车一乘，直钱万二千，载妾并缯，令致富执辔，乃以前年四月十日，到此亭外。于时日已向暮，行人断绝，不敢复进，因即留止。致富暴得腹痛，妾之亭长舍，乞浆取火。亭长龚寿，操戈持戟，来至车旁，问妾曰：'夫人从何所来？车上所载何物？丈夫安在？何故独行？'妾应曰：'何劳问之？'寿因持妾臂曰：'少年爱有色，冀可乐也。'妾惧怖不从。寿即持刀刺胁下，一创立死。又刺致富，亦死。寿掘楼下，合埋妾在下，婢在上，取财物去。杀牛烧车，车釭及牛骨⑤，贮亭东空井中。妾既冤死，痛感皇天，无所告诉，故来自归于明使君。"敞曰："今欲发出汝尸，以何为验？"女曰："妾上下著白衣，青丝履，犹未朽也。愿访乡里，以骸骨归死夫。"掘之果然。敞乃驰还，遣吏捕捉，拷问具服。下广信县验问，与娥语合。寿父母兄弟，悉捕系狱。敞表寿："常律杀人，不至族诛。然寿为恶首，隐密数年，王法自所不免。令鬼神诉者，千载无一。请皆斩之，以明鬼神，以助阴诛⑥。"上报听之。

〔注释〕

①九江：秦置九江郡，治所在寿春县（今安徽寿县）。辖境相当今安

徽、河南淮河以南,湖北黄冈以东及江西全省。以境内有九江得名。秦末,楚、汉之际西境置衡山郡,割南境置庐江、豫章二郡。西汉高帝四年(前203)改为淮南国,元狩初复为九江郡。三国魏黄初二年(221)又改为淮南国。

②高要县:西汉置,属苍梧郡。治所即今广东肇庆。

③鹄奔亭:古亭名,在今广东肇庆南。

④广信县:西汉置,为苍梧郡治。治所即今广西梧州市。隋开皇十年(590)改为苍梧县。

⑤车钉:车毂内外口用以穿轴的铁圈。

⑥阴诛:冥冥之中受到诛罚。

[译文]

汉朝九江郡人氏何敞任交趾刺史时,一次视察部属来到苍梧郡高要县,夜里留宿在鹄奔亭里。还没到半夜,就有个女子从楼下走出来,喊冤说:"我姓苏,名娥,字始珠,本来居住在广信县,是修里人氏。我很早就失去了父母,又没有兄弟,后来嫁给了本县的施家。我命薄,丈夫又死了,但还有各式丝织品一百二十匹和一名叫致富的婢女。我孤苦伶仃,又身体瘦弱,不能自谋生计,所以想到邻县去卖掉这些丝织品,便从本县的一个男人王伯那里租了一辆牛车,那辆牛车价值一万二千文钱,上面载了我和丝织品,又让致富手持缰绳驾着牛车,在前年四月十日,来到鹄奔亭亭外。当时太阳已经快要下山,路上没有行人,我不敢再继续往前走,就在这里住下了。致富突然肚子疼,我便到亭长的房间去讨一些茶水和火种。亭长龚寿,拿着武器来到车边,问我说:'夫人从什么地方来?车上装的是什么东西?丈夫在哪里?为什么独自一个人赶路?'我回答说:'何必劳烦你问这些事情?'龚寿竟抓住我的胳膊说:'少年人恋慕美丽的姑娘,希望你能给我带来一点快乐。'我十分害怕，不肯依从他。龚寿便拿起刀刺进我的肋下，一刀就杀了我。他又用刀刺了致富，致富也死了。龚寿在楼下挖了个坑，把我们俩合埋在里面，我在底下，致富在上面。他拿了财物离开，杀了牛，烧了车，把车钉和牛骨都藏在驿亭东边的空井里。我既然已经冤屈而死，内心悲痛能感动苍天，但无处控告，所以回来向贤明的使君申诉。"何敞说："现在想要挖出你的尸体，怎么证明那具尸骨就是你呢？"女子说："我上下身都穿着白色的衣服，脚上踏着青色的丝鞋，都还没有腐烂。希望您能寻访一下我的家乡父老，把我的尸骨同我死去的丈夫合葬在一起。"何敞叫人挖出尸体，果然像她说的那样。于是何敞骑马回到官府，派遣差役逮捕犯人，拷问审讯后，犯人供认了全部罪状。他又到广信县查问，也和苏娥的说法相合。龚寿的父母兄弟，都被逮捕入狱。何敞上表奏明龚寿一案说："依照正常律令，惩治杀人不至于诛灭整个家族。但龚寿作为首恶，家里人却隐瞒了好几年，按照法律本来就不能免受惩罚，而且让鬼神来控诉的案件，千年也碰不到一次。所以我请求把他们全部斩首，用来昭告鬼神，帮助惩奸除恶。"皇帝批复说同意何敞的意见。

曹公船

濡须口有大船①，船覆在水中，水小时，便出见。长老云："是曹公船。"尝有渔人，夜宿其旁，以船系之，但闻竿笛弦歌之音，又香气非常。渔人始得眠，梦人驱遣云："勿近官妓。"相传云曹公载妓船覆于此，至今在焉。

〔注释〕

①濡须口：在今安徽无为县东南。为古濡须水入长江之口。"濡须口"亦可作"合肥"。

〔译文〕

濡须口有一条大船，船身沉没在水中，河水小的时候，就显露出来。老人们说："这是曹操的船。"曾经有个渔夫，夜里停宿于这条船边，把自己的小船系在大船身上，只听见船上传来阵阵吹奏竽笛和应弦歌唱的声音，又有非同寻常的香气飘了过来。渔夫刚刚入睡，便梦见有人驱赶他说："别靠近官家歌伎。"传说曹操载歌伎的船就沉在这里，到现在这条船还存在着。

夏侯恺

夏侯恺字万仁，因病死。宗人儿苟奴①，素见鬼。见恺数归，欲取马，并病其妻，著平上帻，单衣，入坐生时西壁大床，就人觅茶饮。

〔注释〕

①宗人：同族之人。

〔译文〕

夏侯恺，字万仁，因病而死。他族人的儿子苟奴，平素能看见鬼。他好几次看见夏侯恺回家，想带走马，并责备他的妻子，还戴着平巾帻，穿着单衣，进屋坐在自己生前常坐的西墙边的大床上，向人要茶喝。

诸仲务女

诸仲务一女显姨,嫁为米元宗妻,产亡于家。俗闻产亡者,以墨点面。其母不忍,仲务密自点之,无人见者。元宗为始新县丞①,梦其妻来上床,分明见新白妆面上有黑点。

〔注释〕

①始新县丞:始新县县丞。始新,古县名。东汉建安十三年(208)分歙县置,为新都郡治。治所在今浙江淳安县(排岭镇)西北五十余里千岛湖威坪岛附近。西晋为新安郡治。隋开皇九年(589)废。县丞,官名。始置于战国,秦汉治置,典文书与仓狱,是县令的主要助手。

〔译文〕

诸仲务有个女儿叫显姨,嫁给米元宗为妻,生产时死在家中。按照当时风俗,生产而死的人,要用墨点在死者脸上。她的母亲不忍心这样做,诸仲务就偷偷地自己给女儿点了,没人看到他这样做。米元宗任始新县县丞,梦见他的妻子前来坐在床上,清清楚楚地看见她那刚用白粉化过妆的脸上有黑点。

王 昭

晋世新蔡王昭,平犊车在厅事上①,夜,无故自入斋室中②,触壁而出。后又数闻呼噪攻击之声,四面而来。昭乃聚众,设弓弩战斗之备,指声弓弩俱发,而鬼应声接矢数枚,皆倒入土中。

①厅事:本为衙署里的大堂,后私家房屋也称此名。

②斋室:斋戒时的居室。

〔译文〕

　　晋代新蔡县人王昭把牛车停放在大堂上,晚上,牛车却无缘无故地自己闯进斋房里,碰到墙壁后才退了出去。后来他又多次听到呼喊喧闹和攻打袭击的声音从四面八方传来。王昭就召集众人,准备好弓箭等武器,朝着声音来源的地方放出全部箭矢,鬼应着声音挨了好几箭,都跌入土中。

鼓琵琶

　　吴赤乌三年,句章民杨度至余姚①。夜行,有一少年,持琵琶,求寄载。度受之。鼓琵琶数十曲,曲毕,乃吐舌擘目,以怖度而去。复行二十里许,又见一老父。自云姓王名戒。因复载之。谓曰:"鬼工鼓琵琶,甚哀。"戒曰:"我亦能鼓。"即是向鬼。复擘眼吐舌,度怖几死。

〔注释〕

①句章民杨度至余姚:句章县的平民杨度要到余姚去。句章,秦置,属会稽郡。治所在今浙江余姚东南五十里城山村。东汉为会稽郡东部都尉治。东晋隆安四年(400)迁治今浙江鄞州西南四十二里鄞江镇。余姚,秦置县,属会稽郡。治所即今浙江余姚姚江北岸。隋开皇九年(589)废入句章县。

吴国赤乌三年，句章县的平民杨度要到余姚县去。在夜里赶路时，有个抱着琵琶的少年请求搭车，杨度就让他上了车。少年用琵琶弹奏了几十支曲子，弹完后，就吐出舌头裂开眼睛来吓唬杨度，然后离开了。继续走了二十里左右，杨度又看见一个老人，自称姓王名戒。杨度再次让他上了车，还对他说："鬼擅长弹琵琶，弹得声调很是哀凉。"王戒说："我也会弹。"原来他就是先前那只鬼。他又再次裂开眼睛吐出舌头，杨度几乎要被吓死。

秦巨伯

琅邪秦巨伯，年六十，尝夜行饮酒，道经蓬山庙。忽见其两孙迎之，扶持百余步，便捉伯颈著地，骂："老奴，汝某日捶我，我今当杀汝。"伯思惟某时信捶此孙。伯乃佯死，乃置伯去。伯归家，欲治两孙。两孙惊惋，叩头言："为子孙，宁可有此。恐是鬼魅，乞更试之。"伯意悟。数日，乃诈醉，行此庙间。复见两孙来，扶持伯。伯乃急持，鬼动作不得。达家，乃是两人偶也。伯著火炙之，腹背俱焦坼。出著庭中，夜皆亡去。伯恨不得杀之。后月余，又佯酒醉夜行，怀刃以去。家不知也。极夜不还。其孙恐又为此鬼所困，乃俱往迎伯，伯竟刺杀之。

[译文]

琅琊郡人秦巨伯，六十岁了，曾经在夜里出去喝酒，路过蓬山庙。忽然看见他的两个孙子前来接他，但搀着他才走了一百多步，就掐住他的脖子把他按倒在地，嘴里骂道："老奴才！你在某天打了我，我现在要杀了你！"秦巨伯仔细想了想，某天确实打过这个孙子。秦巨伯就装作已经死亡，他们便扔下秦巨伯走了。秦巨伯回到家中，想要惩治两个孙子。他们又惊讶又难过，向他磕头说："做人子孙，哪里会做这种事情呢？恐怕是鬼魅作祟，请您再去试它一下。"秦巨伯醒悟了过来。过了几天，他就装作醉酒，来到这座庙前。又看见两个孙子来搀扶他。秦巨伯连忙把他们紧紧挟住，让鬼动弹不得。回到家中一看，原来是两个庙中的木偶像。秦巨伯便点火炙烤它们，把木偶像的腹部、背脊都烤得焦枯开裂，然后提出去扔在了院子里。到了夜里，它们便都逃走了。秦巨伯心里遗憾没能把它们杀死。一个多月后，秦巨伯又假装醉酒在夜间行走。他怀里藏着刀离开家，家里人都不知道。夜深了他还没有回来，他的孙子怕他又被鬼魅困住，就一起前去迎接他，秦巨伯竟把他们当成鬼刺死了。

宋定伯

南阳宋定伯，年少时，夜行逢鬼。问之，鬼言："我是鬼。"鬼问："汝复谁？"定伯诳之，言："我亦鬼。"鬼问："欲至何所？"答曰："欲至宛市。"鬼言："我亦欲至宛市。"遂行数里。鬼言："步行太迟，可共递相担，何如？"定伯曰："大善。"鬼便先担定伯数里。鬼言："卿太重，将非鬼也？"定伯言："我新鬼，故身重耳。"定伯因复担鬼，鬼略无重。如是再三。定伯复言："我新鬼，不知有何所畏忌？"鬼答言："惟不喜人唾。"于是共行，道遇水，定伯令鬼先渡，听之，了然无声音。定伯自渡，漕漼作声①。鬼复言:"何以有声?"定伯曰:"新死,不习渡水故耳。勿怪吾也。"行欲至宛市,定伯便担鬼著肩上,急执之。鬼大呼,声咋咋然,索下。不复听之,径至宛市中,下著地,化为一羊,便卖之。恐其变化,唾之。得钱千五百乃去。当时石崇有言②:"定伯卖鬼,得钱千五。"

〔注释〕

①漕灌(cáocuǐ):象声词。形容水声。

②石崇(249—300):字季伦,南皮(今河北南皮东北)人。元康初累官至荆州刺史,以劫掠客商致财无数。在河阳营建金谷别墅,后拜卫尉,与贵戚王恺、羊琇之徒,以奢靡相尚。八王之乱时,与齐王同结党,为赵王伦所杀。

〔译文〕

南阳郡人氏宋定伯,在他年轻的时候,一次在夜里走路时遇到了鬼。宋定伯问他是谁,鬼说:"我是鬼。"鬼问宋定伯说:"你又是谁?"宋定伯欺骗他说:"我也是鬼。"鬼问道:"你要到什么地方去?"宋定伯回答说:"想去宛县市集。"鬼说:"我也要去宛县市集。"于是宋定伯就和鬼一起走了几里路。鬼说:"步行太慢,我们可以轮流扛着走,怎么样?"宋定伯说:"那太好了。"鬼就先扛着宋定伯走了几里路。鬼说:"你太重了,恐怕不是鬼吧?"宋定伯说:"我是新鬼,所以身体沉重。"接下来宋定伯也扛着鬼走路,鬼轻得几乎没有重量。他们就这样反复轮换了好几次。宋定伯又说:"我是新鬼,不知道做鬼有什么畏忌?"鬼回答说:"只是不喜欢人的唾沫。"于是他们还是一起走着。路上遇见一条河,宋定伯叫鬼先渡,仔细听着,竟一点声音也没有。宋定伯自己渡河时,水声嘈杂作响。鬼又说:"为什么你渡河时会有声音?"宋定伯说:"是我刚死,不熟练蹚水过河的缘故吧!不要感到奇怪。"快要到宛县市集时,宋定伯便把鬼扛在肩上,紧紧地捏住他。鬼大声叫嚷,发出惊呼的声音,请求宋定伯把他放下来。宋定伯不再听他的,径直把他扛到宛县市集里面,才把他扔到地上,鬼变成一只羊,宋定伯就把羊卖了。怕它再有变化,便朝它身上唾了些口水。得到一千五百文钱就走了。当时石崇说过这样的话:"宋定伯卖了鬼,得到了一千五百文钱。"

紫 玉

吴王夫差小女①,名曰紫玉,年十八,才貌俱美。童子韩重②,年十九,有道术。女悦之,私交信问③,许为之妻。重学于齐鲁之间,临去,属其父母,使求婚。王怒,不与女。玉结气死,葬阊门之外④。三年重归,诘其父母,父母曰:"王大怒,玉结气死,已葬矣。"重哭泣哀恸,具牲币⑤,往吊于墓前。玉魂从墓出,见重,流涕谓曰:"昔尔行之后,令二亲从王相求,度必克从大愿。不图别后,遭命奈何!"玉乃左顾宛颈而歌曰:"南山有鸟,北山张罗。鸟既高飞,罗将奈何!意欲从君,谗言孔多。悲结生疾,没命黄垆⑥。命之不造,冤如之何!羽族之长,名为凤凰。一日失雄,三年感伤。虽有众鸟,不为匹双。故见鄙姿,逢君辉光。身远心近,何当暂忘。"歌毕,歔欷流涕,要重还冢。重曰:"死生异路。惧有尤愆⑦,不敢承命。"玉曰:"死生异路,吾亦知之。然今一别,永无后期。子将畏我为鬼而祸子乎?欲诚所奉,宁不相信。"重感其言，送之还冢。玉与之饮燕⑧，留三日三夜，尽夫妇之礼。临出，取径寸明珠以送重，曰："既毁其名，又绝其愿，复何言哉！时节自爱。若至吾家，致敬大王。"

重既出，遂诣王，自说其事。王大怒曰："吾女既死，而重造讹言，以玷秽亡灵。此不过发冢取物，托以鬼神。"趣收重。重走脱，至玉墓所诉之。玉曰："无忧。今归白王。"王妆梳，忽见玉，惊愕悲喜，问曰："尔缘何生？"玉跪而言曰："昔诸生韩重，来求玉，大王不许。玉名毁义绝，自致身亡。重从远还，闻玉已死，故赍牲币，诣冢吊唁。感其笃终，辄与相见，因以珠遗之。不为发冢，愿勿推治。"夫人闻之，出而抱之，玉如烟然。

〔注释〕

①夫差(？—前473)：春秋吴王，因父阖闾为越王勾践所败，故败困勾践于会稽，以报父仇，并率精兵北会诸侯于黄池，与晋争霸，勾践乘虚而入，遂灭吴，夫差自刭而死，在位二十三年。

②童子：未成年的男子。

③信问：音信。

④阊门：苏州古城之西门，通往虎丘方向。

⑤牲币：牺牲和币帛。古代用以祀日月星辰、社稷、五岳等。后泛指一般祭祀供品。

⑥黄垆：黄泉，坟墓。刘义庆《世说新语·伤逝》："（王濬冲）乘轺车，经黄公酒垆下过，顾谓后车客：'吾昔与嵇叔夜、阮嗣宗共酣饮于此垆……自嵇生夭、阮公亡以来，便为时所羁绁。今日视此虽近，邈若山河。'"后世因以"黄垆"做悼念亡友之词。

⑦尤愆(qiān)：罪咎。

⑧燕：同"宴"。

〔译文〕

　　吴王夫差的小女儿名叫紫玉，年纪十八岁，才貌双绝。当时有个少年叫韩重，十九岁，懂得一些道术。紫玉爱上了他，私自派人给他送信，答应做他的妻子。韩重要到齐鲁一带去求学，临走时，就嘱托自己的父母为他去求婚。吴王十分恼火，不肯把女儿嫁给他。紫玉因此郁结而死，被埋葬在阊门门外。三年后韩重回到家里，就询问父母事情的结果，父母说："吴王非常恼火，紫玉也因此郁结而死，早已埋葬了。"韩重痛哭流涕，十分悲伤，就准备了祭品礼物，去紫玉坟前凭吊。紫玉的魂魄从墓里走了出来，看到韩重后，流着眼泪对他说："当初你走了之后，遣你的父母向我父王求婚，我觉得父王必定满足你我结为连理的心愿。没想到分别后，竟要遭受这样的命运，又能怎么办呢？"于是紫玉转头看向左侧，宛颈歌唱道："南山有乌鸟，北山张网罗。乌鸦已高飞，罗网没奈何！本想嫁给您，诽谤又太多。郁结生重病，没命入黄泉。命运真不好，冤死又如何！鸟类有首领，名字叫凤凰。一日失雄凤，三年多悲伤。虽有众鸟在，不愿配成双。故见鄙陋身，逢君生辉光。身远心相近，怎能片刻忘？"唱完后，紫玉悲泣抽噎，邀请韩重一起返回坟墓。韩重说："生和死是两个世界。我怕有罪过，不敢接受你的邀请。"紫玉说："生和死是两个世界，我也知道这个道理。但是今天一分，以后就永远没有见面的机会了。您是怕我变成鬼会祸害您吗？想把自己的一颗真心奉献给您，难道您不相信？"韩重被她的话感动了，就把她送回坟墓。紫玉置办了酒宴款待他，留他住了三天三夜，尽了夫妻之礼。韩重将要出坟墓时,紫玉拿了一颗直径一寸的明珠送给他,说道:"既然我的名声已被毁坏,心愿又被断绝,还有什么话可说呢?季节交替气候变化时,您要多加保重。如果去我家,请代我向父王表示敬意。"

韩重出了坟墓,就去拜见吴王,主动讲述了这件事。吴王大发雷霆说:"我女儿已经死了,你却制造谣言,来污辱死者的名声。这一切不过是你假托鬼神的名义以便偷挖坟墓盗窃宝物罢了。"于是下令立即逮捕了韩重。韩重逃掉后,来到紫玉的墓前诉说了这件事。紫玉说:"不用担心,我现在就回去向父王说明情况。"吴王正在梳洗,忽然看见紫玉,大吃一惊,心里悲喜交加,问道:"你为什么又活过来了?"紫玉跪下说道:"过去书生韩重前来求婚,父王您没有同意。我的名誉被毁坏,情义被斩断,导致了自己的死亡。韩重从远方归来,听说我已经死了,就带着祭品礼物,到坟上悼念我。我感念他情意深厚、始终如一,便和他见了面,并把明珠送给他。不是他挖掘了我的坟墓所得,请父王不要拿他审问治罪。"吴王夫人听到紫玉的声音,出来抱住她,紫玉却像烟气一样消失了。

驸马都尉

陇西辛道度者,游学至雍州城四五里^①,比见一大宅,有青衣女子在门。度诣门下求飧^②。女子入告秦女,女命召入。度趋入阁中,秦女于西榻而坐。度称姓名,叙起居,既毕,命东榻而坐。即治饮馔。食讫,女谓度曰:"我秦闵王女^③,出聘曹国^④,不幸无夫而亡。亡来已二十三年,独居此宅。今日君来,愿为夫妇。"经三宿三日后，女即自言曰："君是生人，我鬼也。共君宿契⑤，此会可三宵，不可久居，当有祸矣。然兹信宿，未悉绸缪，既已分飞，将何表信于郎？"即命取床后盒子开之，取金枕一枚，与度为信。乃分袂泣别，即遣青衣送出门外。未逾数步，不见舍宇，惟有一冢。度当时荒忙出走，视其金枕在怀，乃无异变。寻至秦国，以枕于市货之。恰遇秦妃东游，亲见度卖金枕，疑而索看，诘度何处得来？度具以告。妃闻，悲泣不能自胜。然尚疑耳，乃遣人发冢，启枢视之，原葬悉在，唯不见枕。解体看之，交情宛若，秦妃始信之。叹曰："我女大圣⑥，死经二十三年，犹能与生人交往，此是我真女婿也。"遂封度为驸马都尉⑦，赐金帛车马，令还本国。因此以来，后人名女婿为"驸马"。今之国婿，亦为驸马矣。

〔注释〕

①雍州：古九州之一。在今陕西、甘肃二省和青海东部地区。东汉兴平元年（194）分凉州河西四郡置郡，治所在姑臧县（今甘肃武威），建安十八年（213）移治长安县（今陕西西安西北）。三国魏时，辖境相当今陕西关中平原、甘肃东南部、宁夏南部及青海黄河以南的部分地区，以后逐渐缩小。

②飧（sūn）：晚饭，亦泛指熟食、饭食。

③秦闵王：历代秦王中无此人。

④曹国：西周封国。姬姓。都陶（今山东定陶西北四里）。周武王封其弟振铎于此。公元前487年为宋所灭。

⑤宿契：宿缘。命中早定的姻缘。

⑥大圣：极有神通。

⑦驸马都尉:西汉武帝始置,皇帝出行时掌副车,为侍从近臣,常用作加官。东汉员五人,名义上隶属光禄勋。魏晋沿置,多用作宗室、外戚、功臣子、贵族、亲近之臣的加官,或亦加于尚公主者。魏晋以后,渐成公主夫婿的代称,不为官职。

〔译文〕

　　陇西郡有个人叫辛道度,外出游学到雍州城四五里远的地方,看见近处有座很大的宅院,一个身穿青衣的婢女站在门边。辛道度便到门前请求吃顿晚饭。婢女进去禀告了秦王女儿,后者便叫婢女让辛道度进屋。辛道度小步走进楼阁中,秦王女儿则在西边的床榻上坐着。辛道度报上了自己的姓名,问候对方起居住行,寒暄完毕后,秦王女儿就叫他坐在东边的床榻上,接着准备好饮食酒馔和他一起就餐。饮食完毕后,她便对辛道度说:"我是秦闵王的女儿,出嫁到曹国,不幸还没有成婚就死了。如今已经过去了二十三年,独自一个人居住在这里。今天您来了,希望能和您结成夫妻。"经过了三天三夜后,秦王女儿便主动对辛道度说:"您是活人,我是鬼。虽然和您有了宿缘,但我们会聚的时间只有三天,不能久留,否则就会为您带来祸患。但这一两个晚上的短暂时光,还没能让我们尽了缠绵情意,就要劳燕分飞,我要用什么来向郎君表明我的一片真情呢?"随即叫婢女把床后的盒子拿来打开,取出一枚金枕,递给辛道度作为信物。于是她哭泣着和辛道度分手告别,又派婢女把人送出门外。辛道度还没走几步,屋舍就不见了,只有一座坟墓。辛道度当时被吓得慌忙逃跑,看到怀里的金枕,却并没有发生什么变化。不久他来到秦国,把金枕放在市集上出售。恰巧碰到秦王妃子到东方游玩,亲眼看见辛道度在卖金枕,心中怀疑之下就向辛道度要来金枕仔细察看，并追问辛道度是从什么地方得来的。辛道度就把事情的前后经过全部告诉了秦王妃。秦王妃听了后，禁不住悲哀地哭泣起来。但她心里还是有点怀疑，就派人去挖开坟墓，打开棺材仔细查看，只见原先的陪葬品都还在，只是不见了金枕。解开衣服察看秦王女儿的身体，男女交欢的痕迹宛然在目，这才相信了。她感叹道："我的女儿真是极有神通，死了二十三年，还能和活人往来，这个辛道度才是我真正的女婿啊！"于是就封辛道度为驸马都尉，赐给他钱物车马，让他回到自己的国家。从此以后，后代人便把女婿称为"驸马"。现在皇帝的女婿，也被叫作驸马了。

汉谈生

汉谈生者，年四十，无妇，常感激读《诗经》①。夜半，有女子年可十五六，姿颜服饰，天下无双，来就生，为夫妇。乃言曰："我与人不同，勿以火照我也。三年之后，方可照耳。"与为夫妇。生一儿，已二岁，不能忍，夜伺其寝后，盗照视之。其腰已上，生肉如人，腰已下，但有枯骨。妇觉，遂言曰："君负我。我垂生矣，何不能忍一岁而竟相照也？"生辞谢。涕泣不可复止，云："与君虽大义永离，然顾念我儿，若贫不能自偕活者，暂随我去，方遗君物。"生随之去，入华堂室宇，器物不凡。以一珠袍与之，曰："可以自给。"裂取生衣裾，留之而去。后生持袍诣市，睢阳王家买之，得钱千万。王识之曰："是我女袍，那得在市？此必发冢。"乃取拷之。生具以实对，王犹不信。乃视女冢，冢完如故。发视之，棺盖下果得衣裾。呼其儿视,正类王女。王乃信之。即召谈生,复赐遗之,以为女婿。表其儿为郎中^②。

〔注释〕

①感激:感动奋发。
②郎中:职官名。始于战国,秦汉沿置。掌管门户、车骑等事;内充侍卫,外从作战。隋代以后,为六部内各司之主管。

〔译文〕

　　汉朝的谈生,年龄四十岁了,还没有妻子,常常因为心中感奋激发而诵读《诗经》。一天半夜,有个姑娘,年纪十五六岁,体态容貌和衣着打扮,天下间无人能比,主动接近谈生,要和他做夫妻。她说道:"我和一般人不一样,不要用火来照我。三年以后,方才能照。"谈生就和她结成夫妻。他们生了一个儿子,已经两岁了,谈生实在忍不住,就在夜里等妻子入睡后,偷偷地用火烛照视她。只见她的腰部以上,像人一样长着肉,腰部以下则只有枯骨。妻子醒来后说道:"您辜负了我。我快要复活了,您为什么不能再忍耐一年,竟用火烛来照我呢?"谈生连忙向她道歉。妻子的眼泪再也忍不住了,说道:"虽然和您永远断绝了夫妻关系,但我顾念自己的儿子,如果您穷得不能连他一起养活,就暂且跟我走一趟,我要送给您一点东西。"谈生跟着妻子出门,进了一间华丽的屋子,里面的陈设器物都非同寻常。妻子拿了一件缀有珠宝的长袍给他,说道:"可以靠它来养活你们了。"她撕下谈生的一片衣襟,留下衣襟后走了。后来谈生把长袍拿到市集上出售,睢阳王家的人买了它,谈生因此得到一千万钱。睢阳王认出了这件长袍,说:"这是我女儿的长袍,怎么会出现在市集上？一定是有人挖开了我女儿的坟墓。"于是把谈生抓来拷问。谈生把实情说了出来，但睢阳王仍然不信。他便去察看女儿的坟墓，坟墓外面完好如初。挖开一看，在棺盖下面果然找到了谈生的衣袂。他又把谈生的儿子叫来仔细察看，发现他长得很像自己的女儿。睢阳王这才相信谈生的话，就立即召见谈生，再次把女儿的长袍赠送给他，把他当作自己的女婿。还上书朝廷，推荐谈生的儿子做了郎中。

崔少府墓

卢充者，范阳人①。家西三十里，有崔少府墓。充年二十，先冬至一日，出宅西猎戏。见一獐，举弓而射，中之。獐倒复起。充因逐之，不觉远。忽见道北一里许，高门，瓦屋四周，有如府舍。不复见獐。门中一铃下唱："客前。"充曰："此何府也？"答曰："少府府也②。"充曰："我衣恶，那得见少府？"即有一人，提一幞新衣③，曰："府君以此遗郎。"充便著讫，进见少府，展姓名。酒炙数行，谓充曰："尊府君不以仆门鄙陋，近得书，为君索小女婚，故相迎耳。"便以书示充。充父亡时虽小，然已识父手迹，即歔欷，无复辞免。便敕内："卢郎已来，可令女郎妆严。"且语充云："君可就东廊。"及至黄昏，内白："女郎妆严已毕。"充既至东廊，女已下车，立席头，却共拜。时为三日，给食。三日毕，崔谓充曰："君可归矣。女有娠相，若生男，当以相还，无相疑；生女，当留自养。"敕外严车送客④。充便辞出。崔送至中门，执手涕零。出门，见一犊车，驾青牛，又见本所著衣及弓箭,故在门外。寻传教将一人,提襛衣,与充相问曰:"姻缘始尔,别甚怅恨,今复致衣一袭,被褥自副。"充上车,去如电逝。须臾至家,家人相见悲喜。推问,知崔是亡人而入其墓,追以懊惋。

别后四年,三月三日⑤,充临水戏,忽见水旁有二犊车,乍沉乍浮。既而近岸,同坐皆见。而充往开车后户,见崔氏女与三岁男共载。充见之忻然,欲捉其手。女举手指后车曰:"府君见人。"即见少府。充往问讯。女抱儿还充,又与金碗,并赠诗曰:"煌煌灵芝质,光丽何猗猗。华艳当时显,嘉异表神奇。含英未及秀,中夏罹霜萎。荣耀长幽灭,世路永无施。不悟阴阳运,哲人忽来仪。会浅离别速,皆由灵与祇。何以赠余亲?金碗可颐儿。恩爱从此别,断肠伤肝脾。"充取儿、碗及诗,忽然不见二车处。充将儿还,四坐谓是鬼魅,金遥唾之⑥,形如故。问儿:"谁是汝父?"儿径就充怀。众初怪恶,传省其诗,慨然叹死生之玄通也。充后乘车入市卖碗。高举其价,不欲速售,冀有识者。欻有一老婢识此,还白大家曰⑦:"市中见一人乘车,卖崔氏女郎棺中碗。"大家即崔氏亲姨母也。遣儿视之,果如其婢言。上车,叙姓名。语充曰:"昔我姨嫁少府,生女,未出而亡。家亲痛之,赠一金碗,著棺中。可说得碗本末。"充以事对。此儿亦为之悲咽。赍还白母。母即令诣充家,迎儿视之。诸亲悉集。儿有崔氏之状,又复似充貌。儿、碗俱验,姨母曰:"我外甥三月末间产。父曰:'春暖温也。愿休强也。'即字温休。温休者,盖幽婚也,其兆先彰矣。"儿遂成令器,历郡守二千石⑧。子孙冠盖⑨,相承至今。其后植⑩,字子干,有名天下。

〔注释〕

①范阳:秦置,因在范水之阳得名。治今河北定兴县西南固城镇,属广阳郡。西汉景帝时为封匈奴降王代为范阳侯。后复为县,属涿郡。三国魏属范阳郡。北齐武平七年(575)移治今固城镇北。隋开皇元年(581)改为遒县。

②少府:职官名。秦汉九卿之一,掌山海池泽之税,以供养天子。东汉改掌宫廷日常生活用品的供应和财宝的保管等杂务。梁与北魏称为"少府卿",隋置为"少府监",历代沿置。

③幞(fú):同"袱"。

④严车:谓整备车辆。

⑤三月三日:阴历三月初三,即上巳节。古人在这一天,有修禊的习俗,后演变为春游饮宴的节日。

⑥佥(qiān):全,都。

⑦大家(gū):对女子的尊称。

⑧郡守:官名。始见于战国。初为武职,防守边郡,后渐演变为郡级行政机构,最高长官,省称守。秩二千石。西汉因之,景帝二年(前155)更名太守。魏晋时也为郡太守代称。宋朝以后郡改为府,知府亦称郡守。

⑨冠盖:指仕宦,贵官。冠,礼帽。盖,车盖。

⑩植:卢植。字子干,涿郡(今属河北)人。少与郑玄俱师马融,博通古今文经学。灵帝时历博士、庐江太守、尚书等职,曾率军镇压黄巾起义。董卓专权,他不肯屈节,被免官,遂隐居上谷而卒。著有《尚书章句》《三礼解诂》,是东汉著名经学家。

〔译文〕

卢充,是范阳县人。在他家西面三十里的地方,有崔少府的坟墓。卢充二十岁那年，冬至前一天，到房子西边打猎游玩。看见一只獐子，便举起弓箭射它，把它射中了。獐子跌倒后却又爬起来逃跑。卢充便追赶它，不知不觉中越走越远。忽然，他看见路北一里左右的地方，有一座高门大户，四面环绕着瓦房，好像是官府的宅院。獐子却不见了。大门里一个侍从高声传呼道："贵客请进。"卢充问："这是哪家的府第？"侍从回答说："是崔少府的府第。"卢充说："我衣衫破烂，怎么能去见少府呢？"这时立即有个人拿来一包新衣服，说道："主人把这个送给您。"卢充换好衣服后，进门拜见少府，通报了自己的姓名。上了几次酒菜后，少府便对卢充说："令尊大人不嫌我门第卑贱，最近收到他的书信，替你向我女儿求婚，所以我才把你迎接进来。"说完便把信拿给卢充看。父亲死的时候，卢充虽然年纪尚小，但已经能够识别父亲的笔迹了，所以看到信后唏嘘不已，不再推辞。少府便吩咐家里人说："卢郎已经来了，可以叫女儿好好梳妆打扮。"又对卢充说："您可以先到东厢房去。"等到黄昏，里面的人说："小姐已经装扮好了。"卢充到了东厢房，小姐已经下了车，站在筵席前列，和卢充一起拜了堂。三天的时间里，每天都大办酒席。三天过后，崔少府对卢充说："您可以回家了。我女儿有了怀孕的迹象，如果生下男孩，就会抱来送给您，到时，您不用对此怀疑；生了女孩，我们就会留下来自己抚养。"又命令外面的侍从准备好车马送客。卢充便告辞出了门。崔少府送到中门门口，握着他的手眼泪直流。卢充出了大门，看见一辆牛车，套着一头青牛，又看见自己原来穿的衣服和弓箭仍然放在门外。不久，崔少府又传令让一个人提着一包衣服交给卢充，对卢充说道："姻缘才开始，离别让人惆怅不已。现在再送给您一套衣服，被褥也配备好了。"卢充上了牛车，车辆像闪电般离去了。一会儿到了家，家人看见他后悲喜交加。打听查问后，才知道崔少府原来是死了的人,卢充则进了他的坟墓,卢充回忆着那几天,心中懊恼怅恨。

分别后第四年的三月三日,卢充到河边游玩,忽然看见河里有两辆牛车,忽沉忽浮。一会儿牛车靠近岸边,和卢充坐在一起的人都看见了。卢充打开牛车后门,看见崔氏姑娘和一个三岁的男孩坐在车中。卢充看见他们很是高兴,想去握住她的手。崔氏姑娘举起手来指着后面的牛车说:"家父要见你。"卢充随即去拜见崔少府,上前询问情况。崔氏姑娘抱起儿子交给卢充,又给了他一只金碗,同时赠诗说:"姿质辉耀像灵芝,光泽丰满多美丽。漂亮艳丽谁不知,夸我出众又神奇。含花欲放未及开,盛夏遭霜全枯萎。华丽荣耀永消逝,人间道路全隔离。阴阳命运看不透,贤郎忽然来偎倚。交欢短暂离别速,都由神灵来管理。赠送亲人用什么?送只金碗可养子。恩爱夫妻从此别,心碎肠断肝脾裂。"卢充接过儿子、金碗和诗,忽然间两辆牛车就都不见了。卢充带着儿子回到岸上,在座的人说是鬼魅,都远远地朝他吐唾沫,小孩却形状如故。大家就问他:"谁是你的父亲?"小孩就径直扑进了卢充怀里。大家刚开始还有点奇怪厌恶,等到传阅了那首诗后,便都感慨地叹息死人和活人之间这种玄妙的交往。后来卢充驾车到集市上售卖金碗,故意抬高价格,不想让它很快卖掉,希望能够遇到认识金碗的人。恰巧有个年老的婢女认识这只碗,回去告诉女主人说:"我在集市上看见一个人坐在车上,售卖崔氏姑娘棺材里的金碗。"这位女主人就是崔氏姑娘的亲姨母。她派儿子前去察看,果然像婢女说的那样。他便上了卢充的车,通报了自己的姓名,对卢充说:"过去我的姨母嫁给了崔少府,生了个女儿,还没有出嫁人就死了。我母亲很是悲痛,送给她一只金碗,把它放在棺材里陪葬。你能否说出得到这只金碗的前后经过?"卢充便把事情经过都告诉了他。

卢充的儿子也因此悲伤地抽泣起来。他带着金碗回去把这件事告诉了母亲。母亲立刻派人到卢充家里，把卢充的儿子接过来察看，并把所有的亲友都召集在一起。小孩像崔氏姑娘的模样，又像卢充的相貌。小孩和金碗都得到了验证，姨母说："我的外甥女是三月底降生的。她父亲说：'春天天气温暖，祝愿她美丽、善良又强健。'于是就给她取名叫温休。温休，就是幽婚的意思。征兆早在取名时就显现出来了。"卢充的儿子长大后成为良才，做过秩禄二千石的郡守。卢家后世子孙世代做官，一直延续到今天。他的后代卢植，字子干，更是天下闻名。

汝阳鬼魅

后汉时，汝南汝阳西门亭[①]，有鬼魅。宾客止宿，辄有死亡。其厉厌者，皆亡发失精。寻问其故，云："先时颇已有怪物。其后郡侍奉掾宜禄郑奇来[②]，去亭六七里，有一端正妇人，乞寄载。奇初难之，然后上车。入亭，趋至楼下。亭卒白：'楼不可上。'奇云：'吾不恐也。'时亦昏冥，遂上楼，与妇人栖宿。未明发去。亭卒上楼扫除，见一死妇，大惊。走白亭长。亭长击鼓，会诸庐吏，共集诊之。乃亭西北八里吴氏妇。新亡，夜临殡火灭，及火至，失之。其家即持去。奇发行数里，腹痛，到南顿利阳亭加剧物故。楼遂无敢复上。"

〔注释〕

①汝阳：古县名。西汉置，属汝南郡。治所在今河南商水县西北。东晋为汝阳郡治。隋大业初废。

②侍奉掾：郡分职官吏，具体职掌不详。宜禄：西汉置，属汝南郡。治

所在今河南郸城县南三十七里宜路镇。东汉初废。永元中复置。魏晋间废。

〔译文〕

　　东汉时,汝南郡汝阳县西门亭里有鬼魅出现。旅客在里面留宿,总是有人死亡。被恶鬼残害的人,都掉了头发、遗精而死。询问其中的原因,那里的人说:"从前这里就常有怪物。后来汝南郡的侍奉掾,宜禄县人郑奇来到这儿,距离驿亭还有六七里的地方,有个打扮得很整齐的妇人请求搭车。郑奇刚开始觉得为难,后来就让她上了车。他们到了驿亭,便匆匆赶到楼下。守亭的士兵说:'这楼不能上。'郑奇说:'我不怕。'当时天色已经昏暗不清,郑奇就上了楼,和妇人睡在一起。天还没亮,郑奇就动身走了。守亭的士兵上楼去打扫,看见一具女尸,十分惊惧,就跑去报告亭长。亭长马上敲鼓,召集了所有侍从差役,一起去查看。原来这妇人是驿亭西北方向八里处吴家的媳妇,最近刚死,晚上即将下葬的时候,烛火灭了,等到火再被点燃的时候,尸体已经消失不见了。于是吴家的人便抬走了妇人的尸体。郑奇动身走了几里路,小腹便开始疼痛,走到南顿县利阳亭,腹痛加剧,人便死了。从此这栋楼就再也没人敢上去。"

钟　繇

　　颍川钟繇①,字元常,尝数月不朝会,意性异常②。或问其故,云:"常有好妇来,美丽非凡。"问者曰:"必是鬼物,可杀之。"妇人后往,不即前,止户外。繇问:"何以?"曰:"公有相杀意。"繇曰:"无此。"勤勤呼之,乃入。繇意恨,有不忍之,然犹斫之。伤髀。妇人即出,以新绵拭,血竟路。明日,使人寻迹之。至一大冢,木中有好妇人,形体如生人。著白练衫,丹绣裲裆。伤左髀,以裲裆中绵拭血③。

〔注释〕

①钟繇(151—230):字元常,颍川长社(今河南长葛)人。初举孝廉,后任黄门侍郎,曾策谋汉献帝脱离董卓部将李傕、郭汜控制。官渡之战时,奉命镇守关中,使曹操无西顾之忧,被喻为汉之萧何。后历官大理、相国、廷尉,主张恢复肉刑。卒后谥成侯。

②意性:情态。

③裲(liǎng)裆:古代妇女穿的背心。

〔译文〕

　　颍川郡的钟繇,字元常,曾经几个月都不去上朝,神态表情与平时截然不同。有人问他原因,他说:"最近常常有个美貌的妇人到我这儿来,她简直漂亮得非同寻常。"问他的人说:"这个妇人一定是鬼,你应当把她杀了。"妇人后来又来了,却没有立刻走到钟繇跟前,而是停在门外。钟繇问她:"你为什么不进门?"妇人说:"因为您有杀我的念头。"钟繇说:"我没有这种想法。"于是便恳切至极地连声呼唤她,她才进了屋。钟繇心里怨恨她,却又有点于心不忍,但最后还是砍了她一刀,伤了她的大腿。妇人立即走出门外,用新绵擦拭伤口,鲜血滴满了她走过的路。第二天,钟繇派人循着血迹去找她。来到一座大坟,棺材里有个美丽的妇人,身体就像活人一样。穿着白色的丝绸衣服和红色的绣花背心。被人砍伤了的左边大腿,还用背心里的丝绵擦拭过鲜血。

卷十六

张汉直

　　陈国张汉直①，到南阳，从京兆尹延叔坚学《左氏传》②。行后数月，鬼物持其妹，为之扬言曰："我病死，丧在陌上，常苦饥寒。操二三量不借③，挂屋后楮上；傅子方送我五百钱，在北墉下，皆忘取之。又买李幼一头牛，本券在书箧中。"往索取之，悉如其言。妇尚不知有此。妹新从婿家来，非其所及。家人哀伤，益以为审。父母诸弟，衰绖到来迎丧④，去舍数里⑤，遇汉直与诸生十余人相随。汉直顾见家人，怪其如此。家见汉直，谓其鬼也，怅惘良久。汉直乃前为父拜，说其本末，且悲且喜。凡所闻见，若此非一，得知妖物之为。

〔注释〕

　　①陈国：东汉章和二年（88）改淮阳国置，治所在陈县（今河南淮阳县）。辖境相当今河南周口市及淮阳、商水、西华、太康、柘城、鹿邑等县。献帝建安初国除为陈郡。三国魏黄初六年（225）封曹植于此，复为陈国。次年（226）又改陈郡。

　　②从京兆尹延叔坚学《左氏传》：跟随京兆尹延笃学习《左传》。京兆

尹,汉代辖治京兆地区的行政长官,职权与俸禄与郡守相当。后亦借指京师地区的行政长官。延叔坚,延笃(?—167),字叔坚,东汉南阳犨人。少从堂溪典受《左氏传》,又师从马融,博通经传及百家之言。举孝廉,桓帝征拜议郎。累迁京兆尹,有能名。梁冀遣客携书诣京兆,并货牛黄以求利,笃收客杀之。有司承旨欲求其事,以病免归,教授家巷。后遭党事禁锢,卒于家。

③不借:草鞋。丝制者称履,麻制者称不借。颜师古注《急就篇》卷二:"不借者,小屦也,以麻为之,其贱易得,人各自有,不须假借,因为名也。"

④衰绖(cuīdié):丧服。古人丧服胸前当心处缀有长六寸、广四寸的麻布,名衰,因名此衣为衰;围在头上的散麻绳为首绖,缠在腰间的为腰绖。衰、绖是丧服的主要部分。

⑤舍:学舍,书斋。

〔译文〕

陈国的张汉直到南阳去,跟随京兆尹延笃学习《左传》。他走了几个月后,鬼怪附身于他的妹妹,用他的口吻大喊:"我生病死了,尸骨还在路上,总是挨饿受冻。过去做好的两三双草鞋,挂在房子后面的楮树上;傅子方送给我五百文钱,放在北墙下面,这些东西都忘记拿了。我还向李幼买了一头牛,契据放在书箱中。"家里人去找这些东西,都像鬼怪说的那样。连他的妻子都不知道有这些东西。他的妹妹刚从丈夫家里来,不可能碰到张汉直。家里人十分悲伤,更加确认张汉直是真的死了。于是父母兄弟,都穿了丧服前去迎丧,离学舍还有几里的地方,遇到张汉直和十几个同学在一起行走。张汉直回头看见家人,为他们的穿戴感到奇怪。家里人看见张汉直,以为他是鬼,惆怅迷惘了好一会儿。张汉直上前向父亲行礼。父亲把事情的前后经过说了，父子俩悲喜交加。凡是我耳闻目见，像这样的事远远不止一件，知道这都是妖物作怪。

范 丹

汉陈留外黄范丹[①]，字史云，少为尉从佐使，檄谒督邮[②]。丹有志节，自恚为厮役小吏，乃于陈留大泽中，杀所乘马，捐弃冠帻，诈逢劫者。有神下其家曰："我史云也。为劫人所杀。疾取我衣于陈留大泽中。"家取得衣帻。丹遂之南郡[③]，转入三辅[④]，从英贤游学，十三年乃归，家人不复识焉。陈留人高其志行，及没，号曰贞节先生。

[注释]

①外黄：古县名。秦置，治今河南民权县西北。两汉属陈留郡。北魏废。北齐复置。唐贞观六年(632)废。

②督邮：官名。汉置，郡的重要属吏，代表太守督察县乡，宣达教令，兼司狱讼捕亡。唐以后废。

③南郡：秦昭王二十九年(前278)置，治所在郢(今湖北荆州故江陵县城西北纪南城)。后徙治江陵县(今荆州故江陵县城)。西汉辖境约相当今湖北襄阳、南漳县以南，松滋、公安以北，洪湖以西，利川及四川巫山县以东地。隋开皇初废。大业初复置。唐改为荆州。

④三辅：西汉时于京畿之地所设京兆尹、左冯翊、右扶风的合称。治所皆在长安城中。辖境相当今陕西中部。后亦指京师附近之地。

[译文]

汉朝陈留郡外黄县的范丹，字史云，年轻时曾当过尉从佐使,给督邮递送文书。范丹是个有志气、有节操的人,他惭愧自己只能做个供人驱使的小吏,就在陈留郡的大泽中,杀死自己所骑的马,扔掉了帽子头巾,假装遭到抢劫。有个神灵降临到他的家中,对他家里人说道:"我是史云。被强盗杀死了。你们赶快到陈留郡的大泽中收取我的衣服。"家里人去了后,拿到了衣服和头巾。于是范丹去了南郡,又转到京畿地区,跟随那些杰出的贤才学习,十三年后才回到家中,家里人都不认识他了。陈留郡的人们推崇他的志气德行,在他死后,给他取了个别号叫作"贞节先生"。

费 季

吴人费季,久客于楚。时道多劫,妻常忧之。季与同辈旅宿庐山下,各相问出家几时。季曰:"吾去家已数年矣。临来,与妻别,就求金钗以行,欲观其志,当与吾否耳。得钗,乃以著户楣上。临发,失与道。此钗故当在户上也。"尔夕①,其妻梦季曰:"吾行遇盗,死已二年。若不信吾言,吾行时取汝钗,遂不以行,留在户楣上。可往取之。"妻觉,揣钗得之,家遂发丧。后一年余,季乃归还。

〔注释〕

　①尔夕:当晚。

〔译文〕

　吴国人费季,寄居在楚国很久了。当时路上抢劫事件频频发生,妻子常常为他担忧。费季和同伴们在庐山山下投宿,各自互相询问对方离家多久了。费季说:"我离家已经好几年了。临走的时候,和妻子告别,向她要了一支金钗才动身,只是想试试她的心意,看她是否会给我罢了。拿到金钗后,就把它放在门框上面的横木上。等到动身的时候,忘了对她说。这支金钗肯定还在门上。"当天晚上,他的妻子梦见费季说:"我走在路上碰到强盗,已经死了两年了。如果你不相信我的话,我临走的时候拿了你的金钗,并没有把它带走,而是把它放在门框上面的横木上,你可以去把它取下来。"妻子醒来后,摸了一下门框,果然拿到了金钗,家里就给他办了丧事。过了一年多,费季才回到家中。

虞定国

余姚虞定国①,有好仪容。同县苏氏女,亦有美色。定国常见,悦之。后见定国来,主人留宿,中夜,告苏公曰:"贤女令色,意甚钦之。此夕能令暂出否?"主人以其乡里贵人,便令女出从之。往来渐数,语苏公云:"无以相报。若有官事②,某为君任之。"主人喜。自尔后,有役召事,往造定国。定国大惊,曰:"都未尝面命③,何由便尔?此必有异。"具说之。定国曰:"仆宁肯请人之父而淫人之女。若复见来,便当斫之。"后果得怪。

〔注释〕

①虞定国:疑作虞国,东汉末年余姚著名的政治人物。《会稽典录》:"虞国(字季鸿),少有孝行,为日南太守。"《水经注》二九:"官仓,仓即日

南太守虞国旧宅。"

②官事：公家的事；官府的事宜。

③面命：当面告语。

[译文]

余姚县的虞定国，生得仪表堂堂。同县的苏家姑娘，也长得美丽动人。虞定国曾经见过她一面，便心悦于她。后来看见虞定国前来，苏家主人就留他过夜。半夜时分，虞定国对苏公说："您的女儿长得十分漂亮，我心中很是钦慕。今晚能否叫她暂时出来一下呢？"苏公因为虞定国是当地身份高贵的人物，便叫女儿出来陪侍他。于是虞定国与苏家来往日渐频繁，他对苏公说："没有什么能够拿来报答您。如果官府有事宜，我就替您承担吧！"苏公听了很高兴。在这之后，有个差役叫苏公去服役，苏公就去找了虞定国。虞定国十分惊讶，说："我和您从来没有见过面说过话，您为什么会这样说？这里面一定有异常的事情发生。"苏公就把事情经过全都说了。虞定国说："难道我是那种请求别人父亲以便奸淫人家女儿的人吗？如果您再看见他来，应该把他杀了。"后来苏公果然捉到了妖怪。

朱诞给使

吴孙皓世，淮南内史朱诞，字永长，为建安太守。诞给使妻有鬼病①，其夫疑之为奸。后出行，密穿壁隙窥之。正见妻在机中织，遥瞻桑树上，向之言笑。给使仰视树上，有一年少人，可十四五，衣青衿袖，青幧头②。给使以为信人也，张弩射之。化为鸣蝉，其大如箕，翔然飞去。妻亦应声惊曰："噫！人射汝。"给使怪其故。后久时,给使见二小儿在陌上共语。曰:"何以不复见汝?"其一即树上小儿也,答曰:"前不遇,为人所射,病疮积时。"彼儿曰:"今何如?"曰:"赖朱府君梁上膏以傅之,得愈。"给使白诞曰:"人盗君膏药,颇知之否?"诞曰:"吾膏久致梁上,人安得盗之?"给使曰:"不然。府君视之。"诞殊不信。试为视之,封题如故^③。诞曰:"小人故妄言,膏自如故。"给使曰:"试开之。"则膏去半。为掊刮,见有趾迹。诞因大惊。乃详问之,具道本末。

〔注释〕

①给使:供役使之人。
②青衿袖:《艺文类聚》作"青布褶"。幧(qiāo)头:古代男子束发的头巾。
③封题:物品封装妥善后,在封口处题签。

〔译文〕

　　吴国孙皓在位期间,淮南内史朱诞,字永长,任建安太守。朱诞侍从的妻子被鬼魅迷惑,侍从怀疑她和旁人通奸。后来侍从借着外出的机会,偷偷在墙上打了个洞,从缝隙中窥探她。正好看见妻子在织布机上织布,眼睛却眺望着远处的桑树,对着桑树说说笑笑。侍从抬头看向大树,只见树上有个少年,十四五岁,穿着青色的衣服,戴着青色的头巾。侍从把他当作真人,便张弓射他。他却变成一只蝉,大小如同舂箕,张开翅膀飞走了。妻子也应着弓弦震动的声音惊讶道:"呀!有人射你。"侍从觉得这件事很是奇怪。后来又过了很长一段时间,侍从看见两个小孩在路上交谈。一个人说:"为什么最近总是看不见你?"另外一个就是树上的少年,回答说:"上次倒霉,被人射伤了,生疮病了很长时间。"对方又问:"现在怎么样了?"小孩说:"全靠朱太守梁上的药膏敷在伤口上,我才痊愈了。"侍从对朱诞说:"有人偷了您的药膏,您是否有所察觉?"朱诞说:"我的药膏放在梁上,谁能偷得到呢?"侍从说:"不一定吧。您还是检查看看。"朱诞心里丝毫不信。他试着查看,发现药膏外面的封签原封没动。朱诞便说:"你这小子故意胡说八道,药膏明明像之前那样丝毫未动。"侍从说:"请您再试着打开看看。"朱诞打开后,发现药膏少了一半。只见药膏被破开刮取,上面还有脚爪的痕迹。朱诞因此非常惊讶,就详细地询问侍从,侍从便把事情经过和盘托出。

倪彦思(附典农盗谷)

吴时,嘉兴倪彦思,居县西埏里。忽见鬼魅入其家,与人语,饮食如人,惟不见形。彦思奴婢有窃骂大家者,云:"今当以语。"彦思治之,无敢詈之者。彦思有小妻①,魅从求之,彦思乃迎道士逐之。酒殽既设,魅乃取厕中草粪,布著其上。道士便盛击鼓,召请诸神。魅乃取伏虎②,于神座上吹作角声音。有顷,道士忽觉背上冷,惊起解衣,乃伏虎也。于是道士罢去。彦思夜于被中窃与妪语,共患此魅。魅即屋梁上谓彦思曰:"汝与妇道吾,吾今当截汝屋梁。"即隆隆有声。彦思惧梁断,取火照视,魅即灭火,截梁声愈急。彦思惧屋坏,大小悉遣出,更取火,视梁如故。魅大笑,问彦思:"复道吾否?"郡中典农闻之曰③:"此神正当是狸物耳④。"魅即往谓典农曰："汝取官若干百斛谷,藏著某处。为吏污秽,而敢论吾。今当白于官,将人取汝所盗谷。"典农大怖而谢之。自后无敢道者。三年后去,不知所在。

〔注释〕

①小妻:妾,小老婆。
②伏虎:虎子。状似蹲兽的尿器。
③典农:泛指典农诸官,也作为"典农中郎将""典农校尉""典农都尉""典农司马"等官的省称。此类农官,汉魏皆置,均掌屯田事务。
④狸物:野狸,狸仙。

〔译文〕

　　三国吴时,嘉兴县的倪彦思住在县城西边的埏里。忽然看见一只鬼怪进入家中,同人说话,吃饭喝水都和普通人一样,只是看不见形体。倪彦思家有个奴婢在背后骂女主人,鬼怪便说:"现在就把事情告诉主人。"倪彦思收拾了这个奴婢后,便再也没谁敢辱骂女主人了。倪彦思有个妾氏,鬼怪缠着要她作陪,倪彦思就请了道士来驱逐它。置办好酒肉饭菜后,鬼怪却从厕所里掏了草粪撒在饭菜上面。于是道士猛然击鼓,召请各路神灵。鬼怪则拿了便壶,在神像座位上吹出了像号角一样的声音。过了一会儿,道士忽然觉得后背发凉,慌忙起来脱下衣服,发现背上竟被鬼怪挂上了便壶。于是道士便作罢走了。晚上倪彦思在被窝里和妻子偷偷说话,两人都为鬼怪的事情发愁。鬼怪就在屋梁上对倪彦思说:"你和你媳妇在一起说我坏话,我现在就该锯断你的房梁。"房梁立即发出轰隆隆的声音。倪彦思害怕屋梁被锯断,就拿了火烛照着查看,鬼怪立刻把火吹灭,同时锯房梁的声音越发剧烈。倪彦思害怕房屋坍塌，就把全家老少都喊出门外。等他又拿了火烛，再去查看屋梁，房梁却像以前那样完好无损。鬼怪哈哈大笑，问倪彦思道："你还要再说我吗？"郡中主管农业的官员听说了这件事，便说道："这妖物应当是野狸一类的精怪。"鬼怪就前去对典农说："你贪污了公家几百斛粮食，藏在某个地方。你做官这样贪污腐败，还敢对我说三道四。今天我应该告发到官府，带人抄了你私吞的粮食。"官员非常恐惧，连忙向它道歉。从此以后，再也没人敢提这只鬼怪了。三年后，鬼怪走了，不知道去了哪里。

顿丘鬼魅

魏黄初中，顿丘界有人骑马夜行①，见道中有一物，大如兔，两眼如镜，跳跃马前，令不得前。人遂惊惧，堕马。魅便就地捉之，惊怖暴死。良久得苏，苏已失魅，不知所在。乃更上马，前行数里，逢一人，相问讯已，因说："向者事变如此，今相得为伴，甚欢。"人曰："我独行，得君为伴，快不可言。君马行疾，且前，我在后相随也。"遂共行。语曰："向者物何如？乃令君怖惧耶？"对曰："其身如兔，两眼如镜，形甚可恶。"伴曰："试顾视我耶？"人顾视之，犹复是也。魅便跳上马，人遂坠地，怖死。家人怪马独归，即行推索②，乃于道边得之。宿昔乃苏，说状如是。

〔注释〕

①顿丘：西汉置县，属东郡，治所在今河南清丰县西南。西晋为顿丘

郡治。治所在顿丘县,辖境相当今河南濮阳及清丰、内黄、南乐、范县等地。北齐废。

②推索:推求寻索。

[译文]

曹魏黄初年间,顿丘县境内有个人骑着马在夜里赶路,看见路中央有样东西,大小像只兔子,两只眼睛像镜子一样明亮,突然跳到马匹前方,使马无法前进。这个人大吃一惊,从马上摔了下来。怪物就地把他捉住,这人又惊又怕,一下子就昏死了过去。过了很久他才苏醒过来,怪物已经消失了,不知道在什么地方。于是他又上了马,向前走了几里,碰到一个人,互相问候对方后,便说道:"刚刚我碰到了那样的怪物,现在能和你作伴,十分高兴。"那人说道:"我一个人上路,有您作伴,开心得说不出话来。您的马走得快,就在前面先走,我在后面跟着。"于是他们就结伴而行。那人问他:"刚才那东西长什么样?让您担惊受怕了吗?"他回答说:"那东西的身形像只兔子,两只眼睛像面镜子,长得很讨人厌。"同伴说:"那你试着回头看看我怎么样?"他回头一看,又是之前那只怪物。怪物跳上马匹,这人就摔到地上,吓得昏死过去。他家里人奇怪马匹独自回来,就出门找人,于是在路边找到了他。过了一个晚上,这个人才苏醒过来,描述了事情的经过。

度朔君

袁绍字本初①,在冀州,有神出河东,号度朔君,百姓共为立庙。庙有主簿大福。陈留蔡庸为清河太守,过谒庙。有子名道,亡已三十年。度朔君为庸设酒,曰:

"贵子昔来，欲相见。"须臾，子来。度朔君自云父祖昔作兖州。

有一士姓苏，母病往祷。主簿云："君逢天士留待。"闻西北有鼓声而君至。须臾，一客来，著皂角单衣，头上五色毛，长数寸。去后，复一人，著白布单衣，高冠，冠似鱼头，谓君曰："昔临庐山共食白李，忆之未久，已三千岁。日月易得，使人怅然。"去后，君谓士曰："先来南海君也。"士是书生，君明通五经，善《礼记》，与士论礼，士不如也。士乞救母病。君曰："卿所居东有故桥，坏久之。此桥乡人所行，卿能复桥，便差。"

曹公讨袁谭②，使人从庙换千匹绢，君不与。曹公遣张郃毁庙③。未至百里，君遣兵数万，方道而来④。郃未达二里，云雾绕郃军，不知庙处。君语主簿："曹公气盛，宜避之。"后苏并邻家有神下，识君声，云："昔移入胡，阔绝三年。"乃遣人与曹公相闻："欲修故庙，地衰不中居，欲寄住。"公曰："甚善。"治城北楼以居之。数日，曹公猎，得物，大如麂⑤，大足，色白如雪，毛软滑可爱，公以摩面，莫能名也。夜闻楼上哭云："小儿出行不还。"公拊掌曰："此子言真衰也。"晨将数百犬，绕楼下。犬得气，冲突内外，见有物大如驴，自投楼下，犬杀之，庙神乃绝。

[注释]

　　①袁绍（？—202）：字本初。汝南汝阳（今河南商水）人。出身门阀大

族。汉灵帝卒，与何进谋诛宦官，进被杀，他率军捕杀宦官二千余人。后以渤海太守起兵讨伐董卓，是关东诸军盟主。代韩馥为冀州牧，大败幽州公孙瓒，兼有冀、幽、青、并四州之地，成为东汉末年割据势力中最强的一支。后于官渡之战被曹操击败，不久病卒。

②袁谭（？—205）：字显思。袁绍长子。初出守青州。绍死，因继位问题与其弟袁尚不和，称兵自立。初遭曹操进攻，与其弟共同抵御，后操用离间计，诈许联姻，遂不出兵援尚。操破邺城，移兵北攻，他被斩于南皮清河。

③张郃（？—231）：字儁乂，河间鄚（今河北任丘）人。原为袁绍部将，官渡之战后归曹操。曹丕称帝后，任左将军。公元228年，率军西拒诸葛亮，在街亭（今甘肃庄浪东南），大破蜀军前锋马谡，因功升车骑将军。后在木门（今甘肃天水境）与蜀军战斗中，中箭而死，谥壮侯。

④方道：犹并道。谓在道路上并排行进。

⑤麑（ní）：幼鹿。

〔译文〕

　　袁绍字本初，割据冀州时，河东郡出现了一个神灵号称度朔君，当地百姓共同为他修立了庙宇。庙里有个主簿叫大福。陈留郡的蔡庸当了清河太守，路过时顺道拜访了这间庙宇。他有个儿子名叫蔡道，已经死了三十年。度朔君给蔡庸置办了酒席，说道："您的儿子早就来了，他想见见您。"一会儿，蔡庸的儿子就来了。度朔君自称他的父辈们曾在兖州发家。

　　有个士人姓苏，母亲病了，就来庙里祈祷。主簿说："度朔君正在会见天上的神君，希望您稍等片刻。"士人忽然听见西北方有鼓声，接着度朔君就到了。过了一会儿，便有一个客人进来，穿着黑色单衣，头上插着五彩缤纷的羽毛，有好几寸长。这个客人走后，又来了一个人，穿着白布单衣，戴着高高的帽子，帽子的形状像鱼头，对度朔君说："过去我们一起到庐山吃白李，回想起来好像没有多久，却已经过去三千年了。时间过得太快，令人惆怅不已。"这人走了后，度朔君对士人说："刚才来的是南海王。"士人是个书生，度朔君精通五经，擅长《礼记》，所以与士人谈论起礼仪来，士人比不上他。士人请求度朔君救治母亲的疾病，度朔君说："您住处东边有座旧桥，这座桥年久失修，损毁已久。过去乡里的人经常走它，如果您能修好这座桥，那么您母亲的病便会痊愈。"

曹操讨伐袁谭，派人到庙里来借一千匹绢，度朔君不给。曹操就派张郃前来捣毁庙宇。离庙还有一百多里时，度朔君便派兵几万，和张郃的军队同道而来。离庙宇还有二里地时，张郃的部队便被云雾笼罩，无法知道庙宇的位置。度朔君对主簿说："曹操气势强盛，应该避开他。"后来苏家和隔壁邻居家有神灵降临，士人认出来是度朔君的声音。度朔君说："先前移居到了胡人地界，同你分别了三年。"度朔君就派人向曹操通报说："我想修缮一下旧庙，但原先那块土地已经衰败不堪，不适合居住了，所以想要寄居在你这里。"曹操说："很好。"于是收拾出城北的楼舍让度朔君居住。过了几天，曹操出门打猎，猎到一个怪物，像小鹿一般大小，脚很大，颜色白得像雪，皮毛柔软滑爽，非常可爱，曹操用怪物皮毛摩擦脸面，说不出这是什么。夜里，曹操听到楼上有人哭着说："小孩出门到现在还不回来。"曹操拍着手说："说出这样的话，他真的要衰败了。"早晨就带了几百只狗，把楼团团围住。狗闻到气味，便在楼里到处冲撞奔跑，只见一个怪物，大小像头毛驴，自己跳到楼下，狗就把它咬死了。庙里的神灵从此消失。

釜中白头公

东莱有一家,姓陈,家百余口。朝炊,釜不沸。举甑看之,忽有一白头公,从釜中出。便诣师卜。卜云:"此大怪,应灭门。便归,大作械。械成,使置门壁下,坚闭门在内,有马骑麾盖来扣门者①,慎勿应。"乃归,合手伐得百余械,置门屋下②。果有人至,呼不应。主帅大怒,令缘门入。从人窥门内,见大小械百余。出门还说如此。帅大惶恌,语左右云:"教速来,不速来,遂无一人当去,何以解罪也?从此北行,可八十里,有一百三口,取以当之。"后十日,此家死亡都尽。此家亦姓陈云。

〔注释〕

①麾盖:将帅用的旌旗伞盖。
②门屋:衙署、庙宇等出入口的建筑物。设墙和门,上有屋顶,前后两面有柱无墙,类似廊屋。

〔译文〕

东莱郡有户人家姓陈,全家上下有一百多口。一天早上做饭,锅总是烧不开。把锅上的蒸笼拿起来一看,忽然有个白头老人从锅里走了出来。于是陈家的人便到巫师那里占卜。巫师说:"这件事非常怪异,有灭绝满门的祸事将要发生。你们赶快回家,多做些兵器,兵器做好后,把它们放在大门边的墙壁下,你们把大门关好,躲在家里,有骑马乘车的来敲门,千万别答应。"于是他们回到家中,一起动手砍伐,做成一百多件武器,放在门屋下面。后来果然有人来了,在门外大声呼唤,但没人应答。领头的十分恼火，叫部下从门口闯进去。随从窥探大门里边，看见大大小小的兵器有一百多件，就出门回去向主帅汇报，领头的听了后非常疑惑惋惜，对身边的人说："叫你们快点来，你们在那里磨磨蹭蹭，现在一个人都抓不到，我们该拿什么抵罪？从这里向北走，大概八十里，有户人家有一百零三口人，把他们抓来抵过吧！"过了十天，北边那户人家全都死光了。那家人也姓陈。

服留鸟

晋惠帝永康元年①，京师得异鸟，莫能名。赵王伦使人持出，周旋城邑匝以问人。即日，宫西有一小儿见之，遂自言曰："服留鸟。"持者还白伦。伦使更求，又见之，乃将入宫。密笼鸟，并闭小儿于户中。明日往视，悉不复见。

〔注释〕

①永康：晋惠帝司马衷第四个年号(300—301)。

〔译文〕

晋惠帝永康元年，京城里抓到了一只奇异的鸟，没人能叫出它的名字。赵王司马伦派人拿着鸟出门，在城里街市上来回走动，逢人就问。当天皇宫西边有个小孩看见了这只鸟，就自言自语地说："服留鸟。"拿鸟的人回去禀告了赵王。赵王派他再去寻找，他又看到了那个小孩，就把小孩带进宫里。赵王把鸟关在笼里，同时把小孩也锁在门内。第二天再去察看，鸟和小孩都不见了。

南康甘子

南康郡南东望山,有三人入山,见山顶有果树,众果毕植,行列整齐,如人行。甘子正熟①,三人共食,致饱,乃怀二枚,欲出示人。闻空中语云:"催放双甘,乃听汝去。"

〔注释〕

①甘子:柑树的果实。

〔译文〕

南康郡南部有座东望山,有三个人进了山,看见山顶上有很多果树,各个种类都有种植,它们排列整齐,好像人类行走的队伍那样。当时柑果正好熟了,三个人便一起吃了个饱,还在怀里藏了两枚,想出去后拿给别人看看。只听到半空中有人说道:"赶快放下那两枚柑果,你们才能自行离开!"

秦瞻

秦瞻居曲阿彭皇野①,忽有物如蛇,突入其脑中。蛇来,先闻臭气,便于鼻中入,盘其头中,觉哄哄。仅闻其脑间食声哂哂,数日而出去。寻复来,取手巾缚鼻口,亦被入。积年无他病,唯患头重。

〔注释〕

①曲阿:古县名。秦置,即今江苏省丹阳市。属会稽郡。三国吴嘉禾

三年(234)改名云阳县,西晋太康二年(281)复名曲阿县。属毗陵郡。

[译文]

秦瞻居住在曲阿县彭皇野外,忽然有个像蛇一样的东西,猛地钻进了他的脑子。这条蛇来的时候,先嗅闻气味,随后便从秦瞻的鼻孔里钻了进去,最后盘绕在他的脑子里面。他便觉得头乱哄哄的,能听到蛇在脑子里吃东西的哑哑声,过了几天蛇就钻出来爬走了。没过多久,蛇又来了,秦瞻拿来手帕绑住鼻子和嘴巴,但仍被它钻了进去。过了好几年也没其他毛病,只是觉得头比较重。

卷十七

饭臿怪

魏景初中,咸阳县吏王臣家①,有怪,无故闻拍手相呼,伺无所见。其母夜作倦,就枕寝息,有顷,复闻灶下有呼声曰:"文约,何以不来?"头下枕应曰:"我见枕,不能往。汝可来就我饮。"至明,乃饭臿也②。即聚烧之,其怪遂绝。

〔注释〕

①咸阳:古县名。秦孝公十二年(前350)置,治所在今陕西咸阳东北窑店镇一带。西汉高帝元年(前206)改名新城县。元鼎三年(前114)又改渭城县,东汉省。隋初复置,属雍州。

②饭臿(chā):饭勺。臿,同"锸",铁锹,掘土的工具。

〔译文〕

曹魏景初年间,咸阳县县吏王臣家里有怪事发生,无缘无故会听见拍手和呼喊的声音,留神查看却没发现什么。他母亲夜里做事累了,就靠在枕头上睡下休息。一会儿,又听到灶下有喊声说:"文约,为什么你不过来?"母亲头下的枕头回答说:"我被枕住了,不能到你那里去。你可以到我这儿来喝一杯。"到天亮一看,原来是饭勺。王臣就把它们放在一起烧了,家里的怪事从此绝迹。

细 腰

魏郡张奋者①,家本巨富,忽衰老财散,遂卖宅与程应。应入居,举家病疾,转卖邻人何文。文先独持大刀,暮入北堂中梁上。至三更竟,忽有一人,长丈余,高冠黄衣,升堂呼曰:"细腰。"细腰应诺。曰:"舍中何以有生人气也?"答曰:"无之。"便去。须臾,有一高冠青衣者;次之,又有高冠白衣者。问答并如前。及将曙,文乃下堂中,如向法呼之,问曰:"黄衣者为谁?"曰:"金也。在堂西壁下。""青衣者为谁?""钱也。在堂前井边五步。""白衣者为谁?"曰:"银也。在墙东北角柱下。""汝复为谁?"曰:"我,杵也。今在灶下。"及晓,文按次掘之,得金银五百斤,钱千万贯,仍取杵焚之。由此大富,宅遂清宁。

〔注释〕

①魏郡:西汉高祖十二年(前195)置,治邺县(今河北临漳县西南)。东汉末为冀州治所。北周大象初移迁安阳(今河南安阳)。隋开皇初废。大业初复置,移治今安阳。

〔译文〕

魏郡有个叫张奋的人,家里本来非常富裕,忽然在一夜之间衰老朽迈,家财散尽,于是便把房子卖给程应。程应搬进去后,全家都生了病,房子便又被转卖给邻居何文。何文先独自拿了大刀,在傍晚走进北边堂屋里,躲在房梁上面。到了三更将尽的时候,忽然有个人,高一丈多,戴着高帽子,穿着黄衣服,进入堂屋喊道:"细腰。"细腰应承了一声。那人说:"屋子里为什么有活人气味?"细腰回答说:"没有呀。"穿黄衣服的人就走了。一会儿,有个戴高帽子穿青衣服的,接下来,又有个戴高帽子穿白衣服的,他们和细腰之间的问答都和前面一样。到了天快亮的时候,何文就从梁上跳下来,站在堂屋里,像刚才三个人一样呼唤细腰,问道:"穿黄衣服的是谁?"细腰回答说:"是黄金。在堂屋西边墙根底下。"何文又问:"穿青衣服的是谁?"细腰回答说:"是铜钱。在堂屋前面距井边五步远的地方。"何文又问:"穿白衣服的是谁?"细腰回答说:"是银子。在墙角东北边的柱子底下。"何文又问:"你又是谁?"细腰回答说:"我是木杵。现在在灶台底下。"等到天亮后,何文就依次挖掘,得到了五百斤黄金白银和成千上万贯的铜钱,接着便把木杵拿出来烧了。从此以后,何文变得非常富裕,房子也恢复了平静安宁。

怒特祠

秦时,武都故道①,有怒特祠,祠上生梓树。秦文公二十七年②,使人伐之,辄有大风雨。树创随合,经日不断。文公乃益发卒,持斧者至四十人,犹不断。士疲还息,其一人伤足,不能行,卧树下,闻鬼语树神曰:"劳乎攻战?"其一人曰:"何足为劳。"又曰:"秦公将必不休,如之何?"答曰:"秦公其如予何。"又曰:"秦若使三百人被发,以朱丝绕树,赭衣灰坌伐汝,汝得不困耶?"神寂无言。明日,病人语所闻。公于是令人皆衣赭,随斫创,垩以灰。树断,中有一青牛出,走入丰水中③。其后青牛出丰水中,使骑击之,不胜。有骑堕地复上,髻解被发,牛畏之,乃入水,不敢出。故秦自是置旄头骑。

[注释]

①武都故道:武都郡故道县,此处地名袭自汉代之后的说法。武都,先秦时置武都道,西汉元鼎六年(前111)以白马氐地置郡,治武都县(今甘肃西和县西南)。东汉移治下辨县(今成县西),属凉州。三国蜀汉属益州。西晋属秦州。北魏移治石门县,属梁州。西魏为武州治。北周改为永都郡。故道,古县名。秦置,属陇西郡,治所在今陕西宝鸡西南大散关东南。汉属武都郡。晋永嘉后废。

②秦文公(?—前716):春秋时秦国国君,秦襄公之子。在位期间,收编周朝遗民,领地扩至岐山;设置史官与诛三族刑法。在位五十年。谥文。

③丰水:古水名。在陕西鄠邑县东南,注入渭水。

[译文]

秦国的时候,武都郡故道县有座怒特祠,祠堂边生长着一棵梓树。秦文公二十七年(前739)的时候,派人砍树,天上立刻降下狂风暴雨。树上的伤口随即合拢,人们砍了整整一天也没把它砍断。秦文公便增派士兵,拿斧头的人多达四十个,还是砍不断。士兵们砍累了便都回去休息,其中一个伤了脚,不能走路,只好躺在树下,听见一只鬼对树神说:"作战很辛苦吧?"树神说:"哪里算得上辛苦?"鬼又说:"秦文公肯定不肯罢休,你该怎么办呢?"树神回答说:"他能把我怎么样?"鬼说:"如果他叫三百个人披着头发,用大红丝线绕住树干,让穿着赤褐色衣服的人撒着灰来砍你,你能不穷途末路吗?"树神哑口无言。第二天,伤了脚的人便把听到的话告诉了秦文公。秦文公于是叫士兵穿上赤褐色衣服,刚一砍出伤口,就立刻撒上灰。最后大树果然被砍断了,一头青牛从里面跳了出来,跑进丰水。后来青牛又从丰水里面出来,秦文公便派骑兵击杀它,没有获胜。就在这时,一名骑兵摔到地上后又爬上马,他的发髻摔散了,便披散着头发追它,青牛感到害怕,竟然逃进丰水,再也不敢出来了。所以秦国从此之后便设置了旄头骑。

树神黄祖

庐江龙舒县陆亭[①],流水边有一大树,高数十丈,常有黄鸟数千枚巢其上[②]。时久旱,长老共相谓曰:"彼树常有黄气,或有神灵,可以祈雨。"因以酒脯往。亭中有寡妇李宪者,夜起,室中忽见一妇人,著绣衣,自称曰:"我树神黄祖也,能兴云雨。以汝性洁,佐汝为生。朝来父老皆欲祈雨,吾已求之于帝,明日日中大雨。"至期果雨。遂为立祠。神谓宪曰:"诸卿在此。吾居近水,当致少鲤鱼。"言讫,有鲤鱼数十头,飞集堂下。坐者莫不惊悚。如此岁余。神曰:"将有大兵,今辞汝去。"留一玉环,曰:"持此可以避难。"后刘表、袁术相攻[③],龙舒之民皆徙去,唯宪里不被兵。

〔注释〕

①龙舒县:西汉置,属庐江郡。治所在今安徽舒城县西南。东晋末废。陆亭:《太平寰宇记》中作"陵亭"。

②黄鸟：黄莺的别称。

③袁术(？—199)：字公路。袁绍从弟。董卓之乱时据南阳，后被袁绍、刘表夹击而败。率众袭占扬州，形成割据局面。兴平二年(195)称帝，以九江太守为淮南尹，署置公卿百官。屡为曹操、吕布所败，欲至青州归附袁谭，病卒于途中。

〔译文〕

庐江郡龙舒县陆亭河边有一棵大树，高几十丈，常常有几千只黄莺在树上筑巢。当时久旱不雨，老人们在一起互相商议说："那棵树上经常有黄气，或许有神灵，我们可以向它求雨。"于是便拿着酒和肉干来到树边。陆亭乡里有个寡妇叫李宪，夜里起床，忽然看见房间里有一个妇人，穿着刺绣衣服，自称说："我是树神黄祖，能够兴云降雨。因为你本性高洁，所以来帮助你谋生。早上父老乡亲都想要求雨，我已向上帝请求过了，明天中午就会降下大雨。"到了时间，果然下了雨。于是人们就给她修建祠堂。树神对李宪说："各位父老乡亲都在这里。我住的地方靠近河流，应该献上一些鲤鱼给大家尝尝。"说完，就有几十条鲤鱼飞来聚集在庙宇大厅中间。在座的人没有一个不惊奇的。这样过了一年多，树神说："不久将会发生大规模战乱，现在我得告辞离开。"她留下一枚玉环说："拿着这枚玉环，可以躲避灾难。"后来刘表、袁术相互攻伐，龙舒县的百姓都逃走了，只有李宪所在的村子没有遭到兵灾。

张叔高

魏桂阳太守江夏张辽[①]，字叔高，去鄢陵[②]，家居买田。田中有大树十余围，枝叶扶疏，盖地数亩，不生谷。

遣客伐之。斧数下，有赤汁六七斗出。客惊怖，归白叔高。叔高大怒曰："树老汁赤，如何得怪！"因自严行，复斫之，血大流洒。叔高使先斫其枝，上有一空处，见白头公，可长四五尺，突出，往赴叔高，高以刀逆格之。如此凡杀四五头，并死。左右皆惊怖伏地。叔高神虑怡然如旧。徐熟视，非人非兽。遂伐其木。此所谓"木石之怪，夔、蝄蜽"者乎③？是岁，应司空辟侍御史、兖州刺史④。以二千石之尊⑤，过乡里，荐祝祖考，白日绣衣荣羡，竟无他怪。

〔注释〕

①桂阳：桂阳郡，汉高帝置，治所在郴县（今湖南郴州）。辖境相当今湖南耒阳以南的耒水、舂陵水流域，北至洣水入湘处附近，南包括广东英德以北的北江流域。三国吴孙皓于南部分置始兴郡，辖境缩小。

②鄢陵：县名。位于河南中部，许昌东北，大浪河上源。

③蝄蜽（wǎngliǎng）：亦作"蝄蜽""魍魉"。传说中山川的精怪。

④司空：职官名。周时有冬官大司空，为六卿之一，掌水土营建之事。秦无司空，置御史大夫，汉初沿置，成帝时改御史大夫为大司空。后多有更名，或称御史大夫，或称司空，至明始废。

⑤二千石：汉代内自九卿、郎将，外至郡守、尉，俸禄皆为二千石，后因称郎将、郡守、知府为"二千石"。

〔译文〕

魏国桂阳太守江夏郡人张辽，字叔高，离开鄢陵县，在故乡买田闲居。田里有棵大树有十多围粗，枝繁叶茂，遮盖了好几亩田地，让庄稼无法生长。于是张辽便派遣门客去砍掉它。斧子砍了几下，就有六七斗红色的浆液流了出来。门客惊恐万状，回来报告张辽。张辽十分生气地说道："树老了，汁液就会变红，有什么值得大惊小怪!"就自己穿好衣服去了田里，再去砍树时，又有大量鲜血喷洒了出来。张辽便让门客先砍掉树枝，树枝上有块空地，只见一个白头怪物，四五尺长，突然跳出来直奔张辽，张辽用刀搏斗，就这样杀死了四五个怪物，没留下一个活口。旁边的人都吓得趴在地上。张辽的神色却和先前一样怡然自得。众人慢慢地仔细察看，发现他们不是人也不是野兽。随后那棵树便被顺利地砍倒了。这就是所谓的"木石中的精怪，夔、蝄蜽"吗？这一年，张辽被司空提拔为侍御史、兖州刺史。以二千石的高位，经过家乡，祭祀祖先，白天穿着刺绣衣服，显耀荣盛，竟然没有其他怪事发生。

陆敬叔

　　吴先主时，陆敬叔为建安太守，使人伐大樟树，不数斧，忽有血出。树断，有物人面狗身，从树中出。敬叔曰："此名'彭侯'。"乃烹食之，其味如狗。《白泽图》曰："木之精名'彭侯，'状如黑狗，无尾，可烹食之。"

〔译文〕

　　吴先帝孙权当政的时候，陆敬叔任建安太守，派人砍伐大樟树，没砍几斧头，忽然有鲜血流了出来。树断了后，有个人面狗身的怪物，从树里走了出来。陆敬叔说："这只怪物名叫'彭侯'。"说完就把它煮来吃了，味道像狗肉一样。《白泽图》说："木精名叫'彭侯'，形状像黑狗，没有尾巴，可以煮着吃。"

船　飞

吴时,有梓树巨围,叶广丈余,垂柯数亩。吴王伐树作船,使童男女三十人牵挽之。船自飞下水,男女皆溺死。至今潭中时有唱唤督进之音也。

〔译文〕

吴国时,有棵极粗的梓树,树叶有一丈多宽,下垂的枝条遮盖了几亩地。吴王砍下这棵树来造船,让三十名童男童女来拉它下水。船却自己飞下水,童男童女都被淹死了。直到今天,水潭中还不时传来督促前进的呼号声。

老　狸

董仲舒下帷讲诵①,有客来诣。舒知其非常。客又云:"欲雨。"舒戏之曰:"巢居知风,穴居知雨。卿非狐狸,则是鼷鼠②。"客遂化为老狸。

〔注释〕

①董仲舒(前179—前104):西汉名儒,广川(今河北枣强县东)人。少治《春秋》,孝景时为博士,下帷讲诵,三年不窥园。提倡独尊儒术。著有《春秋繁露》等书。

②鼷(xī)鼠:一种家鼠。身体小,吻部尖而长,耳朵较大,尾巴细长,全身灰黑色或灰褐色。也称为"甘鼠""小家鼠"。

〔译文〕

董仲舒放下帷幕,开课授业,有个客人前来拜访他。董仲舒知道他绝非常人。客人又说道："要下雨了。"董仲舒便戏弄他说："住在巢里的知道何时刮风，住在洞里的知道何时下雨。您不是狐狸，就是鼹鼠。"于是客人就变成了一只老狸。

张茂先

张华字茂先，晋惠帝时为司空。于时燕昭王墓前①，有一斑狐，积年能为变幻。乃变作一书生，欲诣张公。过问墓前华表曰②："以我才貌，可得见张司空否？"华表曰："子之妙解，无为不可。但张公智度，恐难笼络，出必遇辱，殆不得返。非但丧子千岁之质，亦当深误老表。"狐不从，乃持刺谒华。华见其总角风流，洁白如玉，举动容止，顾盼生姿，雅重之。于是论及文章，辨校声实，华未尝闻。比复商略三史③，探赜百家④，谈老、庄之奥区，披《风》《雅》之绝旨，包十圣⑤，贯三才⑥，箴八儒⑦，擿五礼⑧，华无不应声屈滞。乃叹曰："天下岂有此年少。若非鬼魅，则是狐狸。"乃扫榻延留，留人防护。此生乃曰："明公当尊贤容众，嘉善而矜不能，奈何憎人学问？墨子兼爱，其若是耶？"言卒，便求退。华已使人防门，不得出。既而又谓华曰："公门置甲兵栏骑⑨，当是致疑于仆也。将恐天下之人，卷舌而不言；智谋之士，望门而不进。深为明公惜之。"华不应，而使人防御甚严。

时丰城令雷焕⑩，字孔章，博物士也，来访华，华以书生白之。孔章曰："若疑之，何不呼猎犬试之？"乃命犬以试,竟无惮色。狐曰:"我天生才智,反以为妖,以犬试我,遮莫千试万虑,其能为患乎?"华闻益怒曰:"此必真妖也。闻魑魅忌狗,所别者数百年物耳;千年老精,不能复别。惟得千年枯木照之,则形立见。"孔章曰:"千年神木,何由可得?"华曰:"世传燕昭王墓前华表木,已经千年。"乃遣人伐华表。使人欲至木所,忽空中有一青衣小儿来,问使曰:"君何来也?"使曰:"张司空有一年少来谒,多才巧辞,疑是妖魅。使我取华表照之。"青衣曰:"老狐不智,不听我言,今日祸已及我,其可逃乎?"乃发声而泣,倏然不见。使乃伐其木,血流,便将木归,燃之以照书生,乃一斑狐。华曰:"此二物不值我,千年不可复得。"乃烹之。

〔注释〕

①燕昭王:名平。战国时燕王哙之子。时燕为齐所破,即位后,筑黄金台以招纳贤士。其后以乐毅为上将军,伐齐,入临淄,下齐七十余城,燕乃复强,在位三十三年,卒谥昭。

②华表:古代设在桥梁、宫殿、城垣或陵墓等前兼作装饰用的巨大柱子。设在陵墓前的又名"墓表"。一般为石造,柱身雕有纹饰。此处为木头制成,历经千年。

③三史:魏晋南北朝以《史记》《汉书》《东观汉记》为三史。唐开元以后,因《东观汉记》失传,乃以《史记》《汉书》《后汉书》为三史。见清钱大昕《十驾斋养新录·三史》。

④探赜(zé):探索奥秘。

⑤十圣:孔门十哲。包括颜渊、闵子骞、冉伯牛、仲弓、宰我、子贡、冉有、季路、子游、子夏。

⑥三才：天、地、人。《易·说卦》："是以立天之道曰阴与阳，立地之道曰柔与刚，立人之道曰仁与义。兼三才而两之，故《易》六画而成卦。"

⑦八儒：孔子死后，儒家分为八派，有子张氏、子思氏、颜氏、孟氏、漆雕氏、仲良氏、孙氏、乐正氏八家，称为"八儒"。见《韩非子·显学》。

⑧五礼：古代的五种礼制，即吉礼、凶礼、军礼、宾礼、嘉礼。《隋书·礼仪志一》："以吉礼敬鬼神，以凶礼哀邦国，以宾礼亲宾客，以军礼诛不虔，以嘉礼合姻好，谓之五礼。"

⑨栏骑：阻止人马入内的防护设施。

⑩丰城：古县名。西晋太康元年（280）以富城县改名，属豫章郡。治所在今江西丰城南四十一里丰水西荣塘。雷焕：西晋豫章人。善观天象。曾助张华于豫章丰城觅得双剑，一曰龙泉，一曰太阿。以其一送华，一以自佩。

〔译文〕

张华，字茂先，晋惠帝时任职司空。当时燕昭王墓前有只花狐狸，因为年深日久而能化成人形。于是变成了一名书生，想去拜访张华。路过墓前的华表时，就问道："凭我的才能相貌，可以去见张司空吗？"华表说："您善于说辞，当然没什么不可以的。只是凭张华的才智计谋，恐怕难以拉拢，您去了一定会遭到屈辱，可能还会回不来。那样不但会让您枉费了千年道行，也会让我这根老表木深受其害。"狐狸不听华表的劝告，就拿着名帖去拜见张华。张华见他年纪轻轻，风流倜傥，肌肤洁白如玉，仪容举止从容不迫，顾盼之间姿态动人，十分敬重他。于是他就评论起文章好坏，辨识文章的声律以及内容。这样的言论，张华以前闻所未闻。等到他再品评《史记》《汉书》《东观汉记》这三部史书，探求诸子百家的精微义理，畅谈《老子》《庄子》的玄妙之处，揭示《诗经》中《风》《雅》的非凡意旨，概括颜渊、闵子骞、冉伯牛、仲弓、宰我、子贡、冉有、季路、子游、子夏等十哲的学问，贯通天文、地理、人事之间的道理，针砭子张、子思、颜氏、孟氏、漆雕氏、仲良氏、孙氏、乐正氏八个儒家学派的得失，挑剔吉礼、嘉礼、宾礼、军礼、凶礼这五种礼法的弊端，张华全然应对迟钝，甘拜下风。于是张华叹息道："天下哪会有这样的年轻人。如果不是鬼魅，就一定是狐狸。"就打扫床榻挽留他住下，并留下人以防范。这位书生便说道："您应该尊重贤能的人才，宽容普通的百姓，嘉奖聪明能干的，同情没有能力的。怎么能忌恨别人有学问呢？墨子广泛地爱天下众人，难道他也像您这样吗？"说完，便要求告退。张华已经派人守住门，书生没能出去。过了一会儿他又对张华说："您门口部署了士兵武器挡住道路，应该是对我心有怀疑吧。我真担心天下的人，将会卷起舌头不再和您说话，足智多谋的贤士，望着您的家门不敢进来。我深深地为您感到可惜。"张华没有理睬他，反而叫人防守得更加严密了。

这时候侯丰城县县令雷焕，字孔章，一个广闻博见的人，来拜访张华，张华便把书生的事告诉了他。雷焕说："如果怀疑它是狐狸或者鬼魅，为什么不牵来猎犬试探一下呢？"张华就叫来猎犬试探，狐狸竟然面无惧色。狐狸说："我生来就有这样的才智，你反而把我当成妖怪，用狗来试探我，任凭你千方百计地试探，难道还能伤到我吗？"张华听到后更加恼火了，说道："这一定是个货真价实的妖怪。听说鬼怪怕狗，但狗能识别的只是修炼了几百年的妖怪，至于修炼了千年以上的精怪，则不能再识别。只有用千年的枯木点燃后照射它，才能立刻让它显出原形。"雷焕说："千年的神木，怎样才能得到呢？"张华说："世人相传燕昭王坟前的华表木，已经立了一千年了。"于是派人去砍下华表木。使者快要到达那里时，忽然空中有个穿着青色衣服的小孩来到跟前，问使者说："您来干什么呀？"使者说："张司空那里有个少年来访，博学多才，能言善辩，张司空怀疑他是妖怪，派我来取华表木好照出他的原形。"青衣小孩说："老狐狸不明智，没有听从我的劝告，今天灾祸已经殃及我，我哪能逃得掉呢？"于是放声大哭，忽然间不见了。使者就砍下了华表木，木头里流出了血一样的液体，他便带回木头，把它点燃了照射书生，原来这个书生是只花狐狸变的。张华说："这两样东西如果没有碰上我，再过一千年也不会有人发现。"于是就把狐狸烹杀了。

吴兴老狸

晋时，吴兴一人，有二男，田中作时，尝见父来骂詈，赶打之。儿以告母。母问其父，父大惊，知是鬼魅，便令儿斫之。鬼便寂不复往。父忧恐儿为鬼所困，便自往看。儿谓是鬼，便杀而埋之。鬼便遂归，作其父形，且语其家："二儿已杀妖矣。"儿暮归，共相庆贺；积年不觉。后有一法师过其家①，语二儿云："君尊侯有大邪气②。"儿以白父，父大怒。儿出，以语师，令速去。师遂作声入，父即成大老狸，入床下，遂擒杀之。向所杀者，乃真父也。改殡治服。一儿遂自杀，一儿忿懊，亦死。

〔注释〕

①法师：对和尚或道士的尊称。《法苑珠林》此句无"法"字。
②尊侯：对人父亲的敬称。

〔译文〕

晋朝时，吴兴郡的一个人有两个儿子，他们在田里耕作时，曾被父亲辱骂和追逐喊打。儿子便把事情告诉了母亲。母亲就去问他们的父亲是怎么回事，父亲大吃一惊，知道是鬼怪干的，就叫两个儿子遇到它时要把它砍死。鬼便沉寂下来不再去了。父亲担心儿子被鬼困住，亲自过去查看。儿子们以为是鬼，就把父亲杀了埋了。鬼便马上回到家中，变化成父亲的样子，对他家里人说："我的两个儿子已经把妖怪杀死了。"儿子们傍晚回到家，全家人都向他们庆祝道贺，过了好几年都没人察觉到异常。后来有位法师路过他们家，对两个儿子说："你们父亲身上的邪气很重。"儿子们把法师的话告诉了父亲，父亲十分恼火。他们出来后把父亲发火的事告诉法师，叫他快走。法师却念念有词地走进房间，父亲立刻变成一只巨大的老狸钻到床板底下，法师便把它捉住杀了。这下大家才知道之前杀掉的竟是真正的父亲。于是家里人重新安葬了父亲，为他服丧。一个儿子因此自杀；另一个因为气愤懊悔，也死了。

狸　婢

句容县麇村民黄审①，于田中耕。有一妇人过其田，自塍上度②，从东适下而复还。审初谓是人，日日如此，意甚怪之。审因问曰："妇数从何来也？"妇人少住，但笑而不言，便去。审愈疑之。预以长镰，伺其还，未敢斫妇，但斫所随婢。妇化为狸，走去。视婢，乃狸尾耳。审追之不及。后人有见此狸出坑头，掘之，无复尾焉。

〔注释〕

①句容县：西汉置，属丹阳郡。治所即今江苏句容县。

②塍（chéng）：田间的土埂。

句容县麋村村民黄审，在田中耕地。有个妇人路过他家田地，在田埂上走过，刚从东边下去后就又回来了。黄审刚开始以为是人，但天天这样，心里觉得很奇怪。于是黄审问她道："你从什么地方来？"妇人稍稍停留了一下，但笑不语，接着便走了。黄审更加怀疑她，就准备好了长柄镰刀等她回来，到最后没敢砍妇人，只砍了跟在妇人身后的婢女，妇人便变成狸逃跑了。回头再看婢女，竟是条狸尾巴。黄审追捕狸没有追上。后来有人曾看见这只狸从地洞里钻出来过，就挖开地洞，发现这只狸没有尾巴了。

刘伯祖狸神

博陵刘伯祖为河东太守①，所止承尘上有神，能语，常呼伯祖与语，及京师诏书诰下消息，辄预告伯祖。伯祖问其所食啖，欲得羊肝。乃买羊肝，于前切之，脔随刀不见，尽两羊肝。忽有一老狸，眇眇在案前，持刀者欲举刀斫之，伯祖呵止。自著承尘上，须臾大笑曰："向者啖羊肝，醉忽失形，与府君相见，大惭愧。"后伯祖当为司隶②，神复先语伯祖曰："某月某日，诏书当到。"至期如言。及入司隶府，神随逐在承尘上，辄言省内事③。伯祖大恐怖，谓神曰："今职在刺举。若左右贵人，闻神在此，因以相害。"神答曰："诚如府君所虑，当相舍去。"遂即无声。

〔注释〕

①博陵刘伯祖为河东太守：博陵县人刘伯祖任河东郡太守时。博陵，东汉本初元年（146）置，治所在博陵县（今河北蠡县南十五里）。建安末废。西晋改为博陵国。北魏复为博陵郡。治所在鲁口城（今河北饶阳县）。刘祐，字伯祖，中山安国人。初察孝廉，补尚书侍郎。历任城令、扬州刺史、尚书令、大司农等职。曾触犯宦官，被免官。灵帝初，陈蕃辅政，被任为河南尹，蕃被诛，他罢官归乡。为名士"八俊"之一。《后汉书·刘祐传》："刘祐字伯祖，中山安国人，为河东太守、司隶校尉。"又传云："安国后别属博陵。"

②司隶：司隶校尉。汉仿周官司隶置，始亦使将徒治道路沟渠，兼督大奸猾，后渐尊之，使察畿辅。东汉时领有一州，威权尤重，魏晋等沿其制。

③省内：宫禁之中，借指天子。

〔译文〕

博陵县人刘伯祖任河东郡太守时，住所的房梁帐幕上有个神灵，会开口说话，常常叫刘伯祖过来同他交谈，每当有京城的诏书文诰等消息，他总会预先告诉刘伯祖。刘伯祖问他要吃什么，他说要吃羊肝。刘伯祖就买了羊肝，叫人当面切碎，一块块羊肝便随着刀子落下不见了，就这样吃光了两个羊肝。忽然间有只老狸，隐隐约约地出现在刘伯祖的桌案前面，拿刀切肉的人想举刀砍它，被刘伯祖喝止住了。老狸便自己爬到帐幕上面，过了一会儿，大笑着说道："刚才吃了羊肝，心神迷醉之间忽然现出原形，给您看见了，惭愧难当。"后来刘伯祖要做司隶校尉时，狸神又预先告诉刘伯祖说："某月某日，诏书该来了。"到了时间，果然像它说的那样来了诏书。等到刘伯祖进了司隶府，狸神仍然跟着他住在房梁帐幕上,就说起了皇宫内院里的事情。刘伯祖十分恐惧,对狸神说:"我现在的职责是侦查检举官吏间的犯法乱纪行为。如果皇帝身边的亲信权贵们听说您住在这里,就会过来害我。"狸神回答说:"如果真像您忧虑的那样,那么我该走了。"从这以后,说话的声音再也没有出现过。